Universale Economica Feltrinelli

CESARE FIUMI
LA STRADA È DI TUTTI
On the road, sulle piste di Jack Kerouac

Prefazione di Fernanda Pivano

Feltrinelli

Prima edizione italiana Feltrinelli Traveller © 1998
Prima edizione nell'"Universale Economica" aprile 2000

ISBN 88-07-81594-X

A Sonja,
perché la vita è vasta e complicata.
E a tutti quelli
con cui ho diviso un tratto di strada.

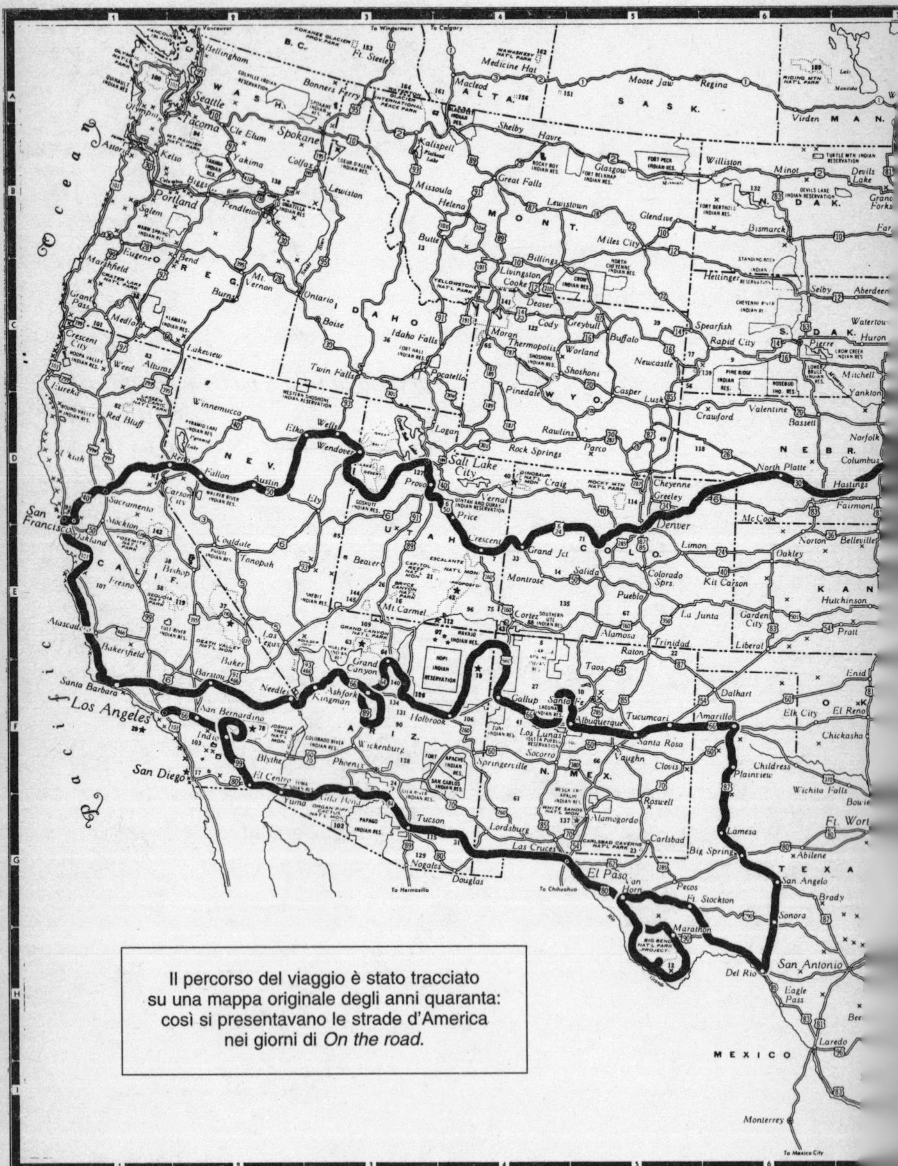

Il percorso del viaggio è stato tracciato su una mappa originale degli anni quaranta: così si presentavano le strade d'America nei giorni di *On the road*.

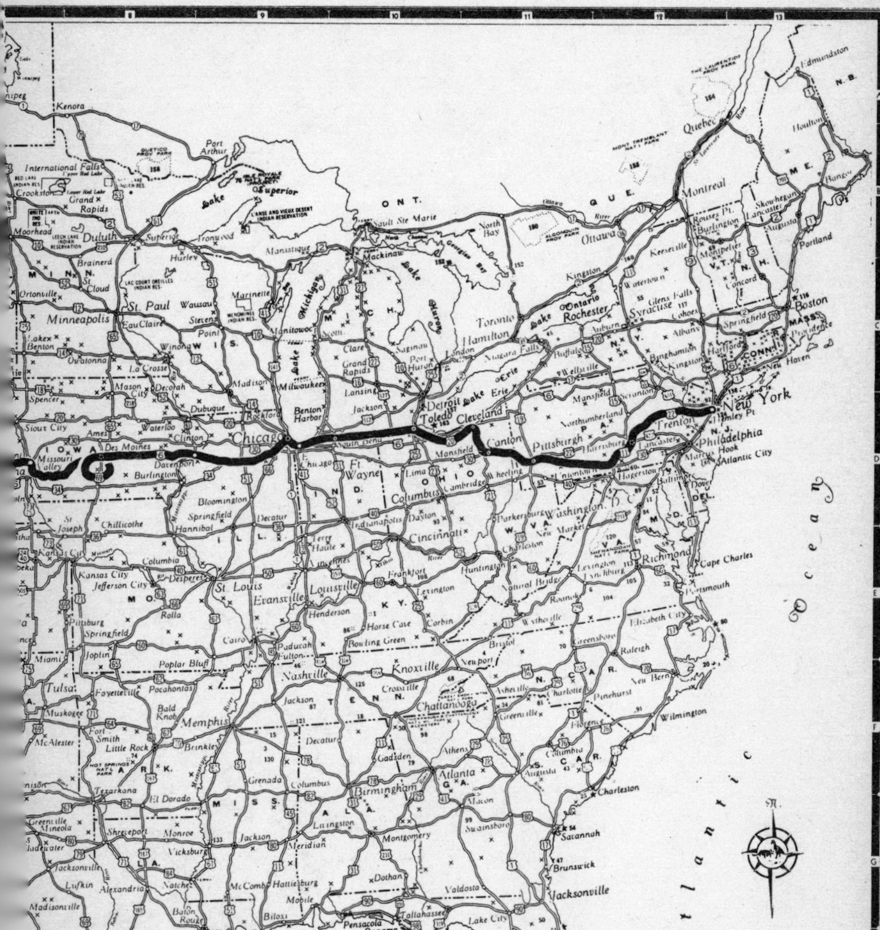

Gulf of Mexico
Atlantic Ocean
Lake Superior
Lake Michigan
Lake Huron
Lake Erie
Lake Ontario
ONT.
QUE.
N.B.
MINN.
WIS.
MICH.
IOWA
ILL.
IND.
OHIO
PA.
N.Y.
N.J.
DEL.
MD.
VA.
W.VA.
KY.
TENN.
N.CAR.
S.CAR.
GA.
ALA.
MISS.
LA.
ARK.
MO.
FLA.
ME.
N.H.
VT.
MASS.
CONN.
Kenora
International Falls
Port Arthur
Duluth
Superior
Minneapolis
St. Paul
Chicago
Milwaukee
Detroit
Toledo
Cleveland
Canton
Pittsburgh
Harrisburg
Philadelphia
New York
Trenton
Atlantic City
Washington
Baltimore
Richmond
Boston
Providence
New Haven
Hartford
Portland
Montreal
Quebec
Ottawa
Toronto
Hamilton
Rochester
Syracuse
Buffalo
Albany
Des Moines
Davenport
Burlington
St. Louis
Louisville
Cincinnati
Indianapolis
Columbus
Kansas City
Memphis
Nashville
Knoxville
Chattanooga
Atlanta
Birmingham
Montgomery
Jackson
New Orleans
Mobile
Pensacola
Tallahassee
Jacksonville
Savannah
Charleston
Wilmington
Daytona Beach
Tampa
Fort Myers
West Palm Beach
Miami
Key West
Galveston
Beaumont
Shreveport
Little Rock
Tulsa
Cape Charles
Portsmouth
Raleigh
Greensboro
Charlotte
Asheville
Evansville
Springfield
Hannibal

Alla fine, la strada di ciascuno è la strada di tutti. Non vi sono viaggi isolati perché non vi sono viandanti isolati. Tutti gli uomini sono uno e non vi è un'altra storia da raccontare.

CORMAC MCCARTHY, *Oltre il confine*

Lei restò a guardarlo
mentre le luci dell'auto
sparivano dietro la curva.
La strada non finisce mai.

JOE ELY, *The Road Goes on Forever*

PREFAZIONE
di Fernanda Pivano

Chi l'avrebbe detto quando ho fatto tanta fatica perché *Sulla strada* (*On the road*) uscisse, che quarant'anni dopo sarebbe scoppiato questo boom colossale per un Jack Kerouac finalmente accettato come l'eroe letterario degli anni cinquanta, come l'icona di tre generazioni, come il vero genio umile, riservato, segreto dei quattro ragazzi, lui e William Burroughs, Gregory Corso e Allen Ginsberg che hanno cambiato il modo di pensare e di vivere di alcuni decenni d'America e d'Europa.

Eppure il boom è scoppiato e dopo decine, centinaia di saggi, critiche, spiegazioni, divulgazioni, in volumi giganteschi da biblioteca o in volumetti da poche lire da tenere in tasca, ora è uscito il libro coraggioso di Cesare Fiumi, giornalista illustre del "Corriere della Sera", autore nel 1996 di *Storie esemplari di piccoli eroi*.

È un libro coraggioso, romantico, picaresco quasi come il libro di Kerouac, dove Fiumi, dopo aver comprato (più o meno mentre compiva quarant'anni insieme a *On the road*) una grande carta stradale degli Stati Uniti aveva programmato un appuntamento (il solo) a Chicago il 13 aprile per ascoltare un reading proprio di *On the road* tenuto da Ginsberg in un teatro della città: un reading che invece non poté ascoltare perché Ginsberg morì proprio nella settimana dei preparativi della partenza e Fiumi sentì la notizia data dalla radio mentre preparava la valigia: notizia commentata con la prima immagine romantica che dà il tono del libro: "Un altro petalo dell'avventura beat si era staccato ed era volato via nel cielo d'America".

Di immagini romantiche, di disperate nostalgie, di emozioni struggenti il libro di Fiumi ci inonda, con nostra gioia, in questo tributo di amore e di rispetto che molti di noi hanno aspettato tanto a lungo; sono le nostalgie e le emozioni che Fiumi ha vissuto percorrendo chilometro dietro chilometro la strada che Kerouac, esaltato dall'energia vitale, dall'entusiasmo, dalla gioia di vivere di Neal Cassady suo compagno di viaggio, ha seguito infaticabile, col viso appoggiato al finestrino della macchina, senza perdere la minima scena con quei suoi occhi che non si addormentavano mai.

Io non credo all'affermazione di Fiumi, che dice di aver scritto questo libro "per chiudere i conti con ciò che si è amato, col passato"; credo piuttosto all'altra sua affermazione, di averlo scritto per cercar di vincere la nostalgia. C'è troppo amore in queste pagine perché Fiumi riesca a cancellarlo. Lui stesso dice alla fine del primo capitolo: "L'America aveva bitumato chissà quante volte le strade di Jack e Neal, ma aveva seppellito davvero anche quei due viaggiatori incalliti e perduti?". E non credo che le pagine freddine di Cormac McCarthy o di Richard Ford, da Fiumi proposti più tardi come eroi della nuova generazione riescano a sostituire nel suo cuore la passione di quel mostro delle emozioni, quell'angelo di desolazione, quel martire dell'alcol che è stato, per sempre, il nostro Ti-Jean.

Invece credo, e le sue pagine lo dimostrano, alla sua passione per la Frontiera americana (una passione coerente con quella di Kerouac); e il libro si svolge irresistibile, senza una stonatura, tra le soste di *On the road* in questo o quel paese, in questa o quella ghost-town, soprattutto in questa o quella strada che legavano Kerouac alle sue pagine, gliele facevano scrivere, come mi disse una volta, sperando che leggendole qualcuno dicesse: "I'm sad, man, I'm sad". Per spiegare il libro, Kerouac ha scritto, e Fiumi lo cita: "Fu così che cominciò la mia esperienza sulla strada, e le cose che sarebbero successe sono troppo fantastiche per non essere raccontate". Commenta Fiumi, con una bellissima immagine alla quale non si può non credere: "Chissà quale strana combustione procurava, ogni volta, la lettura di quella magica frase, che girava la chiavetta del libro e lo metteva in moto. Ero lì per cercare di scoprirlo".

Il viaggio eroico di Cesare Fiumi si svolge su una Automobile Verde, che viene identificata con quella famosa della poesia di Allen Ginsberg, una delle sue preferite, dedicata ai suoi amori con Neal Cassady. Purtroppo (ed è l'unico neo che mi è parso di trovare nel libro) invece di chiamarla Automobile Verde, Fiumi si diverte a chiamarla Uccello di Tuono, traducendone il nome Thunderbird; ma forse ha ragione perché questo bizzarro nome gli permette spesso giochi di parole e di immagini.

La presenza di questa immagine ormai leggendaria della poesia di Ginsberg è una delle innumerevoli prove della conoscenza capillare di Fiumi della scena beat; e questa sua conoscenza che ricorre continuamente, riga dietro riga, è un tale conforto, dopo tante pagine disinformate scritte da poco più che dilettanti per il puro desiderio di strumentalizzazione con speranze di guadagni non sempre realizzate. (In un'intervista una bella ragazza simpatica mi ha chiesto di parlarle dei bar di San Francisco di quegli anni, "per esempio il City Lights".)

Pericoli di questo genere in questo libro non ce ne sono: Fiumi ha proprio l'aria di "sapere tutto", e usa le sue nozioni con una grazia, una disinvoltura, una leggerezza che oltre a dimostrare la sua profonda conoscenza della "scena" beat rendono la sua storia agile e interessante, piena di notizie impreviste, ricca di citazioni che affiorano come presenze mozzafiato, di memorie che avrebbero potuto sembrare (ma non erano) sepolte nel tempo.

Paterson e William Carlos Williams con Ginsberg adolescente, e i dieci minuti di pellicola del primo film western della storia del cinema: i dieci minuti di Edwin S. Porter, *Il grande assalto al treno*, le Cascate Passaic e il magnate Bernard Kalkstein che con quell'acqua si era arricchito: in quelle prime venti miglia ogni spostamento è punteggiato da una celebrazione della morte di Allen Ginsberg, perché mai nulla è abbastanza per ringraziarlo di quello che ha fatto per imporre i suoi compagni all'attenzione dell'America e del mondo.

Poi il libro diventa oltre che un testo di storia e di critica letteraria una guida ideale per un automobilista in cerca di preziosità, coi numeri delle strade per arrivare nel West, oggi parvenza di ciò che è stato, finito sullo schermo grande del cinema, che tra storia e leggenda ha preferito stampare la leggenda, "con la rotta che percorse una intera nazione distruggendo le 500 nazioni indiane che vi abitavano", dice Fiumi, senza simpatia: nazioni delle quali restano soltanto nomi fascinosi e spesso impronunciabili, come il fiume Susquehanna, che a Harrisburg si era portato via un pezzo del ponte Walnut.

A Pittsburgh Fiumi trova un giornale locale e lo cita, facendoci tornare in mente il linguaggio, l'insolenza, l'ignoranza e l'incomprensione dell'establishment specialmente provinciale di quegli anni: "Ginsberg era solo un volgare esibizionista. Lui e Kerouac volevano emulare la Lost generation di Gertrude Stein con la loro Beat generation. Uno dei loro accoliti, Robert Zimmerman di Duluth, Minnesota, contribuì col nome di Bob Dylan a dare impulso al loro dissenso per l'America... Poeta di raro talento e molta mediocrità, è morto con tutti gli onori, inclusa la prima pagina (e pure una pagina interna tutta per lui) sul 'New York Times': un sintomo della fine".

Il commento di Fiumi è delizioso, un'altra prova del suo amore: "L'apocalittico opinionista George F. Will doveva essersi finalmente tolto il suo sassolino dalla scarpa a nome di tutta l'America benpensante, riportando indietro le lancette dell'orologio della stazione di Pittsburgh, all'ora giusta. Gridando alto, sulla pagina: 'Sovversivo', 'drogato' a un signore di settant'anni che aveva appena tolto il disturbo".

L'ostilità per questi poeti che cominciano a essere dimenticati dai giovanissimi era indescrivibile: ricordo la prima comparsa pubblica di Ginsberg in Italia, a Torino, nella libreria Hellas di Angelo Pezzana, quando finalmente ero riuscita a far pubblicare *Howl* e Ginsberg davanti a una folla che gremiva la piazza della libreria aveva parlato degli scienziati d'America che temevano lo scongelamento del Polo Artico, e il nostro giornale più autorevole lo aveva deriso definendolo più o meno "un poeta apocalittico che predice la fine del mondo", con un astio, una rabbia, un'incomprensione anche troppo simili a quelli del giornalista di Pittsburgh.

Dopo Pittsburgh, Chicago sotto la neve, l'ostello Ymca dove Kerouac dormì la prima volta che andò a Chicago, il settimanale gay che saluta Ginsberg, con più verosimile rispetto, come "il poeta che si batté contro l'America fredda, meccanizzata, imperialista e omofobica". Che sollievo. E anche la profezia di Kerouac: "La Beat Generation, considerata falso nichilismo vestito di nuovi panni hip, diventerà la generazione più sensibile della storia d'America e perciò non potrà che fare bene".

La leggenda, che sembra una favola, di Cesare Fiumi continua col suo ingresso nel West e dunque con la storia di Neal Cassady, la sua Denver, la sua matricola di galeotto e, soprattutto, la sua Route 66, strada madre d'America. La sua America: il West.

Dobbiamo ringraziare Fiumi che giunto a Davenport interrompe la sua saga americana per ricordare *La bella estate* di Cesare Pavese. Poi la saga continua, una città, un paese, uno Stato, una strada dopo l'altra; ciascuno con la sua storia, il suo aneddoto, la sua nostalgia, la sua passione. Luoghi che pochi di noi conoscono, molti hanno visto al cinema senza individuarli: Iowa, Nebraska,

Des Moines, Newton, le piccole città raccontate da Bill Bryson in *America perduta*, le stazioni tutto-americane dei treni diventate ristoranti, le stazioni di benzina diventate rigatterie: "Memorie, graffiti, passato che in qualche modo tornavano con un foulard, un portatovagliolo, un bilancino da ufficio postale, un libro che ce l'avevo ma l'ho gettato chissà dove", sempre con quella scrittura piacevole, un po' ansante, con tutte quelle cose da raccontare e così poco spazio per farlo, salutato dai passanti con un sorriso "minuscolo" come si fa con "gli eccentrici, i matti, i collezionisti di passioni": altro che "chiudere i conti con ciò che si è amato, col passato" come vorrebbe farci credere l'autore, che di amare mi sembra abbia smesso proprio poco, con mia gioia.

I ponti coperti di Madison County, a Winterset, dove c'è anche la casa di John Wayne e l'anniversario dei suoi novant'anni, ma c'è anche il timore che quel passato rispolverato possa essere una gran delusione; tanto più che Cesare Fiumi non ricorda di aver visto il nome di Wayne nei libri di Kerouac, nonostante nomi di cinema ne avesse visti tanti, anche quello di Gina Lollobrigida che chiude l'ultima pagina di *Angeli di desolazione*; ma, dice Fiumi, "figurarsi cosa il Grande Ribelle doveva pensare del Grande Reazionario". Eppure, si chiede l'autore, "a Vietnam già esploso certe tirate sui comunisti non erano forse di entrambi?".

Lunghe pagine su John Wayne, naturalmente, con "quell'andatura solo sua, l'anca che rifà il David di Michelangelo", come scriveva Garry Willis nel suo libro su Wayne: "l'uomo libero delle pianure", "perché l'eroe americano è l'uomo di Frontiera: si diventa americani andandosene, partendo da qualche posto, piuttosto che arrivando", proprio come Kerouac che si era mosso da casa per andare più che per arrivare e che, giunto a Denver, apparentemente la meta del viaggio, dopo un po' scrisse: "Oh, questo tedio di Denver" e poi: "Beh, che diavolo ci stiamo a fare a Denver?".

L'accostamento tra i due eroi che sembrano contrari è, come dice Fiumi, audace; ma le due icone si sfiorano effettivamente in una stessa immagine, una stessa nostalgia dell'America. Anche se l'uno era stato un vagabondo e l'altro un mandriano.

Fiumi guida per quindici miglia prima di trovare Stuart, il paese dove Kerouac si era arenato senza nessuno ad aiutarlo, e si ferma anche lui in un vecchio saloon che, dice, sarebbe piaciuto a Heat-Moon per le sue *Strade blu*, con sei *rednecks* al bancone a discutere, ma subito riprende la strada, il rettilineo di cento miglia che porta a Council Bluffs.

Di nuovo con emozione Fiumi entra nei Grandi Piani. A Omaha in una libreria antiquaria trova libri preziosi sul Nebraska e i Grandi Piani e riproduzioni dei quadri di Remington coi suoi famosi indiani.

Fiumi sente decantare il Nebraska e ripensa a Willa Cather e decide di andare a Red Cloud, la vecchia agenzia indiana Nuvola Rossa, dove la scrittrice era nata, poi entra nella valle del Platte che lo avrebbe portato in cima alle Montagne Rocciose, verso il West delle cartoline illustrate. Fremont, Columbus, Central City. Torta di mele e torta di ciliegie in un locale di Columbus, e lì scopre che Nuvola Rossa è troppo lontana e la deviazione gli impedirebbe di dormire in Colorado, e continua perciò fino a Shelton, dove non c'è più il serbatoio dell'acqua descritto da Kerouac: è stato spostato in fondo al paese cinque anni prima.

Le città sono molto simili l'una all'altra, Gothenburg, Stuart, Adel; non a causa dei McDonald's o della Coca-cola, osserva Fiumi, ma perché la Frontiera spostandosi aveva creato ogni nuovo luogo replicando il precedente. Lì Kerouac aveva continuato il viaggio su un camion; Fiumi segue la stessa strada sulla sua Automobile Verde e mezz'ora dopo è a North Platte, e di lì a Ogallala. Kerouac aveva detto: "Dietro ogni strada malinconica c'erano immense visuali delle pianure": chi ha letto Kerouac sa che le sue immagini sono sempre tristi o desolate o disperate. Su quel camion Kerouac era passato da Gothenburg (Nebraska) a Cheyenne (Wyoming) e Fiumi segue l'itinerario generale ma su piccole strade indicate da cassieri o baristi o passanti dei vari paesi. Finché era passato sotto il Pikes Peak, la vetta di 4000 metri, e di lì era arrivato a Denver, città protagonista della vita di Kerouac e di Cassady, con la famosa Larimer Street che Ginsberg mi fece percorrere a piedi più volte raccontandomi aneddoti infiniti di quando Kerouac c'era arrivato nel 1947 "tra vecchi ubriaconi e stracciati cow-boy", con le Montagne Rocciose lì accanto, le Rockies, col loro senso di solitudine che forse avevano ispirato *Visioni di Cody*, quando Kerouac scrisse: "In America non il successo ma soltanto il vuoto e il vacuo attendono l'uomo: la carriera della sua anima".

Dopo una notte passata a Boulder, sede dei molti anni buddhisti di Ginsberg, che vi aveva organizzato a sue spese un grande, impensabile raduno di protagonisti beat per commemorare i 25 anni dell'uscita di *Sulla strada*, il libro che aveva formato tre generazioni e continua, mi pare, a formarne altre, Fiumi prosegue il suo pellegrinaggio per le strade di Denver, come aveva fatto

Ginsberg prima di fare la prefazione a *Visioni di Cody*, il libro postumo dedicato da Jack a Neal. A quel pellegrinaggio avevo partecipato anch'io, accompagnandolo nella scoperta che non c'era più niente della sua vecchia città; lo stesso accade a Fiumi che decide di lasciare Denver e le grandi praterie, ritrovando le stazioni del Pony Express quasi intatte. E Fiumi continua la strada che ora attraversa i boschi citando le quattro parole di Kerouac che gli pare riassumano il libro e la filosofia di quel libro: "La strada è vita". Poi passa fra cittadine e montagne "attraverso il cuore dell'America", e intanto rilegge una delle immagini di Kerouac: "Mentre passavamo il confine tra il Colorado e lo Utah vidi Iddio nel cielo sotto forma di immense nuvole dorate assolate sopra il deserto".

Spero di aver dato un'idea, certo molto vaga ma forse non infedele, del primo centinaio di pagine del libro di Fiumi, ma è chiaro che lo spazio non mi consente di continuare per le altre centinaia di pagine che costituiscono questa storia accattivante, emozionante, per quelli di noi che hanno amato Kerouac e sanno come *Sulla strada*, libro chiave degli anni cinquanta, sia stato offeso dalla ignavia degli editori fino a essere rifiutato per sei, sette anni, con Ti-Jean che si portava il manoscritto nello zaino e beveva dalla disperazione fino a diventare alcolizzato.

Nelle pagine che il lettore avrà la gioia di leggere da sé, senza il mio tentativo di riassunto col quale ho cercato di invitare giovani e vecchi a frugare con amore in una storia che abbiamo amato in tanti e che sicuramente con noi ha amato Cesare Fiumi, la carrellata continua con precisione puntigliosa con una descrizione di questa nostra America da etnologo e da osservatore appassionato.

Nel terz'ultimo capitolo, Fiumi fa una svolta non tanto stradale quanto psicologica e passa da Kerouac, ribelle metropolitano sommerso nell'inquietudine e nella disperazione a Cormac McCarthy, suggeritore bucolico-agreste di un mondo che è sembrato a qualcuno senza fili rossi con l'anima. Fiumi lo ammira, o così pare, senza reticenze; e va a cercarlo "alla fine del Texas, la fine dell'America", come diceva Neal, dove abita a El Paso, nella Coffin Avenue, e nella Cafeteria Luby's a Mesa Street dove McCarthy va a mangiare, sempre tenendo con sé l'intervista, l'unica esistente, del "New York Times Magazine".

Secondo Fiumi i romanzi di Cormac McCarthy sono "formidabili on the road a cavallo": il suo entusiasmo, come ogni entusiasmo, non è discutibile anche se può non essere condiviso, ma nel caso di McCarthy è condiviso dalle migliaia di lettori che lo hanno fatto diventare un best-seller e anche da critici che gli hanno assegnato i premi più prestigiosi d'America: Fiumi lo definisce "l'ultimo erede della letteratura on the road, narratore di un West di polvere e sangue", lui che si proponeva di ripopolare di lupi il West.

A Kerouac Fiumi ritorna nelle ultime pagine del libro, quando definisce quella che un critico normale chiamerebbe la "tecnica" di Ti-Jean: "Jack scriveva come Neal guidava, con eccitazione, velocemente, coi crampi da penna o battitura, secondo le leggi dell'orgasmo". Kerouac stesso dice: "C'era un poeta nel mio stomaco. Nella mia ingenuità ero in preda a un'estasi di pazzia". Ma Fiumi, storico ed etnologo innamorato, lo commenta come in un'elegia funebre, con le parole di Carolyn, moglie di Cassady e amante di Kerouac: "Nessuno ha capito quanto fossero infelici quei due".

Milano, dicembre 1997

“FU COSÌ CHE COMINCIÒ”

Avevo appena compiuto quarant’anni. Gli stessi di *On the road*. E quel libro, che raccontava la favola randagia di una generazione di battuti e di beati, da qualche tempo aveva preso a ronzarmi dentro. Un romanzo dei vent’anni tornato di colpo a sbarrarmi, o forse aprirmi, la strada. Come una dogana sull’età, un pedaggio da pagare al passato. Ci sono pagine che non si chiudono mai. Neppure quando un libro è incassato in mezzo agli altri nello scaffale e finge di aver detto tutto, pressato da volumi e stagioni più ingombranti. *On the road* era uno di quelli. L’avevo tirato giù, riletto, sottolineato. E, infine, m’ero deciso a seguirlo.

Mi ero messo in testa – e sarebbe stato il regalo per i miei quarant’anni – di andare *sulla strada*, sulla stessa strada raccontata da Jack Kerouac nel libro. Di rifare il primo viaggio solitario di Jack, da est a ovest, da New York a San Francisco, da un oceano all’altro. E poi di correre sulle altre sue piste, dalla California al Texas, e giù verso il Messico e lungo la Route 66, sulla rotta d’asfalto dove avevano rombato lui e Neal Cassady, quando la parola beat partì per la sua pazza cavalcata di significati, messaggi e chiamate a raccolta.

Quella voglia di replicare un viaggio, di ripercorrere un libro, era difficile da spiegare. Forse andavo per vedere cos’era rimasto di quella stagione narrata, per collezionare rimembranze e fotografare macerie. Forse perché “a vent’anni si è stupidi davvero”, ma a quaranta si ha nostalgia di quella stupidità. O forse perché *On the road* non era stato solo un libro, ma una pestata sull’acceleratore dell’America, una sgommata sui suoi ritmi omologati, sgassando col piede pesante e spudorato di Neal Cassady, compagno di strada e mito per Jack, sublime autista e suo doppio lungo le pagine del romanzo. Forse per quell'aria avventurosa da ultima Frontiera che continuavo a respirare tra le vecchie righe, tra una birra e un autostop, tra un capoverso di jazz e un dialogo ubriaco. O più probabilmente per una sorta di impossibile bizzarra nostalgia, la più struggente di tutte: quella per ciò che non si è vissuto.

I preparativi erano durati una settimana. Avevo comperato una grande carta stradale degli Stati Uniti e programmato un solo appuntamento lungo il cammino: volevo essere a Chicago il 13 aprile – e Chicago era *sulla strada* –, perché avevo letto di un omaggio a Kerouac in un teatro della città, dove Allen Ginsberg avrebbe recitato brani da *On the road*. Ma Ginsberg era morto il giorno dopo il mio compleanno: stavo preparando la valigia, ammonticchiando sul letto le cose da portare in viaggio, quando la radio aveva dato la notizia. Un altro petalo dell'avventura beat si era staccato ed era volato via nel cielo d'America. E come nella sua poesia, scritta tra le nuvole, ora "si libra Trionfante sulla Terra Stessa e Strilla di Gioia". Amen.

Strano volteggiare nei cieli di casa Ginsberg, sopra Paterson e Newark, sopra le lame affilate di New York che incidono le nuvole e ne fanno spiedi, mentre lui era da qualche parte lassù. Lui che cantò l'America da ogni angolo: da un vicolo, un letto, una prateria, un orinatoio. E anche dal cielo. Da un aereo come il mio, volando sopra un continente e una generazione con una poesia: una rotta di versi, *Da New York a San Francisco*.

Mi ero messo in viaggio per attraversare l'America lungo la pista degli ultimi suoi pionieri a benzina, e avevo finito per incrociare, tra le nuvole filate, il loro fratello prediletto Allen Ginsberg. Anche lui diventato puro spirito. Lui che, fissando Jack e Neal, era solito esclamare: "Ah, angeli dell'Ovest, compagni in Paradiso". E che quei compagni aveva infine raggiunto nel cielo dei beati, dei beat. Perché "beat non significa stanco o battuto, ma beato", aveva spiegato Kerouac, padre naturale di quella generazione, tanti anni prima.

E allora ripensai ad Allen Ginsberg, a quel signore gentile e instancabile che avevo ascoltato nel suo ultimo viaggio in Italia, l'anno prima. E poi a quell'altro Ginsberg, gloria ingenua della mia adolescenza, da quando mi avevano raccontato che una notte lui, il Poeta Americano, sì proprio quello di "Ho visto le migliori menti della mia generazione distrutte dalla pazzia", aveva dormito dentro un sacco a pelo, in un prato vicino a casa mia, ad Assisi. E infine pensai ad Allen Ginsberg, morto da tre giorni: alle sue ceneri che quello stesso pomeriggio pochi amici, in privato, stavano onorando nel cimitero di Newark, a due miglia appena dall'aeroporto sopra il quale il mio aereo girava in tondo in attesa di posarsi, continuando a rimbalzare palleggiato dal vento.

Strano essere lì, mi dicevo. A inseguire una generazione che non era la mia, scorrendo *On the road* come una mappa del cuore: ogni fiume un incontro, ogni città un'emozione. "Poi venne la primavera, il periodo d'oro per viaggiare" aveva scritto Kerouac e io l'avevo preso in parola. Quella pazza voglia di seguire le tracce di Jack-Sal Paradise e di Neal-Dean Moriarty lungo le pagine dell'America m'era entrata in circolo. Cos'era rimasto di quei loro sogni? Avevano messo la ruggine? E chi li serbava dalla polvere e dove? L'America aveva bitumato chissà quante volte le loro strade, ma aveva seppellito davvero anche quei due viaggiatori incalliti e perduti?

"Fu così che cominciò la mia esperienza sulla strada, e le cose che sarebbero successe sono troppo fantastiche per non essere raccontate." Chissà quale strana combustione procurava, ogni volta, la lettura di quella magica frase, che girava la chiavetta del libro e lo metteva in moto. Ero lì per cercare di scoprirlo.

1. "AVEVO STUDIATO PER MESI LE CARTE STRADALI DEGLI STATI UNITI"

La parola d'ordine era andare a ovest. A ovest di Jack Kerouac. Ma ero appena sbarcato, che un piccolo segno del destino mi indicò un'altra direzione. Una variazione sul tema. Un detour che era quasi un omaggio ad Allen Ginsberg. Accadde al noleggio auto, quando mi fecero scendere, scusandosi, da una macchina color rosa salmone dalle forme un po' bombate, persino ridicole, una di quelle vetture inventate dal vento delle gallerie. Era l'auto che la compagnia di noleggio mi aveva assegnato e dove avevo già caricato la valigia. Stavo consultando la carta, quando la piccola ragazza in divisa corse fuori dal suo gabbiotto, agitando le braccia e il contratto appena firmato. Mostrando tutto il senso di colpa di cui era capace.

– Ci scusi, ma quest'auto era già prenotata. Errore nostro. Il computer non ha memorizzato.

– E allora?

– C'è da aspettare, non abbiamo niente per lei in questo momento. Salvo...

– Sì?

– Ci sarebbe la Thunderbird due porte. Quella macchina laggiù in fondo. La vede? Sì, quella verde.

L'Automobile Verde. "Se avessi un'Automobile Verde/ andrei a trovare il mio vecchio compagno/ nella sua casa sul mare nel West." Era la poesia che Allen Ginsberg aveva dedicato a Neal Cassady, l'angelo del volante di *On the road*, quello che veniva come un castigo per l'Est e per l'Ovest. L'eroe della strada.

La signorina si accorse del mio entusiasmo, e forse stava per rinunciare a farmi il piccolo sconto che aveva promesso per il disagio. "Così quest'Automobile Verde/ te la do in volo/ come un regalo, un regalo/ della mia immaginazione." La ragazza del noleggio non capiva cosa mai avessi in testa, ma se la macchina andava bene a me, a lei andava benissimo.

Il dono che ricevetti, nel mio caso, fu un misero sconto di ventiquattro dollari. Certo, la Thunderbird non valeva versi di poesia, e per la verità era anche di uno strano verde scarabeo, un po' malinconico, ma quel nome, Thunderbird (Uccello di Tuono), le garantiva una sua dignità. Beh, non era il furgone Ghost Dancing (Danza degli Spettri) delle *Strade blu* di Heat-Moon, e non richiamava alla mente grandi leggende (il nome di un capo indiano? un capriccio geologico?), però dal suo mangianastri già usciva la voce di Joe Ely in *Lord of the Highway*, una delle cassette che mi ero portato da casa. Insomma, Uccello di Tuono sembrava pronto per l'avventura.

A quel punto spalancai *On the road* sulla plancia, come un breviario o un libretto di istruzioni. Misi in moto e uscii dal parcheggio, lasciandomi dietro il mare e la skyline di Manhattan. Aveva scritto Jack: "Sulla costa dell'Est una tiepida sera qualunque di primavera mi succede di pensare al gran dosso di terra che da qui si estende fino alla California". Mi infilai sulla strada e il viaggio cominciò.

Non c'era nulla nell'aria e negli alberi che dicesse: primavera. Il vento piallava le nuvole, il cimitero di Newark costeggiava la strada, come una corsia d'emergenza, la piazzola dove un giorno o l'altro a tutti toccherà sostare. Mi venne in mente la foto con Allen Ginsberg e Bob Dylan accovacciati davanti alla tomba di Kerouac a Lowell, a cantare la loro orazione funebre, in una giornata come quella, ventosa e irascibile. Chi si sarebbe seduto domani, assieme a Peter Orlowski, a intonare un mantra, sulla tomba di Louis e Allen Ginsberg, padre e figlio poeti?

Padre e figlio. E allora mi ricordai di un altro padre di Ginsberg, il poeta William Carlos Williams: "Hai fatto il nome di una città?/Paterson, dove ho imparato il mestiere/Paterson!".

A Paterson Williams era diventato poeta e aveva ricevuto la lettera di un certo Ginsberg, un giovane studente del posto, che componeva versi, ascoltava gli spiritual in chiesa, leggeva Rimbaud e andava pazzo per il blues, per Billie Holiday e Bessie Smith. E poi, a Paterson, Jack Kerouac scriveva di aver preparato il suo primo viaggio verso l'Ovest, mentre era ospite a casa della zia – in realtà stava a Ozone Park con la madre – quando Neal

Cassady bussava alla sua porta e gli chiedeva che gli insegnasse, perdio, a diventare uno scrittore. E sempre a Paterson, Jack cominciò il suo mestiere di giovane vagabondo, scendendo in strada, una mattina di primavera del 1947, con l'idea di averne tanta dinnanzi: fino a Denver e di lì a San Francisco.

Perciò fare il nome della prima città di quel mio viaggio, sulle tracce di *On the road*, era fin troppo facile: Paterson. Venti minuti d'auto sulla statale 21 del New Jersey, gonfia di traffico, e ci arrivai. E già cercavo di scorgere betulle, che non trovavo, costeggiando la linea ferrata. Sì, proprio betulle o qualcosa che vi somigliasse: bosco ceduo e giovani cottonwood. E le traversine del treno. Perché lì, nei boschi intorno alla città, nei boschi che non ci sono più – tutto ora è fornaci abbandonate e ciminiere sbeccate – tra le betulle e un binario solitario, un altro sogno americano apprese il suo mestiere e mosse i primi passi. Fu lì che Edwin S. Porter girò nel 1903, dieci minuti di pellicola in tutto, il primo vero film western della storia del cinema: *The Great Train Robbery*, il grande assalto al treno.

Sembrava che tutto fosse cominciato a Paterson, New Jersey: che la storia del secolo fosse nata lì, in quella che fu innanzitutto la prima città industriale d'America, la capitale dei baroni della seta. Davvero uno strano posto per i poeti e per i sogni.

– Non so proprio come aiutarla, so solo che la bandiera, qui alla City Hall, è a mezz'asta in segno di lutto per la morte di Allen Ginsberg. Nient'altro.

Mi tornò in mente quella scena del film *Chappaqua*, dove Ginsberg se ne sta a Central Park con la bandiera americana in testa, stampata sul cappello a cilindro, canzonando la chiamata alle armi. Chiesi notizie a un'altra impiegata.

– Guardi, non so nulla di cerimonie e commemorazioni ufficiali.

– Ma non è questa la Chamber of Commerce?

– Sì, è questa, ma se vuole avere notizie su Ginsberg deve rivolgersi agli Special Events, giù in McBride Avenue, davanti alle cascate. Però, se le interessa, abbiamo altri personaggi importanti che sono nati qui a Paterson: per esempio, Lou Costello e poi...

Scoppiai a ridere come un cretino. Pensando a Pinotto. Sì, in Italia Lou Costello era Pinotto, l'attore della serie *Gianni e Pinotto*.

– Non mi sono spiegato, io sto cercando...

Ma la signora mi interruppe, decantando altre glorie locali. A cominciare da Samuel Colt, che aveva avuto a che fare anche lui con Paterson, e al quale era stata intitolata la strada che fiancheggiava la City Hall. Samuel Colt, quello delle pistole. Strano modo per ricordare la morte di un pacifista.

Wanda Santiago, l'impiegata, si rivelò gentile e surreale in dosi equilibrate. Mi lasciò una cartina della città e un oscuro buonumore. Andai diritto alle cascate. Ricordavo una foto di Ginsberg mentre teneva un reading, una delle sue tante letture pubbliche, con le spalle rivolte proprio alle Paissac Falls. Lui sullo sfondo e davanti tante nuche, tanta gente. Ma stavolta non c'era nessuno. Solo il ronzio della cascata e la statua dell'ultimo tizio che con quell'acqua si era arricchito: il magnate Bernard Kalkstein, l'ultimo barone della seta. Intorno, macerie della rivoluzione industriale: stabilimenti cadenti, capannoni deserti, binari morti. E, poco distante, la palazzina discreta degli Special Events, dove Sue Amoresano, il direttore, giurò di non soffrire di solitudine.

Sue era una donna piena di premure. Mi mostrò ritagli e fotografie di Ginsberg, raccolti negli anni. E mi diede il numero di telefono di una poetessa locale, amica di Allen, che poteva essermi d'aiuto. Infine mi regalò l'"Herald&News" del giorno prima con l'annuncio che le ceneri di Ginsberg sarebbero state divise in tre parti dopo la cremazione e deposte nel cimitero ebraico di Newark – e questo lo sapevo – ma anche nel Centro buddhista di Ann Arbor, Michigan e infine nella Naropa School di Boulder, Colorado. Però la signora non conosceva i particolari della cerimonia di Newark: forse si era già svolta in mattinata, come previsto, oppure l'avevano rimandata, chissà. Era una cosa privata, segreta.

Un po' come il funerale indiano di Edward Abbey, l'autore di *Deserto solitario*, un altro formidabile Adamo americano, seppellito di nascosto nel 1989 tra i saguari di Tucson, dall'altra parte dell'America, sotto il cielo stellato dell'Arizona. A quel funerale presero parte solo sette persone e una era lo scrittore Yves Berger, che raccontò in un libro l'emozione di quella notte. Significava forse che coloro che avevano parlato a tanti, a generazioni intere, nel primo giorno d'assenza, desideravano accanto soltanto le parole e i pensieri di quelli che gli erano stati davvero vicini?

Tornai verso il centro della città, mentre le nuvole si davano il cambio, sempre più gonfie, sempre più nere. Parcheggiai l'auto in

Cianci Square e cercai un telefono pubblico. Mi chiedevo che intenzioni avesse Paterson, e come pensava di ricordare il suo poeta, quando mi trovai faccia a faccia con Pinotto. Stava in mezzo alla piazza, forse era di bronzo, certo a grandezza naturale. Poggiava sopra un piedistallo ma faceva sorridere anche così, immobile, una statua. Chissà se Ginsberg sarebbe finito come Lou Costello. Chiamai Maria, la poetessa e lei mi raccontò del loro primo incontro e della sua volontà di organizzare una lettura pubblica delle poesie di Allen, proprio davanti alle cascate.

Mi disse che cinque anni prima, quando era stato festeggiato il bicentenario della città, Ginsberg aveva letto proprio lì, alle cascate, alcuni versi del poema *Paterson* di William Carlos Williams. E forse anche un brano di quella missiva, inserita alla fine del poema, che il giovane Allen scrisse al vecchio Carlos: "Vorrei renderle nota la mia presenza a Paterson e spero che lei gradisca questa mia lettera, indirizzata da un giovane poeta sconosciuto a un vecchio poeta sconosciuto, che vive nella stessa ammuffita regione del mondo". Maria mi rivelò che Ginsberg aveva appena dedicato alcuni versi alla High School di Paterson, glieli aveva letti poco prima di morire. Non c'era altro, salvo che il ponte sulle Paissac Falls, ancora senza nome, presto ne avrebbe avuto uno: Ginsberg Bridge.

Me ne tornai alle cascate e mi parve che quel sussurro d'acqua fosse tutto ciò che Paterson, al momento, aveva da offrire a quello strano figlio beat. Solo una delle tante glorie locali, come mi aveva spiegato puntigliosa Wanda Santiago. Più tardi, sfogliando *Kaddish*, il più bel poema di Ginsberg, ritrovai i versi rivelatori e dissacranti sul "sentimento di mistero verso la City Hall di Paterson", su quel palazzo "di silenziose scrivanie", sui "pazzi che litigano su Zone, Pompieri, Poliziotti e Metafisica del Compromesso". Mi addormentai, pensando che tutta l'America era davvero cominciata lì. Al povero Pinotto, diventato monumento in piazza. E a Gianni che, almeno lui, non era di Paterson.

Ero partito, ma non ero ancora partito: avevo indugiato per quell'elegia funebre delle cascate di Paterson, il sussurro come un reading sommesso, che si mangiava il passato e le parole, dimenticando per un momento *On the road*. Ero partito con un libro, per un libro, antico per passione, romanticheria, ribellione, e mi ritrovavo a casa di un suo personaggio nel giorno dei saluti, del suo addio, tre generazioni più tardi. Avevo tutta l'America di fronte, la voglia di arrivare dall'altra parte, e già mi sentivo orfano di qualcosa.

Ero a Paterson, ciondolavo per la città, e cercavo segni che non c'erano, tra fabbriche desolate e tristezza che volava nel vento con le cartacce, tra "stazioni di mattoni rossi e ferrame e fuliggine e buio". Come se quella bandiera a mezz'asta fosse lì per altri, per altro. E invece no, così l'America salutava le spoglie del figlio mezzo russo e mezzo ebreo, buddhista e comunista, che ne aveva cantato la *Caduta*.

Solo allora mi resi conto di aver percorso venti miglia verso nord anziché verso ovest, come Jack-Sal nel suo primo giorno d'autostop, all'inizio di *On the road*, quando sbagliò strada, o meglio, la volle leggendaria, la numero 6: quella lunga linea grigia che corre da New York fino a Ely in Nevada tutta d'un fiato, ma che allora, in quel primo tratto, pochi frequentavano. E infatti Jack se ne tornò fradicio d'acqua da Bear Mountain a New York, imprecando al cielo che aveva aperto le chiuse. Non gli era servito a nulla aver "studiato per mesi a Paterson le carte stradali degli Stati Uniti", per andare dall'altra parte, dove tutto finisce e tutto ricomincia. Per non rischiare, decise di prendere un bus fino a Chicago, a costo di svenarsi. Aveva fretta. Forse perché a venticinque anni ti sembra che la vita duri di meno e le distanze di più.

Anche a me non restava che puntare il becco verde di Uccello di Tuono verso ovest, attraversare il Ginsberg Bridge sulle Paissac Falls e incamminarmi sulla stessa strada di Jack. Verso Ovest.

2. "LUNGO L'ORRENDO FIUME SUSQUEHANNA"

Paludi luccicanti a Montville, tronchi sull'acqua come canoe addormentate. E io mi infilai sulla 287 per entrare in Pennsylvania da Allentown, con il sole irruento del tramonto, incorniciato dai cavalcavia, sempre più basso, sempre più rosso, mano a mano che le Blue Mountains rispettavano il loro nome oscuro. Mano a mano che Harrisburg si avvicinava lungo il vecchio transito dell'Appalachian Trail: pista battuta da turisti in cerca di Disneyland anche lì, tra i villaggi delle comunità amish e il parco della cioccolata di Hershey. In bilico tra astinenza e voluttà.

Ma nella campagna brumosa, appena fuori dall'interstate 78, sembrava di rileggere Kerouac, passeggero incantato al finestrino della corriera, osservatore solitario "di gente cha saliva e scendeva ad ogni paese della Pennsylvania". Mi misi dietro a un autobus che faceva tutte le fermate: Fredericksburg, Jonestown, Ono, East Hanover. Nell'ora ultima della sera, a ogni sosta, era un viavai di uomini e donne con sacchi e ceste su e giù dalla portiera. Era un bus del posto, mica un Greyhound quello, e sgassava e frenava e ripartiva in un'aria sospesa, da presepe: vento gelido e lanterne sotto i portici delle fattorie larghe e panciute, una di fianco all'altra. Non come all'ovest dove tra due ranch c'è lo spazio per una città e per tutte le sue periferie.

Mi immaginai Jack in viaggio verso il mondo – "la notte dell'altro mondo", come diceva lui –, in attesa di quel West che non arrivava mai, tra colline di Pennsylvania e campagna dell'Ohio, mentre sognava di raggiungere la terra dell'Eroe ultimo: dell'ultimo pioniere che l'America del dopoguerra, sgomitante e tutta protesa in avanti, già spingeva fuori strada, fuori tempo. Un po' come aveva fatto con i vecchi hobos, i vagabondi che l'avevano percorsa nei primi anni del secolo fino alla Depressione. Quel West, in fondo alla pista di Jack, era la terra di Neal Cassady. E Cassady era allora la Frontiera di Kerouac, la boomtown della sua ispirazione, la Terra Promessa.

Il West ha questa singolare malìa che ancora ti contagia, anche oggi che è ridotto a circo, a villaggio ricostruito, a parvenza di ciò che fu. Una malìa che resiste nel paesaggio scabroso delle mesas, nei ruderi delle città che furono abbandonate, quando un ictus della terra chiuse le vene d'oro e d'argento e il mondo prese a spostarsi più a ovest, sempre un po' più a ovest. Come Jack, nel suo primo viaggio, desiderando Denver, "le vie luccicanti," ma anche "il buio e, oltre il buio, il West".

Forse anche per questo ero finito *sulla strada*: per tornare al West di certi vecchi viaggi, all'incanto degli spazi aperti. Arrivandoci stavolta lungo la rotta che percorse un'intera nazione, una sola, bianca, distruggendo le cinquecento nazioni indiane che vi abitavano. Seguendo l'antica pista di un Virgilio anni quaranta, tutto emozioni e scrittura veloce. West. Fissità del cielo e monumenti di pietra, arroyos e canyon. West eterno movimento delle sue genti: dalle giacche blu a quella grigia, stazzonata, che Neal Cassady indossava nella foto in cui socchiude gli occhi al sole di Frisco, nel '55, davanti al tettuccio scuro della sua auto; dai cavalieri delle lunghe ombre, nei tramonti straniti del sud-ovest, all'ultimo cavaliere della strada d'asfalto. *Lord of the Highway*. Come continuava a cantare Joe Ely dal mangianastri di Uccello di Tuono.

– Ora è tranquillo, ma non c'è da fidarsi ha fatto il matto fino all'anno scorso.

– Cioè?

– Ha distrutto tutto.

– È uscito dagli argini?

– Uscito? S'è portato via un pezzo del Walnut Bridge, il ponte più bello, quello che arriva fino all'isola e di notte è tutto illuminato. Non lo ha visto ieri sera il Walnut Bridge? È uno spettacolo. La primavera scorsa il Susquehanna, a un certo punto, è uscito a far danni, ma niente a confronto di venticinque anni fa, quando sembrava impazzito.

Tom, lo stradino di Harrisburg, mi raccontò ogni secca e ogni piena del fiume, anche quella del 1744: una storia che tutti conoscevano, strano che io non ne avessi mai sentito parlare. E nel racconto mise dentro anche la sua vita, che aveva avuto suppergiù gli stessi alti e bassi del Susquehanna. Peccato che fosse ancora così freddo, altrimenti avrei potuto fare un bel giro sul fiume con la barca, con il The Pride of Susquehanna. L'orgoglio del Susquehanna.

Fino ad allora di quel fiume conoscevo solo *il fantasma*, incontrato da Jack-Sal, in *On the road*, sulla via del ritorno dal suo primo viaggio in California, in una notte di autostop sfortunato e soltanto venti centesimi in tasca. Una notte passata a camminare, cercando il ponte che non c'era "lungo l'orrendo fiume Susquehanna che scorreva nel suo ottobre", accanto a un vecchio vagabondo matto, diretto in Canada: era lui il *fantasma del Susquehanna*, che continuava ad aggirarsi tra buio e pioggia, sbagliando strada, senza voler sentire ragione.

Camminai nel gelo, accanto al fiume, le ciglia intirizzite. Il termometro segnava sotto zero, in aprile: c'erano cristalli di ghiaccio tra i rami degli alberi e il sole non riusciva a sbrinare il parco. Risalii infreddolito in auto e mi diressi alla stazione di Harrisburg, dove Jack passò la notte, dormendo su una panca di legno, dopo aver congedato *il fantasma*. Sotto il cielo di elettrico blu mi apparve la più elegante delle vecchie stazioni ferroviarie, una cartolina del tempo andato, tutta boiserie, sulla quale avevano passato una mano di cera o di gommalacca.

Feci un giro su me stesso, come un ballerino ubriaco per non perdermi nulla di quello che c'era da vedere: un salone in legno con una fuga di ottanta metri, le vecchie panche imbottite e quelle più povere che tenevano le schiene sull'attenti, i braccioli a scandire i posti; e poi le sputacchiere d'epoca e persino una bacheca con la foto della famosa locomotiva Pennsylvania; e targhette ferroviarie degli anni venti e la penna dell'impiegato allo sportello; e pure il cappello del capostazione. Sul grande corridoio che transitava alto, di traverso sui binari, illuminato da vecchi lampadari a palla, come una petite place parisienne, si aprivano le porte a vetri e di lassù partivano le scale che scendevano ai binari. Erano tutte chiuse quelle porte e davanti avevano un cordone in velluto rosso, ben tirato, che il capotreno saliva a sganciare quando c'era da dare il via libera ai passeggeri. Ai cinque passeggeri che, quella mattina, aspettavano il treno per Pittsburgh. Un mozzicone di treno: una motrice e appena tre carrozze, che si fermarono sotto quel monumento trascurato.

Un impiegato mi spiegò avvilito che l'Amtrak era in crisi e forse avrebbe chiuso di lì a poco anche alcune tratte storiche: la via del deserto tra Salt Lake City e Los Angeles e quella dei pionieri da Denver a Seattle. Ma anche intorno a Harrisburg c'erano binari che non andavano più da nessuna parte, eppure sembravano ancora in funzione tanto erano lucenti, e potevi seguirli per un po' finché non sparivano di colpo in mezzo a un campo o finivano in un fosso scavato proprio lì, sul tracciato. Come una tomba.

Gli chiesi se sapeva che una mattina di cinquant'anni prima alcuni suoi colleghi avevano buttato fuori da quella sala lo scrittore Jack Kerouac, che ancora scrittore non era, minacciando di farlo arrestare. L'impiegato prima mi guardò come si guarda un matto, poi educatamente rispose che: no, non ne sapeva nulla. Gli americani spesso hanno una gentilezza proporzionata alla pazienza.

Gli spiegai che mi spiaceva per il destino dei treni d'America e gli raccontai che un giorno ne avevo visto uno a Thompson, nello Utah, fermarsi davanti a tre case nel deserto per far scendere un tizio elegante e triste che sembrava Spencer Tracy in *Giorno maledetto* e che mi ero commosso. E che un'altra volta a Madrid, un paesino del New Mexico sulla strada per Santa Fe, avevo trovato uno dei più bei libri della mia vita: un libro per ragazzi sui treni d'America, tutto in cromolito, del 1906, che da allora tenevo sopra la scrivania. Mi fissò bonario: era fiero di me. Si mise a raccontare storie e si dimenticò di quel tizio, quel Kerouac, di cui gli avevo chiesto. Mi ero fatto un amico.

E ripensai a Jack e Neal, alla loro stagione come frenatori di treni in California e alle loro notti sui merci, ultimi Woody Guthrie d'America, capaci anch'essi di cantarla. Oggi quei due frenatori un po' speciali e quella loro America – i treni della conquista del West, il Cavallo d'Acciaio che spazzò via i bisonti dalle praterie, la ferrovia che correva vicino alla giovane strada asfaltata come una vecchia madre che non ti molla un secondo – quei due ragazzi del primo dopoguerra, e quel loro paese, non troverebbero più lavoro lungo i binari.

Scesi le scale fino alla stazione del Greyhound, collegata a quella dei treni, sotto alti palazzi a canne d'organo. La sala d'attesa era fitta di gente e di odori, stipati là dentro dal ghiaccio di fuori. Nessuno parlava. Si sentiva soltanto un ronzio musicale affacciarsi dalla cuffietta del walkman che un ragazzo di colore si era lasciato cadere sul mento, rapito dalla stanchezza e dal sonno: la solita "tristezza delle stazioni di autobus". Cinque minuti e arrivò il Greyhound da Chicago. Scesero in venti e presero a saltare dal freddo tutti insieme: un ragazzo con la bottiglia dell'acqua da riempire, tre donne con prole, due ispanici. Per ultimo, apparve un tizio avanti con gli anni che se ne restò lì fuori, seduto sulla panchina, ignaro di quanto freddo facesse. Veniva suppergiù da trent'anni prima: un reduce hippie, uno che si era fatto tutti i tour dei Grateful Dead, un sognatore scarburato? Aveva un basco vinaccia che gli tagliava la fronte, una maglietta che gli cascava da tutte le parti, un giubbino leggero, jeans logori col cavallo all'altezza del ginocchio e una strana valigetta da medico di campagna.

Gli chiesi, per attaccare discorso, se anche a Chicago facesse così freddo. Più a Pittsburgh, rispose. Se ne andava a New York, per ora. Non sapeva bene dove sarebbe stato il giorno dopo, "ma da qualche parte di sicuro". Se la prese comoda anche quando l'altoparlante chiamò i viaggiatori a raccolta, perché risalissero sul bus. Mi chiese un dollaro. Glielo diedi. Quando la corriera bianca rossa e blu uscì dal posteggio, mi fece ciao con la mano come a un parente. Serio, senza ironia. Un errante del Duemila, non troppo diverso da quelli di ieri, da quelli raccontati nel libro aperto sul sedile dell'Automobile Verde.

"Harrisburg, maledetta città," aveva tuonato Jack. Ero stato a vedere il Walnut Bridge, ma dopo un po' il freddo mi aveva tolto il fiato. Poi avevo cercato un negozio di libri, che le yellow pages davano sulla Terza South, per scoprire che da poco vendeva cd: in vetrina, sul poster più grande, c'era Notorious Big, il rapper, che ti scrutava con una faccia che non prometteva nulla di buono. Lo avevano ammazzato per strada, a Los Angeles, un mese prima ed era ancora lì, con quell'indice di carta minaccioso, a chiedere nient'altro che una preghiera. Lasciai Harrisburg che il cielo aveva preso a fare le bizze.

Avevo intenzione di andare a sud, a Gettysburg, che distava solo trenta miglia ma nel giro di cinque minuti la neve venne giù decisa. E allora imboccai il Turnpike, l'autostrada a pagamento che porta fino a Pittsburgh. Me lo figuravo proprio così il Turnpike, l'avevo appena visto in un *folder* degli anni quaranta comprato in un negozietto di fianco alla faccia di Notorious Big: uno di quei pieghevoli, con venti immagini, dieci per parte, che si chiudono a busta, con un taglio per la chiusura sul dorso esterno e che un tempo si spedivano come un souvenir. Quei *folders* – un giorno ne avevo trovati una trentina per quattro dollari in Arizona – hanno scritte bellissime, cubitali, colorate, e sono pieni di vecchi modelli d'auto e di tinte false e tenere: esotico da pochi spiccioli, quasi un album di figurine della geografia americana. C'erano le White Sands, fotografate prima del test nucleare di Alamogordo, e poi la Death Valley, ancora senza turisti, e il Painted Desert, striato di rosso.

Il *folder* del Pennsylvania Turnpike era una serie di foto, scattate dall'alto, di gallerie che foravano monti messi di taglio sulla strada. E la regione che stavo percorrendo era proprio così: un paesaggio addolcito di basse catene montagnose, come traversine in rilievo, bucate dall'autostrada che se ne andava sempre diritta, senza prendersi la briga di risalirne e discenderne neppure una.

A Bedford la nevicata si fece più fitta. Decisi di fare una sosta e mi trovai, appena fuori dal Turnpike, in un villaggio di pionieri, uno di quelli che incuriosivano Kerouac, quando scriveva: "Ho fatto due passi. Nei cortili dietro le case, carri coperti, da pionieri, come cimeli del passato (mi piacquero)". Il villaggio di Bedford aveva ponti coperti, pittoresche case in legno e un vecchio albergo su tre piani, il Golden Eagle, con le camere una diversa dall'altra, piene di vecchi mobili, pizzi e merletti. Le stanze avevano tutte le porte spalancate, in attesa di qualche ospite fuori stagione. La proprietaria mi invitò a visitarle, una per una, perché erano un piccolo museo e ci avrei dormito benissimo. Non me la sentii di rifiutare e feci il room tour, anche se avevo già deciso di non fermarmi lì per la notte.

Volevo arrivare a Pittsburgh, volevo star dietro a Jack, che se ne stava nel suo autobus "accanto a bimbi che frignavano", e mi precedeva su quella strada di appena mezzo secolo. Ancora due ore d'auto e ci arrivai. Presi una camera a ventinove dollari, in un motel fuori città, con i vecchi numeri di legno sulla porta, il copriletto e il bollitore degli anni cinquanta e un televisore di appena dieci, quindici anni più vecchio, che nevicava programmi come il cielo sopra Bedford. Cosa che non mi impedì di sobbalzare quando, alla sera, sullo schermo apparve la carcassa dell'aereo bianco e rosso di Ustica, ricostruito nell'hangar. Solo che non era Ustica, naturalmente: era il Twa 800, pure lui rosso e bianco, esploso sul cielo di Long Island il 17 luglio 1996, ripescato pezzo dopo pezzo, e rimesso assieme in un capannone. Mi resi conto che ciascuno ha i suoi scheletri negli hangar, e quanto a innocenza, era davvero una bella gara. Jack era convinto che l'America avesse cominciato a perderla in quel dopoguerra, la sua innocenza: per questo aveva tanta fretta di andare a Denver per incontrare Neal Cassady (o Dean Moriarty, o Cody Pomerary, che erano gli altri nomi con i quali Neal compariva nei libri di Kerouac), prima che la nuova stagione americana, omologante e frusta, ne macchiasse per sempre il candore primitivo. Fretta. Perché l'America stava gelando, indurita e impaurita dalla Guerra fredda, "la gran camorra continua a Washington e Mosca".

Fretta e desiderio. Fretta e nostalgia. Aveva ragione Jim Harrison, l'autore di *Un buon giorno per morire*, quando spiegava che nella letteratura americana si viaggia spesso, "perché siamo un popolo pieno di desiderio. O di nostalgia, che è la stessa cosa".

3. "NELLA PIANURA DELL'OHIO E DIRITTO VERSO L'INDIANA"

L'uomo dal basco vinaccia aveva ragione. Il freddo a Pittsburgh ti prendeva a ceffoni in faccia e non c'era verso di reagire. Le nove del mattino, -7 gradi. Impiegai più di un'ora a trovare un negozio che vendesse guanti e cappelli, avevano già esposto i capi primavera-estate, vestiti leggeri e costumi da bagno. Alla fine riuscii ad acquistare un ridicolo colbacco con i paraorecchi che venivano giù come le serrande di un garage e ti facevano sembrare un cocker, oppure Frances McDormand, quando fa la poliziotta da Oscar in *Fargo*.

Kerouac doveva avere qualcosa contro i fiumi della Pennsylvania, perché neanche quelli di Pittsburgh gli andarono troppo a genio: maledisse il Monongahela e sospese il giudizio sul fiume Ohio, che gli ricordava due panini divorati a una fermata d'autobus. Avrei scoperto il motivo di quelle censure solo più tardi, davanti al Mississippi, dove il mondo cambia e pure la faccia dell'America. Quei fiumi della Pennsylvania, così lontani da Denver, figurarsi dalla California dei suoi sogni, dovevano sembrargli destini senza senso. Spartiacque di niente. Solo ponti illusori sul cammino. Eppure era a Pittsburgh, sulle rive del Monongahela che Jack, in *Visioni di Cody,* raccontava d'aver ascoltato la sua musica preferita, "quando palazzi, uffici, s'elevano nella gioia di un mattino invernale – ragazzi in uno spiazzo che tramano jazz".

Evitai il triangolo d'oro della città, quel pennacchio di grattacieli che si affaccia sull'Allegheny River e sul Monongahela River come una punta di freccia e andai dove c'era la musica, dalle parti della vecchia stazione di Pittsburgh. Imboccai la East Carson, una strada di bar, jazz club, rigattieri, libri usati. Una strada piena di bolle d'asfalto, a tratti addirittura senza l'asfalto, ma giovane e carica di vita.

E subito vidi in una vetrina una vecchia pompa della Sinclair, la mia benzina preferita, che oggi non si trova quasi più. Preferita per via di quelle carte stradali americane anni trenta, i famosi cinque pieghevoli Sinclair, con i dorsi che sembravano dipinti da Hopper: un piccolo dinosauro come logo e un paesaggio, dietro la stazione di servizio, che cambiava ogni anno, ma restava sempre fantastico, simile al plastico di un trenino. Oddio, erano belli anche quelli della Union Gasoline e pure quelli della Texaco del '29, ma il pieghevole Sinclair era come il libro di favole di un bambino.

Avevo scoperto a Paterson, prima di mettermi in viaggio, che sulle vecchie carte stradali d'America avevano pubblicato pure un libro, *Hitting the Road, the Art of the American Road Map*. Forse, avrebbero dovuto dedicarlo alla memoria di Neal Cassady, il più grande autista d'America, secondo Jack. Oppure proprio a Jack che su quelle carte prima ci scorrazzò con la fantasia, poi finì per seguirle e scriverci la sua storia di autotrasportato su camion, autobus e macchine di ogni tipo, in un tempo ormai polveroso, quando lungo le strade c'erano stazioni di servizio che sembravano castelli colorati: "Gulf, Tydol, quei nomi solari" che lo affascinavano. Ma sì, quel libro avrebbero dovuto dedicarlo a Jack che di ragazzi ne aveva spediti tanti sulla strada, con il suo libro appresso. E un'auto qualsiasi a portarli a spasso: come Uccello di Tuono, che aveva appena bagnato il becco a una pompa Tamoil.

East Carson, una piccola strada dei desideri. Mi infilai nel Beehive Coffeehouse e ritrovai sedie di formica, divani di vinile – nostalgia di quell'America che Jack sentiva declinare – e frasi sul muro di clienti soddisfatti, come quella firmata da un certo Napkin: "Tutti si muovono come nei film. Pensavo che accadesse solo lì". Forse raccontava una serata speciale, una di quelle serate dove si mettono a girare anche i tavoli. Ma a quell'ora non si muoveva nessuno: eravamo tre avventori in tutto, ciascuno con un libro o un taccuino davanti. Sembrava di essere in una biblioteca, non fosse stato per certe costruzioni alla Calder che piovevano giù dal soffitto, persino più colorate delle pareti gialle, rosse e blu.

Erano quelli i *Sotterranei* di oggi, tutti in superficie. Discorsi, passioni, amicizie e ubriacature. Tutto in superficie. A livello della strada, sul pelo dell'emozione e del marciapiede, senza *caves* dove immergersi fino al collo, sommersi da musica e vita. Eravamo tre studenti invecchiati da bar. Ci scrutavamo, senza dirci "ehi", neanche con gli occhi. Soltanto quando la radio smise di mettere su canzoni dei Rem – che in fondo non erano altro che nipotini di Kerouac, del suo *Libro dei sogni* – e arrivò forte e chiaro l'indovinello del conduttore, prendemmo a scambiarci occhiate complici, come di chi vuol passare all'altro il compito. Disse la voce alla radio: "Ragazzi, ragazze, il quesito è per voi: qual è il disco che ha venduto di più nella storia della musica pop-rock in America?". Subito cominciarono le telefonate degli ascoltatori, tutti molto giovani, che buttarono là nomi freschi e improbabili. Poi, uno disse a botta sicura: Michael Jackson. "No." E allora, Madonna. "No." Alanis Morissette. "No." Arrivarono vecchie glorie: Beatles. "No." Byrds. "No." Il ragazzo seduto al tavolo in fondo al Beehive Coffeehouse fece una smorfia di riprovazione per tutti quei tentativi nati morti, poi abbassò la testa e giurò a voce alta: Beach Boys. E aveva il tono di un reduce che torna a casa.

L'altro, quello sul tavolo di sinistra, fece un "forse" con la faccia. Non era troppo convinto e neanch'io, che avrei azzardato piuttosto un qualche album dei Chicago. Aspettai, neanche due minuti, che un ascoltatore bruciasse i Beach Boys. "No." E dissi forte: "Chicago". Conquistai immediatamente il tifo generazionale degli altri due: sì, vero, giusto. "No." Un ascoltatore aveva appena detto anche lui: "Chicago". E il conduttore gli aveva concesso, ci aveva concesso, solo una piccola consolazione: "Hai quasi indovinato. I Chicago sono secondi nella nostra classifica".

E allora noi tre, nel bar, ci mettemmo a sparare nomi alti e bassi come mitragliatrici. Sparavamo nel mucchio, offesi. Gridando nomi che non ci piacevano solo per irriderli e vendicarci. Finché andò in onda una voce sottile di ragazza che provò: non sarà per caso il disco collezione degli Eagles, con dentro *Hotel California*? "Sìììììì." Il conduttore era molto più convinto di noi. Forse perché gli Eagles, ci guardammo in faccia tutti e tre, e misurammo gli anni come in un gioco di specchi, erano già oltre il nostro confine. In un'altra proprietà di nostalgie.

Hotel California. Era in fondo alla strada, una strada lunga cinquemila chilometri. Soltanto allora mi resi conto che avevo ancora l'Ohio e l'Indiana da attraversare da parte a parte, prima di vedere anche solo le luci di Chicago. E poter dire sul serio che ero partito. Sulla carta il percorso sembrava infinito: Youngstown, Akron, Cleveland, Toledo, su fino a South Bend e al lago Michigan. Decisi di mangiarci sopra e andai alla vecchia stazione, là dove la East Carson incontra lo Smithfield St. Bridge. Cercavo qualche scheggia di memoria, un altro sguardo sul passato e una bella old station come quella che avevo visto a Harrisburg. Trovai invece il primo mutamento in quel cammino di stazioni rimosse e binari sott'erba. E scoprii la gran voglia americana di ricordare. Di lasciare traversine sul sentiero, come pollicini in marcia verso il millennio in arrivo.

La stazione di Pittsburgh infatti era bellissima, peccato non fosse più una stazione, ma un grande mall di negozi accatastati uno sull'altro e poi una sorta di museo e nel museo un ristorante, The Grand Concourse Restaurant: sedie e tavoli nella grande biglietteria sotto la volta a botte affrescata, tra giochi di marmi e antichi lampioni in stile edoardiano; sedie e tavoli nella sala d'aspetto delle signore, in boiserie color noce; sedie e tavoli sotto la gloriosa pensilina al coperto, dove ancora oggi suona la campanella quando un vecchio merci, che sembra venire da un'altra epoca, sferraglia sui piatti francesi e sui calici di cabernet sauvignon della Napa Valley e interrompe la visione del Monongahela e della punta di freccia di Pittsburgh.

Merci in transito, senza più fermate. Passeggeri scesi dai treni ormai da dieci anni. Linea abbandonata, Pittsburgh-Lake Erie Railroad. Binario che correva a nord, fino ai grandi laghi, dal 1901. Al Grand Concourse sembrava di mangiare nella carrozza ristorante di un passato remoto, ma era solo l'altro ieri. Il grande orologio davanti alla vetrata d'ingresso segnava l'ora giusta del giorno sbagliato. Ordinai solo un dolce, perché volevo la torta di mele con gelato che era stata, prima della dexina, della benzedrina, della morfina, la miglior benzina di Kerouac nel suo primo viaggio on the road. Ma quella tutta stucchi e marmi non era più l'America dell'apple pie. "Ci spiace, però abbiamo delle ottime mousse." In cambio della torta di mele mi portarono un dolce bellissimo: lo Smithfield St. Bridge, che avevo di fronte, comparve anche sul mio piatto, quasi in scala, in tre gradazioni di cioccolato con la skyline di Pittsburgh fotografata sul fondo, disegnata dal cacao in polvere. Pure le arcate di ferro del ponte erano in cioccolata: la più bella concentrazione di calorie che avessi mai visto. Schiantai subito la prima arcata, come un fiume in piena euforia, e spaccai il dolce ponte in due, come aveva fatto il Susquehanna con il Walnut Bridge, a Harrisburg. Dello Smithfield St. Bridge però non rimase in piedi un bel nulla.

Sfogliai il "Pittsburgh Tribune Review" che era sul tavolo vicino al mio. E capitai sull'articolo di pagina sei. Quattro colonne di testo fitto. C'era scritto: "Ginsberg era solo un volgare esibizionista. Lui e Kerouac volevano emulare la Lost generation di Gertrude Stein con la loro Beat generation. Uno dei loro accoliti, Robert Zimmerman di Duluth, Minnesota, contribuì col nome di Bob Dylan a dare impulso al loro dissenso per l'America". Andai avanti: "Aveva ragione Truman Capote, che lesse *On the road* e commentò: 'Kerouac non scrive, batte a macchina'". Poi il gran finale, tutto per Ginsberg: "Poeta di raro talento e molta mediocrità, è morto con tutti gli onori, inclusa la prima pagina (e pure una pagina interna tutta per lui) sul 'New York Times': un sintomo della fine".

L'apocalittico opinionista George F. Will doveva essersi finalmente tolto il suo sassolino dalla scarpa a nome di tutta l'America benpensante, riportando indietro le lancette dell'orologio della stazione di Pittsburgh, all'ora giusta. Gridando alto, sulla pagina: "Sovversivo", "drogato" a un signore di settant'anni che aveva appena tolto il disturbo. E mi tornava alla mente la definizione dei beat che aveva dato Fernanda Pivano: "Erano degli outcasts, dei fuorilegge, esiliati in una cultura ostile". Nemici per tutta la vita.

Quell'articolo sul "Pittsburgh Tribune Review" – la sua genesi – doveva avere anch'esso la mia età: quarant'anni. Qualcosa mi diceva che quelle parole e la loro rabbia erano nate proprio nel 1957, e non tanto per via di *On the road*, ma per il mantra pacificatorio indiano, il Prajnaparamitta Sutra, che Ginsberg aveva celebrato sulla tomba del senatore Joseph McCarthy, quello della caccia alle streghe – del maccartismo, appunto – il giorno del suo funerale. Per aiutare lo spirito irato del senatore a purificarsi e per riconciliarsi con lui. Era un gesto di tolleranza che l'America più reazionaria non digerì mai: quel poeta ebreo, buddhista, comunista e omosessuale si era permesso di profanare le spoglie della Santa Inquisizione e di irridere la Santa Paura della Guerra fredda.

"Volgare esibizionista" gridava ora sulla sua tomba quel passato iroso e nostalgico e impaurito. Ma ero certo che da qualunque parte fosse ora Ginsberg, con un bel mantra per l'aire, si sarebbe presto riconciliato anche con l'opinionista della Pennsylvania che vedeva la fine del mondo in agguato, dietro i suoi disagi. Lasciai Pittsburgh con la visione di quel tale, George F. Will, che leggeva *Kaddish*, a voce alta, il volto compreso, prima di spegnere l'abatjour. Beato. Beat.

In Ohio la strada era tutto quello che c'era, un lungo fiume tranquillo d'auto che scorreva nella sua gelida primavera: il paesaggio lo stesso di dieci miglia prima e di dieci miglia più avanti. Una litania che i deserti dell'ovest non conoscono. Ripensai al Mojave, e a quel lungo rettilineo che avevo percorso da Alamogordo fino a Las Cruces, e al basso Wyoming lungo la I 80 che sembrava una prigione della fantasia. Niente era come la campagna monotona dell'Ohio, non ancora gemmata, sotto quel cielo che non si decideva a scaricare acqua ma sempre ti teneva sull'avviso. Misi su una cassetta di James McMutry e mi feci una ragione del fatto che il "vecchio Ohio", che non aveva mai incantato Kerouac – ma Jack lo attraversò quasi sempre di notte – sarebbe stato tutto così, fino al confine con l'Indiana. Monotono fino a far male, "il buio e misterioso Ohio".

Era come se l'immensa pianura avesse aperto le ali: da ogni lato l'orizzonte si perdeva senza il rigonfiamento di una collina, la gobba di un dosso, niente. Come vi fosse passato il piccolo Jack a far piazza pulita. In *On the road* Kerouac aveva scritto: "Quand'ero bambino e viaggiavo in automobile ero solito immaginare di tenere in mano una grossa falce e di abbattere con essa tutti gli alberi e i pali e persino di affettare ogni collina che sfrecciava accanto al finestrino". Fu una cavalcata di trecento miglia. Vicino a Toledo mi fermai a osservare dei ragazzini giocare a soccer, a calcio. C'erano campi di soccer in ogni paese e i più piccoli erano lì a tirar calci. Stavo sfiorando lo Stato del Michigan, e allora guardai verso nord dove, ad appena quaranta miglia dall'interstate, c'era Ann Arbor, il secondo cimitero di Ginsberg.

Ann Arbor. Nella memoria matta che ciascuno si porta appresso, i nomi possiedono le storie e anche la parola d'ordine per farle saltar fuori. E Ann Arbor per me voleva dire un giorno, credo del '35, quando un ragazzo nero, che dondolava correndo e faceva poesia con i suoi gesti, reinventò in poche ore l'atletica, saltando più lontano di qualsiasi altro uomo, volando più veloce di tutti quelli che avevano sorteggiato una corsia e bruciato una pista prima di lui. Perché Jesse Owens ai miei occhi era soprattutto l'impresa di quel fantastico pomeriggio di Ann Arbor, quandò frantumò tutti i record del mondo. Davanti a Hitler, alle Olimpiadi di Berlino del 1936, si sarebbe tolto soltanto uno sfizio più clamoroso.

Ma anche Jack correva forte nel '38. Lo raccontò in *Maggie Cassidy*: lui con la tuta rossa di Lowell, sua città natale, contro quelli di Worchester. Lui contro il nero Lewis, sulle trenta yards.

E Lewis "era un'imitazione del grande Ben Johnson che correva le sessanta yards in 6 secondi netti, questo ragazzo che veniva dai quartieri poveri di Worchester era pazzo a imitare uno che aveva battuto per due decimi di secondo il record mondiale". Perché Ben Johnson l aveva battuto anche il grande Owens.

E Jack, Jack Duluoz, come aveva deciso di chiamarsi a un certo punto nei suoi libri, superò il nero Lewis in 3,7 netti. Così come aveva visto fare al suo amico Billy Carr, un'altra stella di Lowell, che correva "tutto muscoli ed energia bianca, 3,5, battendo i grandi scattisti del college, nonostante lui fosse solo alle superiori... Billy Carr che andò a studiare a Notre Dame". E Uccello di Tuono, volando tra le terre ondulate dell'Indiana, era diretto proprio lì, alla città della Notre Dame University, a South Bend, giù "nella pianura dell'Ohio (...) e diritto verso l'Indiana".

Ricordo solo che la notte scese lenta, che impiegai più del previsto per arrivare a Elkhart, che i campi sembravano di stoppa e c'erano due grandi fuochi vicino alla strada, all'altezza di Scott, e un sentore di gomme bruciate e di tristezza. E poi un cartello, poco più avanti: con una mano nera col pollice levato, una mano sbarrata. Una richiesta impedita. "No autostop." C'era una volta il 1947.

4. “CHICAGO. E CHE NOTTE FU QUELLA...”

Forse Jack era già a Chicago a quell’ora di cinquant’anni prima: aspettava con impazienza di raggiungere Denver, di ritrovare Neal Cassady, per saltare su qualcuna delle sue macchine, una di quelle rubate per gioco, e cominciare a graffiare l’America di frenate e sguardi, scegliendo per sé i panni di Sal Paradise e per Neal quelli di Dean Moriarty.

Sì, forse Jack era già a Chicago, ma io volevo fermarmi a South Bend, per guardare la macchina di Neal: non quelle che guidò in *On the road*, la Chevy del ’36 e poi ancora Ford, Chevrolet, la Hudson nuova di zecca e la magnifica Cadillac che finì malconcia, arrotando muri ovunque, soprattutto nei vicoli di Chicago intorno all’Ymca. No, non quelle macchine finite nel libro. Io volevo vedere una Studebaker del ’55 perché mi era rimasta impressa quell’incredibile lettera scritta da Neal Cassady a Ken Kesey il 30 agosto 1965, tre anni prima di morire, e pubblicata in margine al suo unico libro, l’autobiografia del Signore della strada, *The First Third*, il primo terzo. Il primo terzo di una vita raccontata in un lampo di libro, sognando di arrivare a novant’anni senza mollare quei ritmi forsennati e di scrivere più avanti gli altri due (terzi).

Ricordavo quella lettera perché sembrava l’autosalone di un’epoca, l’esposizione di tutto il parco macchine d’America, che Neal aveva guidato ovunque, per le strade scassate del Colorado e per i lunghi, morbidi rettifili del Nebraska. Lui che giurava di essere nato in una macchina, in una notte mormone a Salt Lake City, mentre la famiglia ripeteva quel gesto americano di andare a ovest, le solite speranze legate con lo spago.

E fra tutte le macchine che Neal raccontava a Kesey – ché parlava pure di Ferrari, Hudson, Saab e Cadillac – c’era “quella Studebaker del '55 con la quale tenevo testa a macchine che andavano il doppio". Era l'orgoglio del guerriero che continuava a raccontare le sue imprese, quando ormai aveva messo giudizio, quando le strade erano diventate autostrade e venir giù dal passo Berthoud una bazzecola per qualsiasi marito-medio di una moglie-media di una media famiglia americana, in gita sulle regali montagne d'America. Era la nostalgia scarburata di chi si ostinava a ricordare le sue mappe d'asfalto, mentre Jack aveva smesso di farlo, prigioniero dell'alcol e della volontà di chiudere, con *Vanità di Duluoz*, la sua ricerca del tempo perduto, intento a scrivere il capitolo mancante, quello dei primi anni quaranta, quando Neal non era ancora comparso sul suo retrovisore, ma guardava il mondo dagli istituti di correzione dove lo spedivano i furti di quelle auto adorate.

E lì, dentro il capannone bianco e rosso del museo di South Bend, il museo nazionale delle Studebaker, c'era anche quel magico modello del '55, o almeno credetti fosse quello. Eppure ciò che più mi colpì, alla fine, furono gli antenati di quelle macchine eleganti e strepitose: i carri da pioniere che i quattro fratelli Studebaker fabbricarono subito dopo la Guerra di Secessione. Il pioniere Neal Cassady, l'urban cow-boy di Denver, veniva da lì, figlio di quei carri e compagno infedele di quell'auto gloriosa: da allora lo immaginai sempre al volante di una Studebaker.

E finalmente giunsi a Chicago, spettrale tra nebbia e neve e freddo. La televisione al mattino aveva raccontato di straripamenti un po' ovunque, di un'ondata di gelo inusitata per aprile. Su nel North Dakota parlavano di un vero disastro: il Red River era saltato fuori dal letto e si era messo a correre in mezzo alle città, infangando Fargo e mandando a mollo Grand Forks. Chicago invece era un'assenza di orizzonte, le nuvole basse si erano mangiate i grattacieli dalla cintola in su e il grande lago sembrava una sponda di fiume, ché non vedevi nulla a dieci metri di distanza. Era il Lago Michigan soltanto sulla fiducia.

Prese a nevicare, via via sempre più forte. Andai all'Ymca, l'albergo ostello dove Jack passò la sua prima notte a Chicago: era ancora lì al suo posto, colosso discreto tra grattacieli che neanche lo vedevano e dietro aveva una via ferrata di scale d'emergenza che sembrava salire in cielo. L'ingresso era ostruito da un'impalcatura e bisognava entrare da una porta laterale dove stava scritto "Lavori in corso, scusate il disturbo", la stanza singola costava trenta dollari, tassa compresa. Fuori il vento distribuiva acqua e neve e i marciapiedi erano una zuppa biancosporca. Così mi decisi a comprare un paio di scarpe sport trekker, simili a quelle che avevo visto a Harrisburg su un catalogo di vendita per corrispondenza. Le ricordavo bene perché la scritta 89,90 dollari era cancellata da un clamoroso 5,95. Pensai fossero fatte di cartone. Nel negozietto le pagai di più, 15 dollari, ma erano pur sempre un affare: scarpe da usare un giorno solo, da distruggere sulla neve, per salvare l'altro paio che avevo portato con me. Sulla scatola c'era scritto: "100% water resistant". Spudorati.

Ero a Chicago, che non "splendeva rossa davanti ai nostri occhi", sì, insomma, a quelli di Neal e Jack. Un *homeless* a pochi passi dall'Ymca si era assopito davanti a un fuoco, mentre la neve aveva coperto la sua richiesta di aiuto, scritta in stampatello su una scatola di scarpe. Ci sono posti d'America che in cinquant'anni non sono cambiati. Non troppo. Evitai il centro, il miglio d'oro, con la sua lezione eretta di architettura, e imboccai la North Clark del Be bop che fu, dove Jack passeggiò, solitario, quella mattina di vento e dove Allen Ginsberg doveva partecipare lunedì 13 aprile al Metro Theater a *A Tribute to Jack Kerouac*. Sotto quel cielo nero, la North Clark sembrava una strada al tramonto, sul punto di dire addio, grigia di neve. Teoria di case abbandonate, tutte "for sale", in vendita, eppure case bellissime, due piani appena e in cima alla facciata una crestina merlettata da cameriera e altri capricci di gesso e stucchi. E poi altre case di tre piani con lampioni verdi che sbirciavano il cielo tumefatto, mentre il metrò lo macchiava con nuove tonalità di grigio, sorvolando la via sulla sopraelevata. Una strada all'apparenza malinconica, una strada così triste che neppure ti accorgevi quando cominciava a costeggiare il cimitero.

Però una strada della memoria beat che, d'improvviso, da un blocco all'altro, si riaccese di umori e colori forti. Mi infilai in un bar pieno di gente e di silenzio, come accade a Chicago sotto la neve d'aprile. Davanti a me una ragazza leggeva *Mexico City Blues* con l'aria imbronciata, non so se per colpa di qualche verso di Kerouac o per quello, storto e grigio, che aveva preso la giornata, illuminata a malapena dai neon fuori orario. Studiava a Chicago, frequentava un corso di scrittura, ma veniva da Springfield. Si chiamava Ann ed era la prima volta che leggeva Kerouac.

– E tu vieni dall'Italia per fare la strada di quel libro?

La domanda era di quelle che già esprimevano un giudizio. E in quel giudizio c'era un cinque per cento di curiosità, uno 0,5 di ammirazione, un venti per cento di stupore e il rimanente avrebbe potuto suonare così: "Ma tu, figlio mio, sei matto finito". Devo ammettere però che Ann fu molto gentile a fare altre domande, cercando di approfondire la conversazione sulla letteratura americana. E alla fine trovammo una passione comune: Richard Ford. E lei parlò dei suoi libri.

– A me *Sportswriter* è piaciuto più di *Independence Day*, sarà che odio quelli delle compagnie immobiliari, ma il fatto che Ford abbia cambiato mestiere al protagonista dei suoi libri, da giornalista sportivo ad agente immobiliare, non mi è andato giù. Mi hanno combinato un bello scherzo quelli dell'agenzia, l'anno scorso, quando cercavo casa qui a Chicago... Meglio i giornalisti sportivi.

– Non direi.

– Perché?

– Ho fatto il giornalista sportivo.

In America credono a tutto, meno che alle cose vere. E Ann non credeva che avevo fatto il giornalista sportivo. E forse non credeva neppure che andavo dietro a un libro scritto da Kerouac mezzo secolo addietro.

Ma allora cosa ci faceva con quella copia di *Mexico City Blues*?

– Me lo ha prestato un'amica.

– Ti piace?

– Non so.

Molto americano.

In un altro bar, poco distante – al freddo si resisteva al massimo cinquanta metri – sfogliai una copia del "Windy City Times", il settimanale dei gay e delle lesbiche distribuito in tutti i locali pubblici della città. E lessi il saluto ad Allen Ginsberg che occupava un'intera pagina, al "poeta che si batté contro l'America fredda, meccanizzata, imperialista e omofobica". Era un omaggio sincero all'uomo che una mattina di dicembre del 1969 arrivò in città a raccontare la sua verità al processo contro i leader della Mobilitazione generale, Abbie Hoffman e gli altri sei, dopo le cariche e gli arresti effettuati dalla polizia alla Convenzione democratica; a salmodiare un mantra davanti alla Corte allibita; a rilasciare la sua provocatoria *Testimonianza a Chicago*. "Il suo nome, per favore." "Allen Ginsberg." "Occupazione?" "Poeta." Allora rispondeva ancora: poeta. Più avanti avrebbe detto: fotografo. Era l'idea fissa dei suoi ultimi anni.

Bar dopo bar arrivai al Metro Theater, dieci isolati più avanti, vicino allo stadio dei Cubs. Ricordo un grande cartello con la scritta "Annullato", sopra il manifesto del tributo a Jack Kerouac. L'ingresso era ostruito da cartaccia e pacchi di giornali vecchi: era come se il teatro fosse chiuso da tempo e ora, dopo l'addio di Ginsberg, sembrava non dovesse più riaprire. Comprai in un negozio poco distante una vecchia foto di Jack per settantacinque centesimi e un vinile con registrazioni di Charlie Parker a cinque dollari. Il terzo pezzo della prima facciata era "Be bop", note libere di saltar fuori come le parole nella prosa di Jack, che incitava: "Scrivi quello che vuoi senza fondo dal fondo della mente". Scrivi bop. "Scrivi 'senza coscienza' in semitrance." Suona bop. Come nella notte di Neal e Jack a Chicago, sulla strada di uno dei loro leggendari viaggi: "E che notte fu quella (...) Alzava il sassofono e ci soffiava dentro calmo e pensoso e ne tirava fuori frasi come suoni d'uccello e logiche architettoniche alla Miles Davis. Costoro erano i figli dei grandi innovatori del Be-bop".

La sera feci un salto al Blues, un locale sulla Halsted. Un tempo era davvero la sorgente della musica nera per i giovani neri, quando i treni dal sud salivano fino a Chicago, carichi di braccia, come un volo di vagoni migratori. Oggi è sempre grande musica nera, che si rifà il verso, ma per giovani bianchi. Solo bianchi. Perché i giovani neri la guardano con sospetto. E rappano sulla Madison o agli angoli di West Monroe, o nelle auto che girano come tradotte per i suburbi a sud della città, in attesa di un qualcosa, di una rissa, o peggio.

Allora Jack e Neal, la sera, andavano da Neets, che non c'è più o almeno io non lo trovai lì dove lo raccontava *On the road*. Oppure cercavano di portarsi una giovane nera, appena conosciuta per strada, nella Cadillac ammaccata, posteggiata nel vicolo dietro l'Ymca. Impacciato dragar donne.

Niente più Neets, niente più tastiere jazz. A North Clark trovai solo un Bar-I-Net, con dentro Internet naturalmente, e una schiera di giovani collegati alle postazioni: altre tastiere, per abbordare una ragazza senza nome e senza volto, stavolta lontana mille miglia. Non era più tempo di vecchi vicoli e a me che tra i vicoli ero nato e ci avevo giocato e baciato, e pure orinato – come Jack e Neal in faccia alle praterie – tutto quel passato, sommerso per sempre, faceva un po' malinconia.

Perciò l'indomani decisi di andare a vedere la vecchia Chicago in quello strano museo gratuito che era West Belmont, una strada tutta di rigattieri e robivecchi, di antiquari che antiquari non erano, ma collezionisti matti del passato, accatastatori di reliquie, di oggetti buffi e singolari. Percorrendo quella via feci il ripasso di un secolo di interni di case americane: spremiagrumi, saliere, soprammobili funesti, locandine di film di serie C, coperchi di scatole e scatole senza coperchi, lettere, cartoline e deliziosi *Valentine*, quei biglietti col cuoricino rosso da qualche parte e le forme e le storie più fantastiche che i bambini americani si spedivano fin dai primi anni del secolo. E che oggi sono quasi scomparsi, oppure roba da innamorati, specie da noi dove quel Valentino è sempre benedetto da un bel san.

In ognuno di quei bazar del passato cercai vecchie incisioni di Bird Parker, ma trovai solo Thelonious Monk. Entrai e uscii da scantinati, cortili con tettoia e pian terreni zeppi di radio, di vecchie insegne di birra e benzina, di anelli, gioielli, pitali, e cucine in formica e frigoriferi panciuti, soldatini di piombo e giocattoli. E fra questi un gioco da tavolo che da bambino, ne ero certo, mi avrebbe rapito. Era il "gioco del mercato", nell'anno consumistico 1916: una sorta di pre-Monopoli con barattoli di conserva, pani di burro, bottigliette di profumi, scatole di biscotti, tutti in cartone, splendidamente riprodotti, e da inserire in un percorso del mercato. Ciascuno nella casella della sua marca. Del suo sponsor d'allora. Pubblicità indotta, si direbbe ora. Era solo l'alba chiarissima dei consumi, offerti in pasto al fanciullo giocoso, che un giorno sarebbe cresciuto e avrebbe comprato, comprato e ancora comprato.

Sembrava di stare in una vecchia casa di Dreiser, a contemplare l'arredo, le stoviglie, i giochi, i libri di Pa' e le gioie di Ma' e la grande tragica potenza americana che fece di Chicago la capitale del capitale. La sua vertiginosa crescita e la crisi nera, le saccocce a penzoloni, che piangevano fuori dalle tasche. Sembrava di passare in rivista una città: interni di ricchi finiti male, finiti lì, nell'antique, e interni di poveri, tavolini da niente, quattro assi in croce, che forse erano lì perché quelli che sopra ci mangiavano, ci studiavano, ci lavoravano, magari avevano fatto fortuna. Come in ogni vecchia città che aveva assistito alle capriole del mondo. E a Neal "gli gusta 'sta vecchia città – il suo tenebrore, le sopraelevate, i fagioli, le puttane" scriveva Jack per conto degli umori del compagno.

Fu in uno di questi ammassi di chincaglieria, uno degli ultimi che visitai, lì dove la Belmont incrocia la Western, che vidi Jesse

Owens e non me lo feci scappare. Beh, non era proprio lui, ma di certo tra quei quattro pupazzetti di latta dietro la vetrina non poteva mancare il suo avversario Metcalfe, lo sprinter nero che arrivò dietro Owens a Berlino e che era stato secondo anche quattro anni prima, alle Olimpiadi di Los Angeles. Perché il grande gioco in latta che trovai era proprio quello della finale dei cento metri ai Giochi di Los Angeles del 1932: una lunga pista, circondata da vecchie bandiere, quella del Reich, del Giappone pre-guerra, dell'Italia monarchica, della Gran Bretagna di un tempo, dove le quattro sagome di latta prendevano a muoversi buffamente, mentre le corsie di cartone, azionate da una manovella in fondo al percorso, le facevano sussultare. Sembravano correre sul posto, ma in realtà avanzavano. Piano, ma avanzavano: per fare sessanta centimetri impiegarono, controllai l'orologio, esattamente 11 secondi. Non male, davvero. Un buon tempo, nel '32.

Uscii felice come un bambino con il mio pacco-pista e attraversai la strada, perché di fronte avevo visto un locale a metà fra il bar e il ristorante, all'altezza del 2000 e qualcosa di West Belmont. Si chiamava Beat Kitchen e mi ispirava più del Jack's Kerouac Restaurant che avevo scorto passando sulla Lincoln, al mattino. Intanto aveva un menu bellissimo: non i piatti, proprio il menu, plastificato, lungo quasi tutta la pista dei cento metri di Los Angeles e largo quanto le quattro corsie. In copertina una foto in bianco e nero di West Belmont e del locale che sembrava scattata negli anni quaranta. Presi una beat salad, che era una jam session di bacon, formaggio blu, uova sode, peperoncino, avocado, cipolle rosse, nocciole e pere. Ero lì che osservavo gli altri clienti, quando dal fondo della sala cominciarono ad arrivare fin sul piatto brandelli di musica. Non era un disco o una cassetta, sembrava piuttosto una jam session dal vivo: musicisti che provavano, sbagliavano, ripartivano, improvvisavano. Andai fino alla porta dai vetri fumé che pensavo si aprisse sulla toilette, per scoprire là dietro una grande sala teatro e un bel po' di gente che suonava.

Restai lì tutto il pomeriggio, preda di una strana felicità, ad ascoltare le prove dei Go Ask Brian, Ruby Grass, Good Girl Gretchen, Caution Horse per il concerto della sera. E pensai che Chicago era davvero musica, sempre. Tutta la musica possibile. Me ne convinsi più tardi, girovagando con l'auto. Non avevo mai ascoltato in vita mia una radio di babele come quella, che captava ogni stazione possibile: non solo jazz, rock, funky, blues, rap, commerciale, anni cinquanta, anni sessanta, intrattenimento, ma anche ritmi d'Africa, sitar d'India, cantilene cinesi, musica araba. Tutti i suoni del mondo in una banda larga pochi megahertz. E se il Be bop fu allora rivoluzione, quei ritmi, quei frammenti sonori – persino le canzoni del genere "I remember" e "nostalgia" – sembravano gli ingredienti di una nuova musica: sia che riecheggiassero il passato, sia che gridassero testi di rabbia in faccia al futuro. Un collage che fuggiva a note levate da qualsiasi omologazione.

Giravo la manopola della radio, attraversando Chicago, e tutti quei suoni insieme, ruotati a caso, saltando da una stazione all'altra, erano come un cut-up di Burroughs, un grande Be bop universale.

5. “E PER LA PRIMA VOLTA NELLA MIA VITA ENTRAI NEL WEST”

– Tutto quello che è qui dentro costa un dollaro?
– Certo.
– Anche questa cassetta del Requiem di Mozart?
– Certo.
– E pure questi occhiali da Lolita, a cuore?
– Certo.

Evelyn era molto fiera del suo negozio. E decise di fare anche lei qualche domanda.

– Da dove viene? Che strada ha fatto per arrivare a Chicago?
– Sono passato dalla Pennsylvania.
– Ci sono i dollari in Pennsylvania?
– Come, scusi?
– Si paga con i dollari anche in Pennsylvania?
– Credo che da voi negli Stati Uniti si paghi con i dollari ovunque.
– Lei non è degli Stati Uniti?
– No, vengo dall'Italia.
– E che lingua si parla in Italia?
– L'italiano.
– Italiano? Davvero?

Evelyn sorrise a una simile notizia ed evitò di chiedere se da noi si pagasse in dollari. O forse non le venne in mente. E io restai lì come un cretino con in mano una cassetta di Mozart e un paio di occhiali da Lolita, due dollari in meno e molti dubbi in più.

Soltanto tre giorni più tardi, quando un'altra signora mi chiese se anche in Italia avessimo il telefono, credetti di capire quello che intendeva Kerouac per “grande omologazione americana”: quell'analfabetismo di ritorno in cui va a morire anche la libertà, quell'idea terribile, molto americana, di chi pensa di riassumere in sé tutto il mondo, negando esistenze diverse, persino all'interno del suo stesso paese. Accettandole, infine, solo se rapportate alle sue leggi, alle sue abitudini, alla sua vita. L'ignoranza di sentirsi i migliori, i primi. O gli unici. Non in una fattoria sperduta dell'Idaho, ma persino al banco di un negozio di North Clark, nel caos multietnico di Chicago.

Kerouac aveva ragione quando profetizzò: "la Beat Generation, considerata pazzo nichilismo vestito di nuovi panni hip, diventerà la generazione più sensibile della storia d'America e perciò non potrà che fare bene". Un pazzo, ubriaco, geniale Kerouac ogni dieci anni, ecco cosa ci voleva all'America: una buona medicina per sviluppare gli anticorpi della relatività e dello spirito autocritico.

E invece quell'antica generazione stava togliendo il disturbo del tutto e quasi sottovoce. Quella mattina, su un vecchio numero di "Nightlines Chicago", testata viola e bordini neri, come una premonizione funebre, trovai un trafiletto dal titolo: "Attenzione, Allen Ginsberg è malato". Era un avviso di pericolo. Come ad avvertire: la strada sarà più scivolosa senza di lui.

Ma la strada era la strada, come diceva Jack. E con la neve che ormai s'era conquistata tetti e marciapiedi, era diventata scivolosa anche sul piazzale del motel dove avevo deciso di alloggiare, su a nord, dalle parti di Des Plaines, oltre l'aeroporto. Ero stato a spasso per memorie: avevo cercato il Biograph, il cinema dove avevano steso Dillinger, tradito dalla misteriosa signora in rosso – davano *The Devil's Own* – e in una libreria poco più in là, sempre sulla North Lincoln Avenue, avevo trovato un volume sui vecchi treni delle linee dismesse, usati dal cinema western. Treni che erano sempre gli stessi ma ai quali cambiavano nome, numero e linea a seconda del copione e dei luoghi scelti da sfondo alla storia, tanto che nello stesso angolo di Colorado potevi viaggiare sull'Union Pacific e sulla Southern, sul Santa Fe e sul Denver&Rio Grande.

E finalmente rividi le betulle in bianco e nero dei boschi intorno a Paterson dove l'attore George Barnes, il primo pistolero del cinema, chiudeva la pellicola *The Great Train Robbery* sparando a sorpresa verso il pubblico. Era un sacco di tempo che andavo cercando quel libro. Perché un po' mi sentivo come Jack quando scriveva in *On the road*: "Io adoro i carri merci e adoro leggere i nomi che ci stanno sopra come Missouri Pacific, Great Northern, Rock Island Line". Binari leggendari.

Dopo tante memorie volevo una serata poco impolverata, ma sì, anche kitsch. Volevo un posto dove trovare Evelyn e la sua America che ignorava dove fosse la Pennsylvania e l'uso degli stessi dollari in ognuno dei cinquanta stati. Guidai per dieci miglia sotto la neve e finii per infilarmi in un centro commerciale, un grande mall, e da lì, a capofitto nel mondo sommerso, secondo piano interrato, nella Rainforest, un ristorante ambientato in una foresta pluviale dove si mangiano sempre e comunque hamburger e patatine ma tra cascate d'acqua, improvvisi temporali, elefanti che saltano fuori dalla siepe di cartapesta a barrire l'ora e altre amenità.

Di posti come la Rainforest in America ce ne sono sempre stati. Una volta anche Jack disse di aver mangiato in "una tavola calda del centro, decorata in modo da sembrare una grotta, con mammelle di metallo che schizzavano acqua dappertutto e grandi impersonali deretani di pietra appartenenti a qualche deità e a un Nettuno scivoloso. La gente consumava lugubri pasti attorno alle cascate d'acqua, i volti verdi di dolore marino".

Per fortuna, la scimmia che avevo sopra la testa non era particolarmente rumorosa e il mio pasto fu sereno, nonostante un doppio temporale: ce n'era in programma uno ogni venti minuti.

Alla fine pagai in dollari, come si fa in Pennsylvania.

Città, soprattutto città: Harrisburg, Pittsburgh, Chicago. Era come se la partenza fosse stata sempre rinviata. Avevo già percorso un mucchio di miglia, ma l'America di *On the road*, quella degli autostop, del West e di Cassady che aspettava a Denver per mettersi a girare come una trottola, quella doveva ancora cominciare. Ed era capace di regalarmi un'aspettativa da notte di Natale, da partenza per le vacanze, da appuntamento col batticuore. Mi era presa una gran voglia di rivedere Denver, Salt Lake City, magari di ripassare di nuovo sulla 50, la strada più solitaria d'America, quel pezzo di Nevada dove si fa tanta strada come da Torino a Venezia, incrociando due paesi appena e una desolazione che l'odore dell'artemisia trasforma in straniamento.

"E per la prima volta nella mia vita, il pomeriggio entrai nel West. Era una giornata calda e bella per l'autostop." Cominciava così il grande viaggio delle praterie di Jack Kerouac nel '47. E allora anch'io, per andare a Joliet, scelsi la sua vecchia strada, fuori dalla interstate, ma non fui sicuro che fosse quella giusta fino a quando, sulla destra, non spuntò tra i prati come un college – un istituto esclusivo, un centro di ricerca, sistemato lassù in cima alla collina – il vecchio penitenziario raccontato da Jack. Mi fermai a scattare qualche foto, anche se sapevo che era proibito.

Avevo letto su "Usa Today" un'inchiesta sui penitenziari americani, sui ragazzi, sempre più numerosi, che entrati una volta e poi usciti, tornavano a entrarvi come in un ufficio, per restarvi spesso tutta la vita. Ripensai a Neal Cassady, ragazzo di strada prima che guerriero della strada, avvezzo a entrare e uscire da posti come quello, portandosi appresso i suoi amati Proust e Schopenhauer. E diventando agli occhi di Jack un Dostoevskij con il senso del delitto, del castigo, del gioco, dell'amore. E pure della scrittura, con quelle sue memorie del sottosuolo di Larimer Street, dell'hotel Skylark, dei buchi malfamati della Denver che l'aveva allevato tra buche di biliardo e serrature da aprire; con quelle sue lettere infinite dove parlava, parlava e soprattutto scriveva come parlava. Un po' come Kerouac scrisse *On the road*, parlando come Cassady: una gettata di emozioni, un idrante di parole su quell'unico rotolo di carta per telescrivente infilato nella macchina per scrivere. Senza un "a capo", senza cambiare foglio, senza riposo. Come Neal al volante.

Pensai a Neal Cassady con le orecchie a sventola e i capelli a spazzola e la faccia da ragazzo e sotto la targhetta Denver 26362, 7-1144, la sua matricola da galeotto. E guardai la faccia di Sam Smith, 17 anni, sulla pagina dello special report di "Usa Today" e quella di Bruce Cabbagestalk, 16 anni, e quella di Daniel Lopez, che mostrava a sua volta la foto di una bambina di un anno e mezzo, sua figlia. Adolescenze inquiete d'America, futuri intollerabili. Inesistenti. Ma Cassady ora era fuori. Era a Denver e aspettava il compare che guadagnava lentamente, un autostop dopo l'altro, il Mississippi. Mentre Ginsberg, guardando dall'alto quel luogo, dalla sua poesia-aeroplano, avrebbe scritto più avanti, negli anni caldi del Vietnam: "Proprio adesso gli adorabili rampolli/ di Joliet si rannicchiano in Prigionia,/ progettano raid su villaggi inermi/ dove il Me-kong, germoglia". Pensai ai ragazzi di Joliet, a quei figli già padri, a quei giovani vecchi. A duecento metri in linea d'aria dalla mia libertà, nella loro ora d'aria.

Ero all'incrocio dei sogni, otto miglia a ovest di Joliet.

Da una parte la vecchia 66 che scendeva a sud, la strada madre d'America, spina dorsale di uomini sfiniti che imboccandola portavano con sé tutto, anche l'ultima goccia di speranza, soprattutto quella: da Chicago a Los Angeles nei giorni della Depressione, partendo dall'Illinois, dal Missouri, dal Kansas o dall'Oklahoma arida di Tom Joad. Poi vennero i giorni dorati degli anni cinquanta, auto e famiglia, famiglia e motel e in fondo alla strada la California delle cartoline; infine il tempo dell'abbandono, del serial tv *Route 66* che diventò anche un gioco da tavolo, la stagione dei tratti rampanti delle interstate che, larghe e diritte, divorarono la leggenda lasciando all'erba il compito di ricoprire ciò che avevano risparmiato. *Get your kicks on Route 66*, cantava languido Nat King Cole. Che piaceva tanto a Neal.

Dall'altra parte la strada numero 6, quella che avrebbe percorso Kerouac, che arrivava a Los Angeles passando per il Nevada, e che lì a Joliet prendeva subito a ovest, tirando diritto senza ripensamenti per tutto l'Illinois, l'Iowa, il Nebraska e il Wyoming, prima di piegare a sud verso i deserti. Misi nel mangianastri *In My Tribe* dei 10,000 Maniacs, e partii su quella stessa traccia che oggi si chiama interstate 80 ascoltando la voce di Natalie Merchant che dolcemente chiede a Kerouac: "Ehi Jack, quando tu eri la stella più luminosa, quali erano le ombre?". Ora davvero cominciavo a sentirmi in viaggio.

Cielo carico di blu. Chiazze di neve a pezzare la campagna dell'Illinois, ma meno freddo del giorno prima. Il riflettore del sole sul parabrezza arcobaleno. Mandrie di camion a Morrisville, pronte a muovere verso ovest, appena calata la sera. Ricordo la fretta di arrivare al grande fiume, di vederlo ancora in piena luce, per non aver rimpianti di quella prima volta. Lo annunciarono canali, paludi e gli altri corsi d'acqua che gli correvano a fianco, oppure erano le sue stesse braccia. I bracci che il grande fiume allargava come un Visnù per miglia e miglia.

Prima di arrivare a Rock Island mi fermai di lato, ripresi in mano *On the road* e lessi: "E qui per la prima volta vidi il mio adorato fiume, il Mississippi, asciutto nella caligine estiva, l'acqua bassa, con quel suo forte ricco odore che è lo stesso del crudo corpo dell'America perché la lava tutta". Poi rimisi Uccello di Tuono in strada e mi avviai al ponte di Davenport, pensando a Jack-Sal seduto a fianco della signora che gli aveva offerto un passaggio, una stanca signora diretta nell'Iowa, mentre sbirciava giù dalle arcate di ferro la grande ferita d'America che perdeva acqua appena.

Quello che vidi io quel pomeriggio era un Mississippi molto diverso, fin troppo imponente. Toccava ai sacchi di sabbia tenerlo a distanza: in doppia fila e la prima aveva già quasi ceduto. Il fiume era uscito a sommergere il parco intorno. Solo le spalliere dell'ultima fila di panchine spuntavano dall'acqua. Il lunapark di Davenport era a bagnomaria compresa la grande ruota che, a volerla far girare, avrebbe ospitato i pesci portandoli in cielo prima di rimetterli giù. E proprio quel cielo, così azzurro e netto, sembrava beffarsi di quel fiume-lago là sotto, fingendo di non aver fatto nulla di male nelle ultime quarantotto ore. Lui, così pulito e innocente, stracarico di luce.

Ma forse Jack lo vide anche così il suo fiume, in quel continuo vagare di qua e di là, da un oceano all'altro, toccando la sponda degli eventi e ripartendo da capo, senza che Ginsberg e Burroughs riuscissero a capire quel suo bisogno di andare senza tregua, di viaggiare per non stare fermo, quella smania che solo Cassady poteva comprendere. "E di nuovo ho amato il Mississippi per la nona volta" scrisse Kerouac in *Visioni di Cody*, perché in fondo quel poeta che andava per le strade con l'aria di non sapere dove sarebbe finito l'indomani – come l'uomo dal basco vinaccia che avevo incontrato a Harrisburg – in realtà amava le carte geografiche, segnava ogni paese del suo deambulare, ogni bar, ogni chiosco, ogni pompa di benzina. E tutto annotava, anche solo nella mente e ritornava a far di conto su strade già percorse, scorci già visti e archiviati. Collezionista di paesaggi e visioni. Di lunghe strade rosse e blu. Jack Kerouac, cartografo d'America.

Davenport stava sull'attenti in riva al fiume, cercando di non bagnarsi i piedi. Per metà era ancora la Davenport di Kerouac, dove tutti giravano con berretti da baseball, e ora smontavano dalle auto e dai furgoni per guardarsi il fiume, capire dov'era arrivato e dove sarebbe voluto arrivare. Cercai un Tom come quello di Harrisburg, lo stradino del Susquehanna, uno che di vero mestiere facesse lo scrutatore del fiume. Non ce n'erano. Solo famigliole che scendevano verso l'acqua e lasciavano che i bambini, con gli stivali di gomma, sguazzassero come ogni giorno nel loro parco diventato acquario. E quelli sembravano felici di dar calci ai pesci invece che a una palla.

Per l'altra metà non era più la Davenport di Kerouac. Nessuno aveva cappelli da ferroviere, la stazione era chiusa e il bâtiment vicino, quello che era stato ricovero, magazzino, camerata per ferrovieri e sala d'aspetto, era diventato una birreria. Come a Pittsburgh e, come avrei scoperto più avanti, a Omaha, a Denver, a Salt Lake City. Capii che c'era del metodo in quella metamorfosi. Nel cambiamento di scena e di senso, da transito delle anime a ristoro dei corpi, si leggeva il desiderio di recuperare la memoria di luoghi che erano cari, come vecchi parenti ormai persi di vista: quelli incrociati nell'infanzia e in gioventù, quelli che non puoi dimenticare perché hanno lasciato un segno nella tua vita, regalato un libro decisivo, raccontato una storia che continuerai a portarti appresso. Anch'io avevo avuto delle stazioni di Davenport: due lontani zii. Uno mi aveva fatto fermare alla stazione de *La bella estate* di Cesare Pavese e si chiamava Francesco. L'altro, di nome Ugo, mi aveva invece regalato la *Guida all'ascolto della musica sinfonica*, che era come giocare con il mappamondo della musica. Ed erano stati due grandi viaggi che non avrei più dimenticato.

Entrai nel ristorante bar che poi era una grande birreria chiamata Freight House, con vista sul fiume e ci trovai, più rustiche, le stesse memorie del Grand Concourse di Pittsburgh. Un passato da tenere da conto, ancora stazioni per un on the road quotidiano, luoghi già monumenti – non per il valore dello stabile, solo per affetto – dove non si era ancora spento quell'odore aspro di binario e di traversina, di scompartimento e di viaggiatore. Quel gusto metallico di predellino che saliva in bocca come una *madeleine*. Perché Davenport, stava scritto su una targa, aveva inaugurato uno dei primi tratti di ferrovia in America. Un altro pezzo di storia venuto giù. Il futuro fa sempre calcinacci, ma di solito non li scopa via del tutto. Ecco cos'era oggi quella birreria.

"Come Proust sii un vecchio tempomane," raccomandava Kerouac al punto 14 della sua fulminante *Dottrina e tecnica della prosa moderna*. In quella stazione che fu, non era poi difficile. E feci come il Kerouac di Davenport, in barba ai limiti alcolici imposti ai guidatori sulle strade d'America: trangugiai tre birre gelate una di seguito all'altra in modo da combattere con successo i salatissimi pretzel, che poi sarebbero i brezel bavaresi, quelli a forma di gigante biscotto della nonna, ma un po' più morbidi, un po' più lievitati e ancora più salati. Sì, insomma, un po' più. All'americana.

C'era un'aria di nostalgia in quel sole freddo e perfetto, o forse era la birra che mi illanguidiva, ma tutto sembrava muoversi a rilento, senza frenesia, in una strana pace della luce. E non l'avevo certo mischiata con la dexi, la mia birra, come Jack che stravide per tutto il Nebraska nel '49. È che il passato quando arriva senza far male è come una sedia a dondolo: ci si sente un po' più vecchi, ma consolati dal movimento che culla anche i pensieri più cattivi e gli angeli più neri. Un uomo accese la pipa e guardò il fiume, poi fissò la donna che aveva di fronte, poi di nuovo il fiume. Non dissero una parola.

Pensai alla *madeleine* di Kerouac che fu proprio una pipa. Cercai a lungo quella sua pagina, una volta tornato a casa. La detti per persa, poi un giorno la ritrovai: *madeleine* della mia *madeleine*: mise en abîme, direbbero i francesi. E forse l'avrebbe detto anche Jean Louis Kerouac, detto Jack, che era francese del Canada e che la madre chiamava *mon ange*. E qui la trascrivo, quella frase molto francese: "E il fumo della pipa costituì, d'un tratto, la rivelazione che quell'uomo, quel tremendo personaggio, m'accettava, e m'aveva sempre accettato, sicché, in seguito agli eventi di ieri... la solitudine... la (come dice Proust, dio lo benedica) 'inesprimibilmente deliziosa' sensazione di questo ricordo... poiché i ricordi, come il vino, più sono vecchi e più sono rari... pregiati... sicché se trovi un ricordo veramente vecchio, un ricordo dell'infanzia, non uno impresso già nella memoria e più volte degustato, ma uno nuovo di zecca, ebbene, allora, ha un sapore più buono del cognac Napoleon". O della figurina mancante del vecchio album. O di una delle biglie che Jack usava per i suoi gran premi di cavalli immaginari, giù dallo scivolo della sua stanza da letto.

Uscii dalla vecchia stazione dei treni di Davenport e cercai quella degli autobus che distava appena cento metri: dove Kerouac si rifugiò a mangiare torta di mele con gelato, prima di prendere un bus che lo portasse fuori città, sulla strada, a fare l'autostop. Quell'autostop che fin lì non avevo visto fare a nessuno. Il locale era un brutto parallelepipedo di cemento senz'anima: e ai suoi fianchi due pareti curve, in mattoni, funzionavano da corsia per i Greyhound, un altro trasporto leggendario in crisi. Ormai, anche sul levriero rosso e blu salivano in pochi. Quella non era certo la stazione di Jack.

– Ero affezionato alla vecchia stazione, ma cadeva a pezzi.

– Quando l'avete buttata giù?

– Due anni fa.

Così rispose il bigliettaio e subito si voltò verso l'altro sportello, anche se non c'era nessuno in fila. E anzi, c'eravamo solo noi due in tutta la nuova stazione degli autobus di Davenport, dove parlavano solo le sirene e i lamenti dei videogiochi, orfani di piloti, deserti di guerrieri. Ripresi l'auto e rientrai sull'interstate all'altezza delle pompe di benzina dove Kerouac salì, probabilmente, sul camion che lo avrebbe portato diritto fino a Iowa City e dentro il West. Carico di impazienza: "Ora potevo scorgere Denver scintillare di fronte come la Terra Promessa, laggiù lontano sotto le stelle, attraverso la prateria dell'Iowa e le pianure del Nebraska, e più oltre riuscivo a vedere la più imponente vista di San Francisco, come gioielli nella notte".

E anch'io tirai diritto e andai oltre, fino a Newton, sulla strada che affetta l'Iowa in due pensando a quella frase che Robbie Robertson pronuncia in *The Last Waltz*: "La strada è stata la nostra scuola, ci ha stimolati a sopravvivere, ci ha insegnato quello che sappiamo". Sentivo che stavo andando anch'io a lezione, un volante per banco.

6. “FRA L’EST DELLA MIA GIOVINEZZA E L’OVEST DEL MIO FUTURO”

Se la campagna dell’Illinois era stata un fiorire di campanili d’acqua, di serbatoi a fungo, con il nome della città impresso su in cima – per raccontare al viaggiatore che passa in quella terra senza soste, che lì è Perù e laggiù Mendota e quello è Geneseo – la campagna dell’Iowa assomigliava invece a una grande armeria a cielo aperto, con quei suoi silos giganti puntati verso il cielo come gelidi proiettili. Come tante sputnik care al nemico della Guerra fredda che fu. Sì, insomma, un pianale irto di simboli fallici, una singolare ode alla fertilità: c’era del seme là dentro, grano, tanto grano. E soldi, e sostentamento. Era davvero primordiale quella toponomastica del Midwest, impressa sul pane dei silos e sull’acqua dei conservoni. Un pianale dove perfino il dosso modesto che la interstate 80 rimontava prima di Oxford faceva la figura di un belvedere e l’orizzonte, in fondo, sembrava picchiare in discesa.

Il buio venne giù di colpo ed era strano per una giornata così luminosa. Sentivo la stanchezza, ma mi ero imposto di fare quella tirata fino a Newton, perché quello era un paese che nel libro aveva una sua storia. Lì i poliziotti dell’Iowa avevano fermato la Cadillac di Neal-Dean e Jack-Sal che filavano da Denver a Chicago, nella terza parte di *On the road*, dopo che il Lord of the Highway d’America aveva centrato un’auto a Des Moines, mandando in frantumi un otre e dopo che l’autista tamponato, insospettito da quelle facce che non erano da Cadillac e stavano chissà come dietro i finestrini di quell’auto di lusso, li aveva denunciati come ladri d’auto.

E poi perché avevo voglia di scoprire se davvero ogni stradina di Newton si affacciava sulla prateria. Anche se non ci sarebbe stato verso di sentire “l’odore del granturco come rugiada della notte”: c’erano ancora chiazze di neve qua e là e di certo il granturco dormiva sotto quelle coperte e non si sarebbe fatto vedere che tra un paio di mesi.

Mi fermai in un motel enorme, con tanto di piscina, in mezzo alla prateria. Costava poco ma era senza clienti, salvo due matti che giravano a torso nudo nel gelo, coperti solo dai tatuaggi. Cinquant’anni prima un motel simile non esisteva di certo: era una grande “elle” di cemento, ma faceva parte di una vecchia catena che avevano inaugurato nel ’46. Ricordavo bene quella data perché una volta, a Yuma, Arizona, avevo dormito nel motel capostipite – aperto laggiù, tra deserto e galera – che manteneva ancora la sua aria romantica, sapeva di America anni cinquanta, pneumatici candidi e confine messicano alla Orson Welles in *Touch of Evil*. Aveva un nome da conquistatore, Coronado.

Stavo entrando nei Grandi Piani: vacche pezzate e un cielo Magritte, tutto nuvole a fumetti. “Viva le povere mucche, faccepallide, sonnecchianti nella sera, nel chiuso, ai lontani richiami dei treni – a sognare le pianure dell’Iowa di morbida erba – che domani saranno bistecche.” Stavo entrando nei Grandi Piani dimenticati, nella terra che tutti attraversavano più in fretta possibile: gli uomini che correvano da una parte all’altra dell’America, gli stormi di uccelli che salivano verso nord, e pure le nuvole che là sopra dovevano avere anch’esse una loro autostrada tanto andavano veloci.

Cercai la pianura infinita di Jack, alla sera, sbirciando in fondo alle stradine di Newton, ma l’orizzonte mi sembrò ancora troppo mosso, nervoso: è vero, c’era la prateria fuori dalla porta dell’ultima casa di Newton, ma i Grandi Piani li avevo immaginati diversi. Come diceva Neal a Jack: “Tu sei un ragazzo dell’Est e sognavi i cavalli”.

– Guardi che la regione che intende lei comincia dopo la grande curva del Platte, all’altezza di Grand Island, in Nebraska.

– Ne è sicuro?

– Certo. È un paesaggio noiosissimo. Niente da vedere. Non è come da noi qui nell’Iowa.

Feci due conti. Mancavano ancora trecentocinquanta miglia a Grand Island. La notte si era presa la prateria di Newton, annullando l’orizzonte. Mi chiesi: se i Grandi Piani erano ancora lontani, cosa c’era da vedere allora nell’Iowa? L’avrei scoperto il giorno dopo.

Al mattino mi alzai presto e bighellonai per Newton, una graziosa cittadina di gente cordiale, dove tutti ti ringraziavano per aver preso il caffè, o per aver acquistato un giornale, o per essere entrato a curiosare nel loro negozio. Davanti alla City Hall, che era piantata al centro di un prato secco, un signore molto anziano con un cappellino da baseball con la scritta Atlanta '96 – forse era stato nel grande carnaio del Sud, nei giorni delle Olimpiadi – si fermò davanti alle strisce pedonali con il suo pick-up e decise che dovevo attraversare. Assolutamente. Forse l'aveva intuito per via di un mio sbandamento da pedone infreddolito. Forse a quell'ora, nella piazza, tutti quelli con un giaccone marrone e i jeans attraversavano la strada. Fatto sta che si fermò e continuò a sorridermi e a convincermi con la mano che potevo tranquillamente passare dall'altra parte. Non ne avevo alcuna intenzione, ma alla fine lo feci contento perché si era fatta la coda dietro alla sua auto. E lo ringraziai. Lui mi salutò toccandosi il cappello come un reduce. Prima di tornare indietro aspettai che avesse girato l'angolo. Era il prototipo della gente di Newton.

Uscii dalla città verso ovest, puntando su Des Moines, che distava da lì solo una mezz'ora d'auto: perché a "Des Moines, nel pomeriggio, c'erano i più bei branchi di ragazze, dovunque guardassi" aveva scritto Jack. E al momento di lasciare la città aveva confermato, come assalito da un rimpianto: "Così mi allontanai di corsa dalle belle ragazze, e le più belle del mondo sono quelle che vivono a Des Moines". Caspita. Avevo una gran voglia di Des Moines.

C'era dell'altro. Qualche anno prima avevo letto un libro di Bill Bryson, *America perduta*, il racconto di un viaggio attraverso l'America delle piccole città, alla fine degli anni ottanta. Bryson era di Des Moines, ricordavo che il libro cominciava proprio con questa informazione natale, e tra i ringraziamenti ce n'era uno davvero spiritoso per "mia madre, Mary Bryson, che ha ancora le più belle gambe di Des Moines". Feci un rapido calcolo. Bryson era del '51, stava scritto sulla quarta di copertina del libro, il primo viaggio di Jack era del '47. Conclusione: Kerouac aveva ammirato di certo la madre di Bryson – anche le sue gambe, supposi – e doveva esserne rimasto folgorato.

Stavo per rientrare sull'interstate quando vidi una stazione di rifornimento e decisi di fermarmi a fare benzina. Ma non era una stazione di servizio, o meglio, lo era stata: ora era un altro di quegli antique mall che come un rosario si sgranavano lungo le uscite dell'autostrada. Stazioni dei treni diventate ristoranti, stazioni di benzina divenute rigatterie. Memorie, graffiti, passato che in qualche modo tornavano con un foulard, un portatovagliolo, un bilancino da ufficio postale, un libro che ce-l'avevo-ma-l'ho-gettato-chissà-dove. Per quattro dollari comperai una carta stradale dell'Iowa degli anni trenta o quaranta, della Tydol: una delle squadre che Jack da bambino presentava al suo immaginario campionato di baseball. Tornai nell'auto e la spalancai. Era una carta consunta, ma là sopra l'Iowa era più bello senza le interstate che ora lo tagliavano in quattro: una carta più democratica con tutte quelle strade, grandi e piccole, dello stesso colore, sia che si prendesse verso la sperduta Rake, sia che si andasse diritti come un fuso, o un vecchio pioniere, fino a Council Bluffs dove un tempo, sulla sponda del Missouri, si radunavano i carri e si formavano le carovane che sognavano l'Ovest.

Des Moines. "Mi trovavo a metà strada attraverso l'America, alla linea divisoria fra l'Est della mia giovinezza e l'Ovest del mio futuro." Ero arrivato anch'io a Des Moines. E per prima cosa andai verso l'Ymca, dove Jack non trovò posto per dormire, poi mi spostai pochi isolati più a sud, tra i vecchi edifici della ferrovia, in cerca di una birreria che stavolta non c'era: solo vetri infranti di grandi stabili in mattoni rossi, fornaci, officine, depositi, ricoveri. Nessun alberghetto, simile a quello dove Jack passò la notte, era sopravvissuto in quel cimitero del lavoro duro di un tempo, tra quelle carcasse di operosità travolte, emigrate, riconvertite.

Mi venne una gran voglia di scattare foto a quei dinosauri anni trenta, forse persino più vecchi. Passavano pochissime macchine, ma tutti i conducenti, uomini e donne, mi lanciavano un sorriso come si fa con gli eccentrici, i matti, i collezionisti di passioni. Arrivò anche un lungo merci e il macchinista si affacciò dal finestrino della motrice e anche lui mi salutò facendo suonare a lungo la sirena e quasi fermandosi. Forse temeva un potenziale suicida.

Kerouac aveva ragione, soppesando i suoi rari pasti, a notare che le porzioni di torta di mele con gelato diventavano sempre più grandi mano a mano che si andava verso ovest. In uno dei bar dove si siedono al sole gli universitari di Des Moines me ne portarono una che non temeva confronti né con Chicago né con Joliet e neppure con Newton. Pensai a Omaha, al Nebraska, e al dessert dei Grandi Piani. Ma anche a quello strano viaggiatore che sognava Denver e un futuro di scrittore e non sapeva bene come sarebbero stati l'una e l'altro. Fino a perdere coscienza, in quell'alberghetto di Des Moines, in una sera solitaria come la mia: "Mi svegliai che il sole si faceva rosso, e quello fu l'unico chiaro momento della mia vita, il momento più strano di tutti, in cui non seppi chi ero... Mi trovavo lontano da casa, ossessionato e stanco del viaggio, in una misera camera d'albergo che non avevo mai vista, a sentire i sibili di vapore là fuori".

Le ragazze di Des Moines non erano poi così belle: allegre, sorridenti, stipate anche in cinque nelle auto che passavano davanti al locale, ma le loro nonne, incontrate da Jack, dovevano essere state più affascinanti. Il traffico sfrigolava lento, tirava un'aria sonnacchiosa da provincia tranquilla, da pomeriggio d'estate anticipato. Le auto di passaggio rombavano ormai sull'interstate, non transitavano più per la città come un tempo, quando "attraversammo di nuovo la vecchia Des Moines" e Neal-Dean fece l'incidente, tamponando nel traffico intasato.

C'era ancora luce. Andai verso ovest, sulla vecchia numero 6 fino a Adel, solo per vedere un vecchio olmo, o meglio se c'era ancora il vecchio grande olmo vicino alla pompa di benzina, là dove si incontrarono gli autostoppisti del '47 – Jack e un tizio irlandese –, che fecero amicizia e strada assieme. Solo per vedere un posto dimenticato dall'interstate – costruita cinque miglia più a sud – che forse era rimasto quello di una volta.

Non restai deluso. C'era una stazione Amoco e l'olmo addosso, c'era un'aria da paesetto agricolo, non più percorso dai vagabondi d'America. E c'era la vecchia strada a due strette corsie dove Neal arrivando da ovest fece il matto, gareggiando, Cadillac contro Buick, con un italiano di Chicago che lo sorpassò e tenne duro fino a quando un camion non gli si piantò in faccia e allora si mise da parte, giusto di fianco a una stazione di servizio, lasciando passare il guerriero dell'asfalto che era partito dal Colorado e non aveva riposato neppure un minuto, col pieno di adrenalina dentro.

– Davvero non sei mai stato a Winterset a vedere i ponti coperti?
– No.
– Sono quelli di Madison County, quelli del film.
– Ma quanti sono?
– Cinque o sei ma devi fare strade bianche per vederli. E poi a Winterset c'è la casa di John Wayne. Io sono di Indianola, ma co-

nosco bene quella zona. Se domani mi dai un passaggio fino a casa mia, ti spiego dove stanno esattamente quei ponti, perché non è facile trovarli e non ci sono indicazioni su come arrivarci. E poi la zona è tutta sottosopra perché stanno facendo dei grandi lavori di sbancamento.

Mark era un ragazzo di vent'anni che aveva aiutato un tizio a scaricare balle di fieno a Adel e aspettava un passaggio per tornare a Des Moines e di qui, la mattina dopo, a Indianola. Avevo incontrato un autostoppista involontario – non sulla strada, ma al bar, complice la birra – un po' come Kerouac che da quelle parti aveva incrociato l'irlandese strambo che l'avrebbe accompagnato per un po' verso ovest.

Quel Mark senza saperlo aveva toccato un nervo scoperto: Wayne. O meglio, il West e i western di Wayne. C'era di mezzo un anniversario che mi spingeva ad andare: Wayne era nato novant'anni prima proprio là nell'Iowa, in un posto sperduto, qualunque. Però mi tratteneva il timore che quel passato rispolverato fosse solo una grande delusione. Proprio su *America perduta* di Bryson avevo letto di un paese abbandonato, di una Winterset bella ma triste, decaduta. Non sapevo che i ponti di Madison County avessero nel frattempo fatto il miracolo. Alla fine, decisi di lasciare per qualche ora la strada di Jack e di prendere quella di John.

Strade così diverse che neppure a farlo apposta avrebbero potuto incontrarsi. In *On the road*, *Visioni di Cody* e gli altri libri di Kerouac, non avevo mai trovato il nome di Wayne. Eppure ce n'era di cinema in quelle pagine: da Chaplin a Fred McMurray, da Alan Ladd a Gary Cooper, da James Cagney ai fratelli Marx, da Veronica Lake a Béla Lugosi, da Lana Turner ad Ava Gardner, da Joel McCrea a "Errol Flynn e Bruce Cabot ma infinitamente più beat", fino a Gina Lollobrigida, che chiudeva l'ultima pagina di *Angeli di desolazione.* E poi un sacco di nomi di cinemetti di gioventù: Gavety, Optic, Capricio. I luoghi delle prime visioni. Però Wayne non l'avevo mai incrociato: figurarsi il Grande Ribelle cosa doveva pensare del Grande Reazionario, e viceversa. Forse che Wayne, in morte di Ginsberg, avrebbe scritto parole diverse da quel tale del "Pittsburgh Tribune Review"?

Eppure c'era qualcosa che accomunava quei due. Intanto entrambi erano stati due buoni giocatori di football americano: Marion Michael Morrison (non ancora John Wayne) all'University of Southern California e Jack Kerouac (non ancora Jack Duluoz) alla

Columbia University, a New York. Piccole stelle dell'agonismo, tutti e due avevano avuto fotografie e titoli sui giornali prima di riaverli, e averli ancora, per altri mestieri. Non avevano certo gli stessi occhi per guardare l'America, ma a metà dei sessanta, a Vietnam già esploso, certe tirate sui comunisti non erano forse di entrambi? Decisi di andare a curiosare. Riportai Mark a Des Moines, dandogli appuntamento per il mattino dopo.

7. “ANDAMMO IN UNA VECCHIA BETTOLA DI STUART”

Birthplace of John Wayne. Il cartello apparve subito fuori Indianola, lungo la 92 dell’Iowa. Agganciato a quello arancione che annunciava una deviazione per lavori in corso. Un pick-up, che andava a rotta di collo e che incrociai sulla strada bianca, dette a quel sentiero tra il verde un’infarinata di polvere, come di carovana appena passata. Sembrava di stare in un paesaggio-set. Pochi minuti prima avevo lasciato Mark, dopo avergli offerto un caffè, davanti allo schermo gigantesco del vecchio drive-in di Indianola, mezzo bucherellato dal vento e dall’abbandono: pochi brandelli di tela ancora appesi allo scheletro dei tubi e pezzi di cielo dall’altra parte, come unica pellicola possibile.

Mark mi aveva raccontato di averci visto, anni prima, *Cavalcarono insieme* e un western con Wayne del quale non ricordava il titolo: dopo un’istruttoria su scene, trame, attori, stabilimmo che si trattava de *I quattro figli di Katie Elder*. Ero rimasto a fissare quell’impalcatura con la stessa malinconia che ti assale davanti agli affreschi scrostati dal tempo in qualche pieve sperduta, e davanti ai vecchi cinema che hanno chiuso i battenti per sempre, come quello de *L’ultimo spettacolo* di Bogdanovich, o quello di casa mia – una sala che aveva un bel nome latino, Properzio – o i due che avevo frequentato più di vent’anni prima a Venezia, in campo Santa Margherita.

Fissai quel drive-in in disarmo: chissà quante volte Wayne era apparso là sopra, camminando dentro lo schermo enorme con quell’andatura solo sua, “l’anca che rifà il David di Michelangelo” come scriveva Garry Willis nel libro su Wayne che avevo comprato la sera prima. Eroe americano di nuovo rispolverato, perché quando ci si sente smarriti, come certa America d’oggi, per star meglio e riprendere fiducia, son buone tutte le radici, anche quelle di celluloide. E Wayne era l'unico caso della storia americana, spiegava Willis, che "invece di passare come David Crockett o Buffalo Bill dalla Storia al mito, aveva percorso la strada inversa: dal mito alla Storia". Sembrava che le guerre vere le avesse vinte lui, sì insomma quelli come lui. Usando la tavolozza dei colori forti dei suoi personaggi – Ombre rosse, Giacche blu o Berretti verdi che fossero – era diventato un'icona, un monolite tranquillizzante. Tanto che la sua memoria, a vent'anni dalla morte, ancora tornava buona, perché in una stagione dove ogni certezza appariva offuscata dalla polvere quotidiana – un po' come la strada che avevo percorso quel mattino – tanti americani si aspettavano di veder ricomparire il vecchio Wayne, o un tipo come lui. Per affidargli il ruolo di capocarovana della propria vita, che da un po' aveva smarrito la pista.

La giornata era carica di luce, la strada se ne andava in saliscendi. Vidi il ponte coperto di St. Charles, quindi feci il tour di tutti gli altri, girando attorno a Winterset, fino a cascarci dentro e a scoprire che era stato di nuovo il cinema e un suo vecchio cowboy, Clint Eastwood, a riverniciare la facciata di quel paesone di campagna. I ponti di Madison County erano ovunque e ogni cosa li portava impressi, come un marchio di fabbrica: un cappellino, una T-shirt, una videocassetta, una sagra, una gara, un festival. Winterset era ormai i ponti coperti. E nient'altro. Ma Wayne s'era appena vendicato, scalzando Eastwood e riprendendosi il primo posto nella classifica degli attori più popolari della storia del cinema americano.

Mi sedetti su una panchina e mi misi a sfogliare il libro di Willis: mi tornarono in mente Jack Kerouac e anche Neal Cassady. C'era scritto: "Wayne è ancora l'Adamo americano di Melville. L'uomo libero delle pianure". E più avanti: "Perché l'eroe americano è l'uomo di frontiera: si diventa americani andandosene, partendo da qualche posto piuttosto che arrivandoci".

Chi si nascondeva in quella prima frase se non il Neal idealizzato da Jack? Kerouac amava Melville e in *Visioni di Cody* aveva raccontato il suo eroico Cassady come l'ultimo pioniere, che attraversava e riattraversava le pianure sull'auto, così come su un vecchio carro, da bambino, aveva accompagnato il padre su e giù per il Nebraska a vendere scacciamosche di fattoria in fattoria.

E chi si nascondeva invece in quella seconda affermazione se non il Jack di *On the road*, che s'era mosso da casa per andare, più che per arrivare? E che avrebbe continuato ad andare, preso da una frenesia, da una sorta di foia da viaggio, senza mai volersi fermare. Tanto che, giunto a Denver, dopo un po' avrebbe scritto: "Oh questo tedio di Denver" e poi "beh che diavolo ci stiamo a fare a Denver?". E voglia di tornare sulla strada.

Forse l'accostamento con Wayne era ardito, eppure quelle visioni dell'ultimo eroe americano a tratti sembravano sfiorarsi. Un po' come quando Neal con i suoi catorcioni sfiorava parafanghi di auto cromate e "piombava su intere colonne di macchine come l'Angelo del Terrore". Jack e Neal avevano in qualche modo percorso quella stessa pista, solo che erano stati *outcasts* invece che reduci di guerra; vagabondi solitari dell'Ovest invece che capimandriani; alla fine anche ubriaconi da saloon, mai sceriffi, perché "pantere della polizia sbucan fuori, come autopirata, (...) reduci da un crimine più occulto, più odioso di quanto le parole non possono dire". Avevano battuto la stessa pista di Wayne, ma con altre vite addosso, più vere e più veloci. E avevano fatto tanta strada da trovarsi, a un certo punto, esiliati dall'America, pur standoci dentro e percorrendola a rotta di collo,

Andai a vedere la casa natale di Wayne, quattro stanze in tutto, un po' di ricordi e qualche memorabilia: locandine e documenti di famiglia, lettere di amici e colleghi (James Stewart e Maureen O'Hara) e la benda che l'attore usò ne *Il Grinta*. Una benda smascherata, con il trucco: un bel buco invisibile per vederci fuori. Una benda riconoscente, per certi versi un omaggio ai due pirati, John Ford e Raoul Walsh, che la sfoggiavano. E che lo fecero grande, dirigendolo nei loro film.

Jan, la direttrice della casa-museo, fu molto disponibile, e mi mostrò il libro degli ospiti e un suo archivio statistico: ogni anno almeno quindici italiani passavano di lì, ma c'erano firme di gente da Israele, dal Giappone, da tutta Europa e persino da Tonga. "Tutti arrivati fin qui, nel cuore dell'America, solo per Wayne," spiegò. E non volle sentir ragione quando accennai ai ponti della Contea. Volevo per caso mettere John contro Clint? Non c'era partita... Pensai che Wayne e Eastwood non s'erano mai sfidati a duello nel West di Hollywood, ma che dico, neppure incrociati. Salutai Jan e anche il vecchio Wayne, sotto forma di ritratto di cartone a grandezza naturale, senza sapere che più avanti, sulla strada, lo avrei incontrato ancora. Presi la 169 e dopo neanche mezz'ora Uccello di Tuono rombava di nuovo sulla interstate 80 verso il fiume Missouri e il Nebraska. Lasciandosi dietro, stavolta per sempre, le belle vecchie ragazze di Des Moines.

La tappa successiva era appena quindici miglia più avanti. Volevo fermarmi dove Jack si era arenato, letteralmente arenato, autostoppista senza un camion a tirarlo su. Il paese si chiamava Stuart ed era minuscolo: una stazione che non era più una stazione, un albergo dei viaggiatori che non era più un albergo e una main street lunga meno di cento metri, sette facciate per parte a fronteggiarsi. Era Midwest e sembrava già West. Parcheggiai davanti a un saloon e feci due passi fino alla stazione: la luce del tramonto aveva allungato le ombre e la mia si schiacciava sull'erba e saliva sulla parete del vecchio casamento. Aspettai che salisse ancora più su, su per il camino, riflettendosi nel cielo ancora acceso della sera. C'era solo una nuvola, ma speciale: aveva la forma di un grande uccello bianco, un rapace. La disegnai sul mio quadernetto, ormai ingrassato dal tempo: chissà se assomigliava al taccuino da cinque cents che Jack portava sempre con sé per fermare i paesaggi... Il mio era un personale zoo delle nuvole, dove avevo già schizzato, anni prima, un altro animale americano: uno squalo rosato, che avevo ammirato al tramonto nel cielo di Bodie, sopra Mono Lake, in California. Non lontano da dove Jack Kerouac, convinto dall'amico Gary Snyder, partì alla conquista di una vetta della Sierra, che più tardi avrebbe raccontato ne *I vagabondi del Dharma*.

Sotto l'uccello rapace la piccola stazione teneva malinconicamente la posizione, ma aveva perso il posto: nessuno oggi avrebbe più dato fastidio al povero Jack, che non riuscì a dormire quella notte nella sala passeggeri di Stuart, perché il telegrafo continuava a ticchettargli nelle orecchie, annunciando treni merci in arrivo. Un corteo di merci che andavano a ovest, ma il giovane scrittore – che sui treni avrebbe lavorato, e dormito di nascosto, e viaggiato di straforo nelle notti di California – non aveva ancora imparato a domarli e a salirci al volo. Glielo avrebbe insegnato Neal, più tardi, a San Francisco.

Nessuno avrebbe più dato fastidio a Jack nella stazione, perché ora quella stazione era solo un ammasso di assi di legno e calcinacci, dentro tagli di vetri che giocavano con la luce di quell'ultimo sole.

– Troverà solo topi là dentro.

– Non ne dubito.

– Se cerca qualche oggetto delle ferrovie lo trova lì all'albergo: è un collezionista, vero?

– No.

– Ci vada lo stesso, ci sono cose interessanti.

– Colleziono solo stazioni in disuso.

– E ne ha trovate molte?

– Questa settimana sì.

Il tizio mi fece il solito gran sorriso e girò l'angolo. Andai all'albergo, che era chiuso e non era un albergo, ma il solito parcheggio di memorie e cianfrusaglie. Anche Stuart aveva il suo antique. Avevo voglia di sapere chi si fermava oggi a Stuart e soprattutto se gli acquirenti di quelle boccette, bicchieri, timbri e dischi che si intravedevano dalla vetrina, erano forestieri oppure gente del posto che si ricomprava il passato.

"Decisi di buttare un dollaro per della birra; andammo in una vecchia bettola di Stuart e ne bevemmo alcune" raccontò Kerouac. Chissà se quella bettola era l'antenata del polveroso saloon di Johnnie Tapp, davanti al quale avevo parcheggiato Uccello di Tuono... Forse era proprio lei. Decisi di buttare due dollari per una birra, una sola. Ed entrai.

Era un vecchio saloon che sarebbe piaciuto a Heat-Moon, buono per le sue *Strade blu* di vent'anni prima. Una padrona sbrigativa ed energica – Johnnie? –, una penombra che a prima vista sembrava ostile ma era solo questione di atmosfera, le solite facce perplesse davanti a una faccia che solita non era. Mi accorsi che la luce non c'era, o meglio era tutta a carico degli sponsor: il neon della Lite, l'orologio della Miller, il lampione della Coors e la lampada della Bud sopra il tavolo del biliardo a inquadrare il panno deserto. Potevi ordinare la birra scrutando le luci.

Scelsi il tavolino vicino alla porta d'ingresso. Su quello davanti al bancone stavano sei o sette avventori abituali, *rednecks*, farmer "rossi di collo" e di rabbia. Parlavano, incazzati sul serio, di tasse, di rendite e di Willie Nelson che un mese prima aveva tenuto un concerto a Des Moines a favore dei piccoli proprietari terrieri e contro i latifondisti che li affamavano. Sembrava la scena di un vecchio film western, che so, quello con Glenn Ford che si ribella a Edward G. Robinson e a Barbara Stanwyck che si stanno mangiando tutti i suoi pascoli. O anche il *Cavaliere della valle solitaria*. E invece era roba di quei giorni, la storia di sempre. Un tizio con un berretto da baseball nero gridava più forte degli altri, poi faceva pause lunghe, quindi tornava a inveire contro le grandi aziende agricole, le fattorie-fabbrica che allevavano suini e mandavano in crisi le gestioni familiari, spazzando via la concorrenza a colpi di investimenti.

Sentivo che Kerouac, d'istinto, avrebbe tifato per loro, anche per una questione genetica. Era stato Ginsberg a spiegare che la politica di certi radicali di sinistra negli anni sessanta aveva infastidito Jack: "C'era in Kerouac una certa saggezza riguardo a ciò che era redneck. Sua madre era una contadina canadese dalla mentalità angusta e ingenua, egoista e dura, ma aveva il senso della famiglia. Voleva proteggere Jack, e lui, che le era molto legato, si sentiva obbligato a prendersi cura di lei e vivendoci insieme doveva uniformarsi alle sue opinioni. In questo senso Jack è sempre stato un americanista interessato agli archetipi americani". Pensai a Neal e anche a Wayne. E pure a quei due *rednecks*, insofferenti di capelloni, hippie e contestazione che nel '69 impallinarono a sangue freddo, con il fucile che tenevano appeso nel loro camioncino, i motociclisti Peter Fonda e Dennis Hopper in *Easy Rider*.

I *rednecks* del Johnnie Tapp Bar discutevano e ogni tanto mi guardavano. Senza quel saluto, quei cenni di convivenza davanti a un identico bicchiere che sono il lasciapassare di ogni saloon americano. Dopo un po' cominciai a sentirmi a disagio. Tanto che quando cappello nero mi fissò di nuovo, come a chiedermi "tu, chi cavolo sei?", decisi di togliere il disturbo, con il più impersonale dei saluti. Forse era solo una sensazione, ma non avevo la minima voglia di essere scambiato per un impiegato-tecnico-dirigente dei maiali dell'Iowa. Ormai era quasi buio e volevo arrivare a Omaha. Volevo dormire in Nebraska. Anche se avrei mancato la vista sul fiume Missouri, attraversandolo che era già buio pesto.

Sulla carta stradale la interstate da Stuart fino alla deviazione verso sud, quella che scende a Council Bluffs, era raffigurata come un unico grande rettilineo, senza neppure una piccola curva, una svasatura, nulla. Un rettilineo lungo cento miglia che percorsi tutto d'un fiato, col solito Ely a far da colonna sonora, ma stavolta la cassetta era *Letter to Laredo*. Un rettifilo infinito e mi ricordai di quando Jack si lamentava con Neal: "È solo di rado che si può trovare nello Iowa un lungo rettilineo come quelli del Nebraska". Beh, io lo avevo trovato e l'auto andava a meraviglia. Pensai al Nebraska e alla strada che avrei fatto l'indomani, una lunga linea grigia, tirata sui Grandi Piani.

"Una volta che la felicità invade questi spazi aperti non c'è nulla che possa fermarla" aveva scritto Ian Frazier ne *I Grandi Piani*, un viaggio nelle praterie nordamericane, un libro pieno di storie e poesia su una terra sconfinata e selvaggia, che ora sembrava non esistere più: la terra dell'indiano, del bisonte, della fine di Custer. Insomma, il paesaggio di *Balla coi lupi*. Frazier si rammaricava, e aveva tutta la mia comprensione, perché nessuno girava più serie western per la tv e perché i film western erano rari: "Come i Piani stessi, il genere è stato per lo più abbandonato o dimenticato".

E allora ripensai a Wayne e a quello che il western aveva voluto dire per l'America, a come certi suoi western, di Wayne, avessero raccontato ogni disagio del Grande Paese, anticipando fronti e aprendo ferite: il contatto abrasivo tra culture differenti (*Sentieri selvaggi*); il trauma del cambiamento delle vecchie tradizioni economiche (*Il fiume rosso*); o di quelle sociali e politiche (*L'uomo che uccise Liberty Valance*); e ancora, la difesa dell'impero – o dell'imperialismo – nella saga eroica della cavalleria (*Il massacro di Fort Apache*, *I cavalieri del Nord-Ovest*, *Rio Bravo*).

Anche Kerouac amava il cinema western. E gli avevo invidiato, leggendo *Big Sur*, un film che non ero mai riuscito a vedere: *Il tiro di venti muli*. Uno dei rari western ambientati nella Death Valley, dove quel tiro da venti muli serviva a trasportare il borace, tanto che c'è ancora un sentiero laggiù che porta quel nome: Twenty Mules Canyon. Jack raccontava di grattarsi le ascelle come l'attore Wallace Beery, uno dei protagonisti, e di ripetere, imitando il tono di voce giusto, la sua famosa battuta, quella che chiude il film: "Sia maledetto un uomo per essere morto nella Valle della morte". Che a me era sempre sembrata ispiratrice di una famosa minaccia di Jack in *Beati: le origini della Beat Generation*, pubblicato nel 1959. Anch'essa riassunta nelle due righe conclusive, come la battuta di Wallace Beery: "Maledetto chi sputa sulla Beat Generation, il vento restituirà lo sputo". Che anche in bocca a Wayne sarebbe stata bene. E pure in bocca a berretto nero, nel Johnnie Tapp Bar di Stuart.

Ero emozionato ad attraversare i Grandi Piani. Perché ci sono posti che ti abitano dentro. Non sai come ci siano entrati perché non li hai mai veduti, però sono dentro. E aspettano che tu vada loro incontro per farsi vivi, con un brivido o uno sguardo che si incanta. E dimostrarti così che tutto era segnato. Già scritto. Un posto può entrarti nell'anima in mille maniere: un libro, un discorso, una musica. O soltanto un nome sulla carta stradale, un nome per pochi, per quattro case, come Last Chance, l'ultima possibilità, un paesino del Colorado, anch'esso sul limitare dei Grandi Piani. O come Red Cloud, nome sioux, città natale di Willa Cather, nel Nebraska che avevo di fronte, in fondo alla strada. E quando questi posti dell'anima si avvicinano li senti nell'aria.

Per me il Nebraska era *La mia Antonia* di Willa Cather, una canzone *unplugged* di Springsteen, la storia dei sioux e dei recinti dove rinchiusero le praterie. Ancora, lunghi tratti di strada, sulla mappa, senza un paese. E larghi tratti di mappa senza una strada. E sull'unica grande strada, la lunga linea grigia tirata sui Grandi Piani, in direzione opposta alla mia, Jack&Neal che arrivavano sgasando nel '49 col dialogo riportato in *Visioni di Cody*.

Neal-Cody – A mezzanotte tagliamo la corda.

Jack-Jack – Ci facciamo tutto il Nebraska in una tirata – piccole casette – l'uomo nel suo infinito.

Neal-Cody – Le strade non hanno fine – l'orizzonte è nero – ci sono luci laggiù.

Jack-Jack – Divoriamo il Nebraska a sasso a sasso – l'alba ci attende nell'Iowa – voliamo – centodieci miglia all'ora – la ferrovia sulla nostra destra – i pali del telegrafo si aprono come stecche di un ventaglio, al nostro passaggio, velocissimi.

Così anch'io mi misi a tirare verso Omaha, ma senza vedere i pali ché le luci erano scarse e lontane, preda di quell'ebrezza che ti prende in dirittura d'arrivo, quando la meta è a un passo. Cambiando cassetta nel mangianastri e mettendone una che avevo registrato a casa, una compilation molto personale di Tom Waits. C'era naturalmente anche *Jack&Neal,* una lunga ballata catarrosa che raccontava: "Lei dette fuoco alla mappa. Neal doveva indovinare./ Dobbiamo cercare una strada secondaria. O una stazione di servizio aperta./ Jack aveva finito le sigarette./ Le pompe di benzina sembravano pietre tombali". E ancora: "Da qui ci sentimmo più soli di un lot di parcheggio quando se ne va l'ultima macchina". Alla fine, parlando di Jack e Neal si finiva sempre per fare i conti con la malinconia. Partire con il pieno della passione e, alla fine, ritrovarsi in riserva con la solitudine.

Arrivai in un attimo a Council Bluffs, dove Jack-Sal aveva letto, nelle sere d'inverno a Paterson, "delle grandi carovane di carri che tenevano adunanza in quel luogo prima di avventurarsi sulle piste dell'Oregon e di Santa Fe; e naturalmente ora c'erano solo graziosi villini". Nel buio non potevo vedere né carri né villini, però finsi di vedere ugualmente quei carri, e pure il fiume Missouri, una distesa di nero nulla sotto il ponte dove stavo salutando l'Iowa. Piuttosto non vidi, e quella sì che avrei voluto vederla, la prima uscita per Omaha, quella giusta per la città. Andai avanti per cinque miglia, mi infilai nel primo motel dopo lo svincolo e decisi per una grande dormita a stomaco vuoto. Non sognai i Grandi Piani.

8. “E PER DIO, IL PRIMO COW-BOY CHE AVESSI MAI VISTO”

Omaha era una larga strada di desolazione che scendeva verso il centro della città: una sfilza di case sfasciate, di vetrine vuote che erano state lavanderie, ferramenta, negozi recenti di videocassette e che ora non erano più nulla, nell’attesa di diventare qualcos’altro o di essere sbancate via dal tempo. For sale, closed, for sale, closed, come l’andirivieni di una filastrocca di addio. Vetri sporchi o marchiati da vecchie girandole di spugne saponate che un giorno li avevano lavati e che oggi risaltavano come orme del passato sotto lo strato di polvere.

“E per Dio,” esclamò Jack nel suo primo mattino in città, “il primo cow-boy che avessi mai visto, il quale camminava lungo i muri desolati di carne all’ingrosso con un cappello a tese larghissime e stivali del Texas”. Dicevano che dalla collina di Omaha – messa assieme dal Missouri a forza di gomitate e di gratta gratta nel suo letto che affondava –, che da quella collina di verde stoppa di una primavera in ritardo, si poteva scorgere tutto il West. Io vedevo solo una spianata di piccole case basse in direzione della valle del Platte e nient’altro. Non c’erano cow-boy che passeggiavano a Omaha, neppure per finta, neppure nei quattro blocchi della città vicino ai vecchi depositi ferroviari restaurati, che sapevano di Old America ma con giudizio, senza essere Disneyland. Persino il vagone dell’Union Pacific, diventato ristorante in fondo al binario morto che un tempo arrivava dentro la città, mostrava una certa qual grazia che gli impediva di essere kitsch.

Mi infilai in un negozio di libri antichi, usati o semplicemente fuori catalogo. E andai diritto al settore: Grandi Piani. C’erano in bella vista riproduzioni dei quadri di Remington, i suoi famosi indiani che cavalcano storti nella prateria e quasi sembrano degli stunt-men come quelli che avevo visto fotografati a Moab, Utah, dove esiste un museo degli stunt-men e delle controfigure. Perché le guerre dei set spesso non le avevano combattute i generali, ma quei soldati semplici che volavano giù da un parapetto, da un treno in corsa, o da un cavallo dopo essere stati colpiti da una fucilata a salve dell'eroe buono. Conservavo ancora la foto-con-dedica del fondatore del museo. Si chiamava John Hagner ed era un tipo, lui sì, che indossava sempre il cappello da cow-boy, un piccolo fazzoletto al collo e gli stivali del Texas. Hagner aveva fatto la controfigura a Walter Pidgeon in *Voyage to the Bottom of the Sea* e a Gregory Peck in *Captain Newman*, e aveva partecipato, morendo infinite volte, a western di ogni tipo. Ce lo vedevo, uno così, passeggiare "lungo i muri desolati dei magazzini di carne all'ingrosso" di Omaha.

Sfogliai tutta una serie di libroni illustrati, mentre il padrone del negozio mi decantava il Nebraska che fu, che neppure lui aveva mai visto ma solo sentito raccontare: senza troppi uomini bianchi, con qualche indiano in più. "Senza troppi uomini in genere" spiegò, soddisfatto di aver trovato la frase giusta per dire quello che voleva dire. Nell'ultimo libro, in fondo allo scaffale riservato alla vita quotidiana nei Grandi Piani, trovai una foto struggente: una famiglia di coloni norvegesi di fine Novecento davanti alla loro casa di terra e fango. Volti di bambini luminosi e duri; dignità dei genitori, emigranti verso un'America che forse immaginavano diversa, meno arida, dolorosa, ostile, eppure con quello sguardo – quello del capofamiglia sulla sinistra della foto – che diceva: qui stiamo e qui ce la faremo. Il figlio più grande imbracciava il fucile e imitava la faccia di papà.

Erano i posti de *La mia Antonia* di Willa Cather, ma anche di quell'altro suo romanzo, *Una signora perduta* della valle del Platte: due libri che raccontavano quella terra di lacrime e fango e pure la solitudine di donne formidabili, che ingoiavano umiliazioni e rinunce con un sorriso duro e un'etica di filo spinato, recintata dai doveri e dalla testardaggine. Quel filo spinato che allora aveva preso a mappare le praterie. Era l'America di *O pioneers,* che mi aveva stregato da ragazzo. Avevo cercato tracce di quei romanzi anche nei libri di Jack, ma non ne avevo mai trovate. Forse non era quello il West – o il modo di raccontarlo – che piaceva a lui.

Guardando la foto dei coloni norvegesi decisi che, una volta arrivato a Grand Island, sarei sceso a sud e avrei fatto una deviazione fino a Red Cloud, alla vecchia agenzia indiana di Nuvola Rossa, dove Willa Cather era nata e cresciuta e dove un museo la ricordava. La deviazione di Winterset, a casa Wayne, mi era piaciuta. Volevo riprovarci. Ma non avevo fatto i conti con la strada, con le miglia che si accatastavano una sull'altra e con l'infinita valle del Platte, che avrei risalito fino alle Montagne Rocciose, dov'era la sua sorgente. Nel West delle cartoline, ma ancora più bello che nelle cartoline. E sopra le Rocciose, oltre il cielo grigio, piombato altissimo come una calotta su ogni orizzonte possibile, c'era sempre la poesia tra le nuvole d'America di Allen Ginsberg a tenermi compagnia, a guidarmi dall'alto: "E le nubi hanno coperto l'intera/ visibile terra,/ – era il Platte che ho/ visto prima, striato da Neal;/ ora le Rockies enormi striate/ di neve".

Continuai a gironzolare per Omaha, la città di Brando e Monty Clift, affascinato da certe insegne fantasiose di agenzie, negozi e uffici. La più bella era quella di un'omerica Troia Funeral Home, una compagnia di pompe funebri che garantiva una cremazione davvero epica e al tempo stesso suonava lievemente iettatoria nei confronti del futuro post mortem del candidato, evocando bene o male le fiamme dell'inferno. E l'eterna paura. Un brivido mi raggelò il buonumore: la morte è una compagnia che quando la si incrocia, si fa finta di nulla. E ci si volta dall'altra parte per non salutarla.

Ma poi mi dissi che "fiamme d'inferno" in fondo era una bella esclamazione da cow-boy. E che assieme a "per tutti i satanassi" era una delle imprecazioni più usate da Kit Carson – non quello vero, piccoletto e feroce, che prese per fame i navajos al Canyon de Chelly e li distrusse – ma quello dei fumetti, lungo e allampanato, che gli indiani di carta chiamano "capelli d'argento" e il suo *pard* Tex Willer semplicemente "vecchio brontolone". Pensai ai due *pards* a motore, a Jack e Neal, dei quali continuavo a seguire la vecchia pista. Chissà, farne un fumetto...

Mangiai in un'altra birreria, Up Stream, ricavata dall'ennesimo deposito ferroviario, quindi saltai in groppa a Uccello di Tuono, come fosse Dinamite, il cavallo di Tex, o una Chevy del '36, e spinsi il suo muso nella valle del Platte. La stazione radio dava Fiona Apple, una giovane cantautrice di New York, mezza americana e mezza norvegese che stava raccogliendo un buon successo con il suo primo disco, *Tidal*. Immaginai che assomigliasse alla bambina bionda che avevo visto nella foto dei vecchi coloni norvegesi. Come ci assomigliamo con tutti gli antenati: in quella maniera incerta che si ha voglia di far combaciare in qualche modo.

Fremont, Columbus, Central City. Avevo scelto la vecchia statale, la numero 30 che percorse Jack, quando non c'era ancora l'interstate che passa per Lincoln e fila via diritta fino a Grand Island. Era un rosario sgranato di paesi, saloon, pompe di benzina al minimo degli ottani, che teneva il Platte sulla sinistra, cercando di non seguirne tutti gli estri e le tortuosità. Mi sembrò una terra ricca e povera assieme, mai noiosa. Rilessi le impressioni di Jack, che era ancora in compagnia dell'irlandese incontrato ad Adel: "Ottenemmo un breve passaggio da un ricco allevatore di bestiame con un gran cappellone, il quale disse che la valle del Platte era grande come quella del Nilo in Egitto, e mentre egli parlava io vidi i grandi alberi serpeggiare in distanza seguendo il letto del fiume e i vasti campi verdeggianti intorno, e quasi fui d'accordo con lui". Ma nella grande valle non c'erano ragazzi a fare autostop. Su strade come quelle, vecchie ossature d'America ormai calcificate, non transitava quasi più nessuno. Solo qualche ricordo di traffico ruggente ormai lontano.

Mi fermai a mangiare torta di mele in un locale di Columbus che aveva un bel banco di legno d'altri tempi. Non era ancora la stagione delle ciliegie, altrimenti avrei provato a copiare Jack in un bar come quello, quando sentì una gran risata e un omone vestito da cow-boy entrò nel locale e si sistemò vicino a lui, che mangiava torta di ciliegie col solito gelato. Un tizio che gli fece scrivere: "Era lo spirito del West che sedeva proprio accanto a me. Avrei voluto conoscere tutta la sua cruda vita e che diavolo aveva fatto in tutti quegli anni". L'unico cliente del locale di Columbus continuava a fare invece quello che aveva sempre fatto, il camionista. Era del Kansas, ma viveva tra Omaha e la valle del Platte. Aveva una figlia che studiava a Lincoln e una gran voglia di vedere arrivare il bel tempo. Come molti americani collocò l'Italia in un punto indefinito "tra l'Europa e Parigi", ma con uno stupore in più: "Dice sul serio, in Italia avete il mare tutto intorno? Buffo".

Ripresi il viaggio nel gran "mare delle praterie silenziose", come mi avrebbe detto un vecchio più tardi, giocando con i diversi oceani d'acqua e di terra, un vecchio che incontrai mentre uscivo, al tramonto, dalla città di North Platte, quando imboccai la strada fasulla. Avevo preso verso nord anziché verso ovest, per un paese di nome Tryon, confuso dal fatto che il fiume Platte in quel punto si faceva in due – South e North Platte – o meglio, univa i suoi due bracci. E io avevo cominciato a risalire il corso di quello sbagliato. Ma questo accadde un bel po' di miglia più avanti.

Grand Island non arrivò in un battibaleno come per Jack, forse perché il paesaggio piallato un po' mi aveva assopito. E quando raggiunsi la città, capii che Nuvola Rossa sarebbe rimasta soltanto nei miei desideri. La città che portava il nome del gran capo dei Sioux Oglala era quasi cento miglia più a sud e io quella notte volevo dormire in Colorado. Rinunciai alla deviazione verso casa Cather ma giurai a me stesso che, dopo Denver, avrei cominciato anch'io a gironzolare come Neal e Jack sulle Rocciose, e a prendere tutte le deviazioni che mi avessero stuzzicato. Intanto continuai sulla 30 fino a Shelton tra campi, recinti, uomini e bestie. E quei paesi scanditi come grani: uno ogni dieci minuti e solo un attimo per attraversarli.

Shelton era un posto come tutti gli altri, uguale a tutti quelli che avevo incontrato fin lì, salvo che mostrava fiero un carro armato come fosse un monumento, vicino al passaggio della ferrovia che tagliava in due il paese. Cercai il vecchio serbatoio dell'acqua, davanti ai binari, con scritto Shelton, quello che Jack avvistò, scaricato da un autostop. Non c'era, non lo vedevo. Allora andai all'ufficio postale che non era una piazza d'armi ma certo non il minuscolo bugigattolo descritto in *On the road*, da dove Jack spedì una cartolina alla zia, che in realtà era una breve lettera alla madre. Era l'ora che sta a metà tra il pomeriggio e la sera, tra il lusco e il brusco, come dicono dalle mie parti: quando si raccoglie la fatica del lavoro, si guarda l'orologio dell'ufficio, ci si affaccenda per tornare a casa. C'era un bel movimento di furgoni, pick-up e auto mezze scassate lì a Shelton.

Oltre i binari, nelle strade di polvere, vidi piccoli bimbi omaha che giocavano a rincorrersi, i nipotini dei nativi che cavalcarono quelle praterie di blue-grass selvaggia, di alfalfa, e di tante magiche erbe della medicina, quando non immaginavano che tutto quel granturco, seminato dai bianchi, se ne sarebbe stato un giorno schierato in fila, "pannocchie fitte come fantasmi", truppa allineata e infinita dietro al tank verde, esposto sulla main street. Chissà se i piccoli erano i nipoti di quegli omaha che gestivano uno spaccio nella Shelton del '47 e dai quali Jack acquistò "sigarette e pessimo whisky". Una ventina di miglia prima, ad Aida, avevo superato un treno merci della Union Pacific che mi correva a fianco. E avevo intenzione di aspettarlo lì a Shelton, per veder sfilare quella processione di vagoni.

"Il treno da Rock Island ci sfrecciò davanti. Vedemmo le facce dei passeggeri nelle carrozze salone passare in un barbaglio confuso. Il treno ululò attraverso le praterie nella direzione dei nostri desideri." Beh, non sarebbe stata la stessa cosa veder passare quel merci dai vagoni tutti uguali, carrifrigo e container, però era questa ora l'America: solo la merce viaggiava sui binari. Non più gli uomini, figurarsi i loro sogni. Eppure negli anni trenta, come raccontava un tipo che Jack incontrò nella valle del Platte, si vedevano centinaia di uomini viaggiare da quelle parti sui pianali dei treni, di qua e di là dall'America in cerca di un lavoro, per scacciare la Depressione.

Ora la depressione, nel paese senza più nemici dove la borsa volava, il dollaro pure e la disoccupazione era una parola svuotata d'ogni ansia, si scriveva minuscola e si curava col prozac anziché sui pianali della speranza. Ed era una malattia dell'individuo, non più l'infezione di un'epoca. Entrai nel negozio di utensili meccanici e agricoli del signor Tripletti. Mi pare si chiamasse Dennis.

– Non c'è più il serbatoio dell'acqua qui a Shelton?

– Certo che c'è. È in fondo al paese: a sud, verso il fiume.

– Una volta stava accanto alla ferrovia?

– Credo di sì.

– E l'ufficio postale è sempre stato lì?

– Oh no, quello vecchio era troppo piccolo. È stato abbattuto che non è molto. Saranno cinque anni. Era proprio lì, dove adesso c'è l'agenzia della First Bank.

Mi immaginai quell'angolo d'America nel '47, senza il carro armato, ché allora non l'avevano ancora piazzato lì, senza la banca che si era mangiata l'angolo della strada, col vecchio serbatoio dell'acqua. Poi andai a vedere quello nuovo che spuntava dagli alberi e sembrava un fungo atomico in miniatura: tutto bianco e la scritta, Shelton, con la bandiera a stelle e strisce stampata accanto. Bandiere ovunque, anche davanti alla casa di Wayne, ma ormai non ci facevo più caso. La sola che mi tornava in mente ogni tanto era quella alla City Hall di Paterson, a mezz'asta per la morte del poeta che più di mezz'America aveva mal sopportato. Quella era davvero l'unica bandiera piangente.

Quando uscii dalla chiacchierata con Tripletti, o con l'impiegato che lavorava sotto quell'insegna, le sbarre là davanti si abbassarono lentamente scampanellando. E poco dopo il merci dell'Union Pacific fece sentire la sirena da lontano, annunciandosi all'orizzonte con i fari accesi. Enormi. Poi attorno ai fari si disegnò sempre più netta la motrice che passò lenta portandosi appresso novantasei vagoni. (Che non erano il mio record: una volta ne avevo contati centocinque nel New Mexico.) Anche stavolta salutai il macchinista, che rispose sventolando il braccio.

Allora chiesi a un ragazzo che stava appoggiato all'ingresso di un bar se ci fosse un luna park da quelle parti. Mi guardò strano e mi rispose che non gli risultava, che lì a Shelton non ne aveva mai visti, ma lui era di Juniata, e non ne era sicuro. Pensai a Jack e al suo compare irlandese ai quali, proprio lì a Shelton, fu offerto un lavoro nel luna park, acquartierato fuori paese. E soprattutto a un luna park più grande e commovente e spettacolare: a quel formidabile circo dei Grandi Piani che erano stati gli spettacoli del Wild West, che giravano per le praterie raccontando ciò che in quelle praterie era accaduto cent'anni prima, narrando di Custer e di Toro Seduto, del Cavallo d'Acciaio e del bisonte. La storia era passata di lì, e aveva lasciato molti corpi lungo le piste e tutti avevano voglia di sentirla ripetere come un antico *cantar de gesta*.

Gli spettacoli del Wild West, mezzi zoo e mezzi esercizi di memoria, andarono avanti almeno fino a metà degli anni cinquanta ed erano esagerati e onesti assieme. Erano le radici. Finché un giorno avevano chiuso, sconfitti prima dai rodei, poi dalla televisione. L'avevo letto ne *I Grandi Piani* di Frazier, ed ero arcisicuro che fosse andata proprio così. Quella prateria senza un segno, una duna, una gibbosità aveva mantenuto nei suoi angoli polverosi la sua storia fino a quando aveva potuto.

Mi congedai da Shelton e anche dalla statale numero 30. A Gibbon ripresi la vecchia interstate 80 che avevo abbandonato a Omaha e che mi aveva in qualche modo accompagnato fin dai giorni ghiacciati di Harrisburg. Con mia sorpresa era più deserta di quando l'avevo lasciata, solcata solo da camion lucenti e auto lentissime che mi sembrava di superare come in un videogame. La tappa successiva era Gothenburg, dove Jack trovò il passaggio più lungo della sua vita, una tirata che lo avrebbe portato fino a Cheyenne, nel Wyoming. E da lì, verso sud, in Colorado, prima a Longmont, quindi a Denver.

E Gothenburg era Shelton, era Stuart, era Adel. Non c'è altro posto al mondo come l'America capace di replicarsi, identica eppure differente, per miglia e miglia. E pensai che non erano stati i McDonald's, che apparvero sulle strade proprio in quel '47 o tutte le altre marche di cibo prêt-à-porter, né la Coca-cola, né le catene dei motel, a dare unità al territorio. Era accaduto molto tempo prima. Era stato lo spirito antico della Frontiera che, spostandosi di paese in paese, avanzando per miglia e cocciutaggine in luoghi come quello, aveva disegnato ogni posto replicando il precedente, quasi passandogli il testimone. Smontando il saloon in una main street e rimontandolo un'ora di cavallo più avanti. Lasciando tracce ovunque per essere identificato, ripetuto, copiato. Paesi che si tenevano agganciati uno all'altro, la stessa manciata di miglia a dividerli: abbastanza distanti per essere un'altra cosa rispetto alla comunità che si erano lasciati alle spalle, ma sufficientemente vicini per non sentirsi "avamposto degli uomini perduti".

"Non ero ancora sulla piattaforma che l'autotreno partì rombando; barcollai, uno dei viaggiatori mi afferrò, e mi sedetti. Qualcuno fece passare una bottiglia di whisky d'infima qualità, che era alla fine." Eccolo Jack sul mitico camion che volava verso ovest. Io andavo a Coca-cola, a grandi beveroni ghiacciati, ma mi sentivo ebbro lo stesso. Decisi che avrei mangiato qualcosa a North Platte e che più tardi avrei tirato fino al Colorado, fino alla stanchezza.

Non passò mezz'ora che già ero al Depot di North Platte, dopo aver ammirato la splendida insegna del vecchio cinema Fox, dove davano una pièce di incappucciati, che non c'entravano nulla per fortuna con il KKK. Ero andato a colpo sicuro verso tre ragazze e avevo chiesto se sapevano indicarmi una birreria o qualcosa di simile in un vecchio deposito ferroviario. "Certo," aveva risposto la meno carina, "basta andare al Depot. È proprio dietro di te."

Era uno strano posto dove facevano anche il karaoke, un locale molto più campagnolo degli altri ristoranti che avevo incontrato fin lì. Dal Grand Concourse di Pittsburgh fino al Depot di North Platte era stato anche quello un lungo cammino verso la Frontiera e la prateria, una semplificazione sempre più netta di luoghi e cibi e atteggiamenti degli avventori, che qualcosa doveva pure significare. Pensai all'inamidato cameriere della Pennsylvania per non dire della maître di sala che mi aveva guardato male quando ero entrato con il colbacco paraorecchi in quel posto così chic. E li confrontai con il ragazzino che portava la birra in quel locale del Nebraska, continuando a inciampare nella moquette pelosa e troppo alta, con scarpe da ginnastica enormi, di quelle che avrebbero inchiodato a terra persino i piedi di Michael Jordan. "Ecco il

West, eccomi qui nel West" aveva commentato Kerouac, seduto a un certo tavolo del Nebraska, in riva al Platte.

Pianura, pali, gente. Era il verso di una canzone che mi piaceva: era la suggestione di quelle pianure e la realtà di ciò che vedevo. Di quel poco e di quel tanto che riuscivo a scorgere, uscendo da North Platte e perdendomi appena un po'.

9. “NELL’ARIA DI NORTH PLATTE C’ERA QUALCOSA DI DIVERSO”

– Dove siamo?
– In mezzo al mare delle praterie silenziose.

Geografia disorientata. Spianate d’America che sembrano tacere ogni informazione ed esaltare la monotonia. Le praterie sono luoghi dell’anima, puoi attraversarle per giorni e non venirne a capo. In ogni punto sperduto della loro immensità, accanto a ogni cespuglio malandato, sei sempre dentro al loro cuore. E ti sembra di intuirne ogni volta il centro, buffo uomo eretto nel mezzo del nulla, minuscolo neo della terra. Ignaro d’essere scambiato, se visto dall’alto, da uno stormo gregario che sale a nord verso il Dakota, per una reliquia di vacca.

La sera venne giù lenta come una ballata, come quando Dylan canta *Ballad of a Thin Man* – “perché sta succedendo qualcosa qui,/ ma tu non sai che cosa/ non è così mister Jones?” – e si mangia col naso le pause. Sulla I 80 le macchine si fecero ancora più rade. Il round-up lungo i pascoli d’asfalto della interstate, lungo la pista nera e diritta, era già cominciato: si potevano vedere le auto radunate nei recinti dei motel che sbiancavano ogni trenta-quaranta miglia la pianura, annunciando letti del Nebraska a prezzi stracciati, mentre i neon giuravano burger e Coca a 3 dollari. E subito dietro sembrava di scorgere la notte.

E invece niente. Comete luccicanti di reattori, come scie di lumaca, solcavano il cielo. Accese dall’ultimo sole, che aveva salutato la terra da almeno tre quarti d’ora ma che arrivava fin lassù, riflettore piazzato oltre il palco della prateria, puntato in alto a graffiare il pallore senza nuvole. Le vacche, più nottambule delle auto, bighellonavano distanti dalle rare lucciole: le finestre lontane delle fattorie che ogni tanto sbucavano dall’ombra. In quella sera solitaria del Nebraska, la poesia americana del parabrezza – il grande paese che scorre sulla strada – era racchiusa in un unico verso di staccionata, che si rincorreva di lato come un guardrail e all'improvviso girava l'angolo del recinto, fuggendo verso nord. Ma poi riprendeva di nuovo a costeggiare la strada, in una teoria infinita di appezzamenti e proprietà. La strada da North Platte a Ogallala sembrava un disco inceppato. Una di quelle canzoni di James Talley, accompagnate dalle immagini di Cavalliere Ketchum, un grande fotografo dell'America polverosa, nato proprio a North Platte. Un vuoto di miglia che scorrevano senza storia fino a quando, nel bel mezzo del nulla e del Nebraska, senza che il Platte facesse una sola svolta, e senza che si stiracchiasse nel suo letto placido, ti cambiava sotto il naso il fuso orario. E non capivi perché proprio lì, dove i Grandi Piani non avevano fine.

Ma Jack aveva compreso fin da North Platte che qualcosa stava accadendo: "Dietro ogni strada malinconica c'erano immense visuali delle pianure. Sentii che nell'aria di North Platte c'era qualcosa di diverso, ma non sapevo che cosa fosse. In cinque minuti lo capii". Capì che quella pianura era un trucco, che la strada, fingendo noia e infinito, saliva a ogni passo verso le montagne del Colorado. Verso Denver e Neal Cassady e Allen Ginsberg. Verso la grande stagione della sua vita di hobo americano di terza mano, di vagabondo del dopoguerra, che "si deve nascondere", ma "gli sono rimasti pochi posti per nascondersi" e "i poliziotti lo cercano", l'hobo figlio dell'orgoglio, il solitario che dormiva tra spiagge e scali ferroviari, sulle banchine o in uno "degli altri mille posti della notte industriale" d'America: il pellegrino santo della strada, già allora in via di estinzione, come il vecchio cercatore d'oro del West, tutti e due rimasti senza città per sognare.

Nella notte di Ogallala, dentro il drugstore deserto di una pompa di benzina, anche a me venne un fremito e un dubbio, come a Jack che, cinquant'anni prima, pensò per un momento di rinunciare a Denver, e di filare a Los Angeles senza scendere dal camion che gli aveva dato quel passaggio. E che da Gothenburg, Nebraska, lo stava portando a Cheyenne, Wyoming.

– Lei da dove viene?
– Dalla costa.
– Quale?

Ero nel mezzo dell'America e non c'era da fare gli spiritosi. Spesso noi europei pensiamo che gli Stati Uniti siano una pagina scritta sempre da destra a sinistra. Da leggere da est a ovest. Da percorrere in una sola direzione. Per una pallina di flipper agitata come Jack – e Neal più di lui – ogni oceano era una sponda dove rimbalzare, da est a ovest a est a ovest, mentre alcol e fumo, benzedrina e disperazione rinviavano continuamente il momento del tilt. Fino all'epilogo tragico di entrambi.

"Senta, se prende su a nord per la 26, finirà per seguire il vecchio Mormon Trail fino a Chimney Rock e poi in Wyoming" disse il cassiere che aveva una faccia da predicatore bonario e stanco. "Quest'anno si celebrano i carri dei pionieri. Sono passati su quella strada, per la prima volta, centocinquant'anni fa. Uno di questi giorni voglio rifare anch'io quel giro." Non era mormone, il cassiere, ma era fiero che fossero passati di lì, fiero d'essere qualcosa, di stare nel mezzo dell'America, al centro della prateria. Un'altra reliquia di vacca, come me. E mi tornarono davanti agli occhi scene da *La carovana dei mormoni* di John Ford e *La grande missione* di Henry Hathaway.

Ricordavo quell'anno che attraversai il Wyoming tutto di un fiato, da Evanston a Laramie, dentro una quinta marrone, in un paesaggio scarno e desolato, ingolfato di colline di stoppia, che avviliva fino alla malinconia. Un giorno di sole marcio, di camion sbuffanti dalle ciminiere, uno dietro l'altro, come una grande fabbrica in cammino.

In fondo, il cassiere di Ogallala che disse di chiamarsi Bob, sì insomma Robert, sarebbe stato bene a cassetta di un carro di mormoni, povero di ogni superfluo, lui che oggi governava sette scaffali di porcadas salate e porcadinas dolci, di sandwich dai colori improbabili, di snack multicolori, di tutte le bibite gassate del pianeta: perché gli uomini dei Grandi Piani in fondo sembravano rimasti gli stessi del secolo precedente, dei dagherrotipi del libro di Omaha, ancorati a una birra, una schiettezza, una visione. Però la bionda che scese quella sera da una Mustang arancione ed entrò a comprare patatine al peperoncino non riuscivo a immaginarla con in testa la cuffietta delle donne dei pionieri, ma solo con quel sorriso sfacciato che spianò appena entrata. Aveva pantaloni aderenti che sarebbero piaciuti a Neal. E il suo Ovest non aveva passato e forse neppure lei.

Chissà se assomigliava alla "splendida bionda" di Kerouac, alla visione in costume da bagno, attricetta forse, che spuntò dietro una curva della 101, nella California del '55, e caricò l'autostoppista Jack su una Lincoln rosso cannella da Los Angeles fino a San

Francisco, quando le strade erano solo maschili e le amicizie virili, quando Jack e Neal dividevano il pane e la birra, e amavano la stessa donna, e correvano sulla stessa strada, e le femmine stavano dietro alle loro frenate, ai colpi di testa e di gas. Come località incrociate lungo il sentiero d'asfalto: la bionda di L.A., la messicana di Salinas, la cameriera di Denver. E realizzai che era proprio così: anche le donne dei miei film western preferiti erano luoghi. Avevano nomi di città, erano una mappa per un altro viaggio on the road: da Dallas di *Ombre rosse* a Chihuahua di *Sfida infernale*, da Vienna di *Johnny Guitar* a Colorado de *Gli amanti della città sepolta*. Fino a Denver, l'attrice Joanne Dru, de *La carovana dei mormoni*. Seduta a cassetta dell'ultimo carro.

Sì, proprio Denver. E anch'io andavo a Denver, lungo la strada madre del libro, nella "direzione dei desideri". Ma prima di entrare in Wyoming decisi di non dare retta per una volta al libro e tagliai giù per Sterling, in diagonale verso le Rocciose, per dormire in Colorado. Proprio a Sterling, in una notte del '49, nel ranch di Ed Wall, quel matto di Neal-Dean finì in un fossato con la Cadillac che doveva condurre fino a Chicago assieme a Jack, in una delle loro pazze corse da ovest a est. E sempre a Sterling c'era un tempo una stazione radio che allora si captava a fatica, coperta dal potente trasmettitore di Clint, Texas, che arrivava addirittura fino lassù, e si mangiava la musica di tutte le altre stazioni. E io mi immaginavo l'immenso Colorado deserto solcato dai ritmi messicani – Clint si bagna nel Rio Grande – e da quelle canzoni texane che non piacevano a Jack. Ora la radio di Sterling non doveva più temere intrusioni: un candelabro altissimo di lucine rosse troneggiava infatti nella pianura buia, disabitata.

Ma forse avevo imboccato quella strada proprio perché sulla carta sembrava ancora più solitaria, senza paesi da attraversare. Prateria e nient'altro. E infatti tutto quello che vidi fu una pioggia nervosa che usciva dal buio e becchettava sul vetro e appena due automobili sorpassate in settanta miglia di interstate 138. Come se tutto il traffico della notte fredda d'America fosse scivolato in qualche fosso, con la Cadillac del '49 e con la memoria di un tempo pieno di rabbia ed eccitazione. E di post-pionieri che, se appena toccavano il cuore o il freno, la vita gli partiva in testacoda e si lasciavano andare, fatti o ubriachi, senza disperderne i vuoti, ma riempiendo all'inverosimile la loro esistenza di storie.

In un antique dell'Iowa, dalle parti di casa Reagan, quando il presidente non era ancora un attore, ma solo "Dutch" Reagan, che annunciava canzoni da un'altra antenna sperduta del Midwest – uno di quegli antique che hanno salvato dalla rovina una cadente stazione di rifornimento in pietra degli anni trenta e hanno trasportato all'interno la vecchia pompa strappata come uno scalpo al cemento e al serbatoio disseccato – beh, lì dentro, io avevo trovato una vecchia piantina del centro di Denver che risaliva al 1938, offerta dalla benzina Phillips 66. Era una di quelle carte tricromate di allora, dove un'autobotte dal design dimenticato rimontava i tornanti in riva a un lago, incrociando una berlina di quelle che avevo visto soltanto al cinema, quando vengono giù i finestrini e spuntano i mitra degli uomini di Al Capone. Era una carta stradale piena di ricordi e suggestioni e mostrava le mappe dettagliate per salire al Rocky Mountain National Park e la strada sterrata e vertiginosa che s'arrampicava sul Pikes Peak, a quattromila e passa metri, una strada che avevo percorso dieci anni prima con una vecchia macchina azzurra, una Ford affaticata, senza il cambio automatico.

Pikes Peak. Era la vetta che Jack ammirò splendente di neve lungo la rotta dell'ultimo viaggio di *On the road*, da Denver fino giù in Messico, quando la pallina del flipper smise di rimbalzare da uno special all'altro e scese di colpo, a capofitto – Amarillo, San Antonio, Mexico City – verso le chele, perché i pulsanti la rimandessero con forza più in alto, su fino a Lowell, al confine col Canada, per ricominciare così quella danza di benzina da una parete all'altra dell'America. Poi, un giorno del '68, a fari spenti e viaggi ormai dimenticati, una pallina, la pallina solitaria di Neal Cassady, precipitò di nuovo giù verso il Messico e stavolta la benzedrina era troppa o forse c'era di mezzo dell'alcol e il caldo e la stanchezza e un cuore che molto aveva battuto, e forte, e stava insieme con lo spago. Quel giorno del '68 il pulsante s'incantò e la chela del flipper non riuscì a rispedire in alto la pallina, che si accasciò, e fu la fine, su un sudario d'asfalto – che altra fine per Cassady se no... – dalle parti di San Miguel de Allende, lungo i binari dell'odiata amata ferrovia.

Pikes Peak. Da allora avevo preso a immaginare il Colorado come la testa di un flipper che scivolava giù in pendenza attraverso il New Mexico, nel Texas e finiva in Messico, attraversando il Rio Grande – uno di quei corridoi-corsia in fil di ferro dei vecchi game. Un Colorado testiera colorata, dove ogni volta si accendevano e suonavano le luminarie dei saloon di Victor e di Georgetown, delle città-miniere che sapevano far festa per scacciare le delusioni e la fatica. O quelle dei casinò d'altura, a quasi tremila metri d'altitudine, aperti a Central City e a Black Hawk, giusto sopra Denver, dove Dylan cantò da ragazzo e dove Neal accompagnò Jack nei giorni della sua prima Denver, quando chiedevano un passaggio alla prima portiera aperta, al primo cruscotto che si metteva in moto, rombando agli ammiccamenti di una chiave falsa.

E la sua prima Denver, la prima Denver di Jack, doveva essere così come appariva su quella carta verde bianca e ruggine, dall'odore stantio, recuperata nell'antique del Midwest: un reticolo di strade cittadine tra il South Platte River e il Cherry Creek dove si incrociavano i nomi arcinoti del libro. E quasi nel mezzo, tra le altre strade, la Larimer, così maledetta allora – tra barbierie, cinemetti, sporchi bar di biliardi – e così a modino oggi, dopo che hanno scartavetrato il passato e le muffe, e tirato su facciate senza tempo, tra zampilli di boutique e gelaterie all'aperto. Con quell'aria da posto finto cresciuto sulle macerie di quello vero, vissuto.

Strano pensare a Jack che arrivò in città in quel '47: "Eccomi a Denver. Quello mi lasciò in Larimer Street. Io andai avanti incespicando col più fiero ghigno di gioia del mondo, in mezzo ai vecchi ubriaconi e agli stracciati cow-boy di Larimer Street". Quella era la Larimer, l'ultimo pezzo di Frontiera, giusto dove la Frontiera prendeva a inerpicarsi verso i suoi sogni d'oro e d'argento: Golden e Cripple Creek, Silverton e Silver Plume. Larimer Street: ultima stazione del passato, aria di sbornie e risse tramandate. In fondo la raccontava bene anche la vecchia cartina, riportando solo un building aranciato e degno d'importanza in tutta la Larimer, in tutta la sua lunghezza stampata in verde. Quel building aveva il numero 29. E sulla legenda c'era scritto: 29, stazione di Polizia. Dovevano essere tutti un po' nervosi e disperati in quei giorni a Larimer Street.

– Eppure ancora non riesco a vederle, a meno che quelle nuvole bianche...

– Proprio così.

– Non può essere...

E invece sì, Johanna-non-so-chi, ferma a far benzina sulla I 76, aveva ragione. E aveva ragione Jack a sentire le montagne nell'aria, il Colorado alle porte, fin dalla sera alcolica di North Platte.

Per quell'ingresso spettacolare da Sterling ci sarebbe voluto, in sottofondo, Aaron Copland, la sua *Billy the Kid Suite*, il primo movimento, quello della prateria. Oppure una vecchia ballata di Pete Seeger. La radio di Sterling invece non trasmetteva nulla di buono. Allora misi su una cassetta con la colonna sonora di *Geronimo*, composta da Ry Cooder, e mi avvicinai a Denver tra flauti ancestrali e rulli di tamburo. Fu commovente, come un pellegrinaggio atteso da non so quanto: perché arrivare sotto le Rocciose dal basso, guardarle staccarsi da terra, ti fa sentire di colpo grande e piccolo assieme, senza saperti decidere.

Le Rocciose erano lì, come un muro tirato su in fondo ai Grandi Piani, verniciato di bianco, di neve, all'altezza delle ultime file di mattoni. E i cumulonembi stavano per sedercisi sopra, come su una panchina lunga un orizzonte, uno stato, un continente. Denver era laggiù, una bolla di smog in mezzo al sole che sbatteva sulla prateria e rimbalzava dappertutto. A Fort Morgan tutto era giallo sole. Alla Shell presi del succo d'arancia dello stesso colore.

Ero già stato in Colorado, ma ci ero arrivato sempre in aereo, come il Ginsberg della poesia: "Ancora una volta su questi Stati/ scrutando campi e città per cercare/ ancora una volta le Rockies (...)/ Catena montuosa su catena montuosa,/ tuono su tuono,/ cumulonembo su cumulonembo,/ mondo su mondo rinato". Ma questa volta la quinta imponente, invece di far da parete, così da appenderci i sogni, i desideri o solo un po' di immaginazione, mi scaricò addosso un folgorante senso di solitudine. Come un fulmine, un brivido, un disagio: era la nostalgia struggente per quello che non avevo vissuto. Era attesa, in fin dei conti. Non so perché, mi venne in mente il Kerouac di *Visioni di Cody*: "In America, non il successo, ma soltanto il vuoto e il vacuo, attende l'uomo – la carriera della sua anima". E che cos'era quella visione delle praterie che da Fort Morgan andavano a frantumarsi nelle Rocciose se non un horror vacui?

Entrai a Denver da nord-est e ricordai che tre anni prima, proprio lì dalle parti di Dupont, a nord della città, avevo comprato una vecchia valigia samsonite degli anni trenta per due dollari, in un'alba livida, a un mercato delle pulci: da allora il suo nome fu Two Dollars. Era il tipo di valigia che teneva in mano lo chauffeur Morgan Freeman andando *A spasso con Daisy* per le strade di Atlanta. Non era "la più malandata valigia degli Stati Uniti", come quella di Neal-Dean. Ma aveva una sua storia.

Quando l'acquistai era senza chiave: elegante, color panna, gli interni in raso ancora intatti, ma senza chiave. L'avrei trovata più avanti, in un negozietto di San Francisco, da un tizio che aveva una ferramenta a sud di Market Street – sulla Folsom mi pare, vicino al "bar più incredibile d'America" dove andava a bere Jack. Il negoziante disse: un momento, prego. Si infilò nel retrobottega e ritornò di lì a poco con il ghigno soddisfatto dello scassinatore professionista, la mano sinistra piena di piccole chiavi d'oro che facevano girotondo, inserite una dietro l'altra in un filo di rame. Cominciò a cercare la combinazione di una cassaforte da due dollari con la pazienza di un attore da caveau. Alla ventesima chiave dorata, o giù di lì, disse appena "È lei". Ricordo che pagai quella chiave un dollaro più della valigia che doveva chiudere, mentre il pusher di serrature salutava con un gesto della mano, e ancora sono convinto che in passato avesse scassinato di meglio, di molto meglio: il suo negozio era lì a garantire per lui, visto che appena dieci metri più in là, all'incrocio, sostavano un tempo i reietti neri della Frisco di Jack. E vi stazionavano ancora, sotto il solito semaforo, sul punto di attraversare quella strada che non attraversavano mai.

Anche stavolta Two Dollars era in viaggio con me, dentro il bagagliaio di Uccello di Tuono: stava tornando a casa e non lo sapeva. Allora, quando l'acquistai, era settembre e Denver era in festa. La festa dei Piani. Nel prato davanti al Civic Center, tra le bancarelle di hot dog, mentre il sole e la birra ti schiantavano, suonavano le rock band locali. Cantava, a cappella, una giovane donna alta e bionda che mi ricordava la foto di Mary Travers sulla vecchia copertina di un disco di Peter Paul and Mary del '61. Senza avere però la voce di Mary, quella voce splendida e melodiosa – che Joan Baez non avrebbe neppure sfiorato – quando gridava "freedom", stirando quella parola, libertà, come un elastico. Senza timore che si rompesse. Non allora, negli anni delle speranze.

10. "LA GRANDE PIANURA ARDENTE DI DENVER"

Questa nuova Denver di primavera – stavolta ero arrivato in centro entrando dalla Larimer, come Kerouac – non aveva nulla di festoso e un'aria glaciale esalava dal suo ferrovetro. Tanto per cominciare c'erano i suoi nuovi viali del peccato, tra cemento gelido e corpi di donna infreddoliti. Davanti alle banche e agli uffici che hanno disboscato la povertà della Curtis, della Welton o della stessa Larimer – le strade di chi cinquant'anni prima vi deambulava senza fretta, tra catarro, poesia e alcol, da buon hobo, bazzicando sale da biliardo e sesso da strada –, davanti alle loro porte a vetri, ai muri liftati, ai colonnati imponenti dei nuovi dollari, stavano appoggiate, come alle ante adescatrici di certi bar, donne ben cotonate, impeccabili nei loro tailleur d'ordinanza. Dapprima non si riusciva a capire cosa ci facessero lì: la posizione suggeriva un'immagine, l'aspetto serioso un'altra. Dopo un po' mi fu chiaro.

Erano le nuove reiette d'America, le fumatrici, le impiegate fumatrici che guadagnavano il freddo di Denver, oltre l'atrio dell'ufficio, oltre la Frontiera selvaggia del no-smoking, disposte al gelo pur di farsi una sigaretta. A costo di starsene lì in mostra, indicate a dito, come in una strada di Amsterdam o Amburgo, come nelle Bird Cages del vecchio West, quei palchetti usati dalle belle dei saloon, conservati ancora a Pinos Altos, nel New Mexico e anche a Tombstone, in Arizona.

Le reiette tabagiste, con le sigarette serrate tra dita ghiacciate, sembravano falene notturne fuori orario, costrette sui marciapiedi del vizio fuoriporta. Era il più stralunato dei paesaggi possibili. Ma c'era da stupirsi, poi? Proprio in quei giorni avevo letto su un giornale che una certa Molly Patterson di Petaluma, una ragazza di sedici anni, aveva inviato una petizione alla sua attrice preferita,

Winona Ryder, perché la smettesse di fumare nei suoi film implorando – Molly aveva raccolto un centinaio di firme di sue coetanee – "ti preghiamo, smetti di fumare anche nella tua vita reale". Pensai a Jack e a tutte le generazioni cresciute sulle sue pagine, a quanto e a cosa s'erano fumate.

Denver rifatta. Denver mattoni rossi e grossi garage ovunque. Denver giardino di cemento per un esercito di homeless. Mi diede un brivido scoprire che l'America povera di Larimer Street era soltanto stata sfrattata, e lasciata in strada. In mezzo alla strada, cinquant'anni dopo. Magari sulla banchina d'asfalto della mezzeria di Colfax Avenue, l'infinita Colfax che va giù fino a Peoria, dove una notte dormii in un pessimo motel ma mangiai una montagna di gamberetti assieme alla ragazza più bella della mia vita.

Perché sulla banchina della Colfax, giusto all'altezza della Larimer, come cartello di benvenuto in città, c'era un foglio spesso di cartone che diceva: "Non ho soldi, non ho lavoro. Aiutatemi". E lo diceva nelle mani di un uomo ancora giovane e fiero, la barba solo spruzzata di bianco, un homeless bianco con la faccia da cow-boy e un orgoglio che ti spezzava il cuore. Si chiamava Bill e non era di Denver. Ma era davvero un cow-boy o qualcosa di simile.

– Ho lavorato in una fattoria di Gunnison dalle parti della Blue Mesa, poi tra Salida e Nathrop. Facevo di tutto, aiutavo anche in cucina. Vado a cavallo, certo, ma lì a Gunnison si faceva prima a fare il giro dei campi col pick-up. Ingaggi stagionali. L'anno dopo non ti vogliono più.

– Stai qui da molto?

– Da stamattina alle sette. E da tre settimane. Prima stavo a un altro incrocio. Cosa vuoi sapere?

– Ce la fai a tirare avanti?

– Quasi sempre.

Era come fare la carità a un malato, ma Bill era sano e forte. E io feci la carità, e non sapevo bene quanto lasciargli. Alla fine gli chiesi se potevo offrigli anche una birra. Fece segno di no. Sembrava un personaggio di Cormac McCarthy, un cow-boy malinconico e provato, sì come il Billy di *Oltre il confine*. Uno che viene da un altro tempo e in questo non trova posto. E se sgomita si fa più male. E alla fine si rassegna e gli viene da piangere. Però Bill, quello della mezzeria, non aveva la faccia di uno che piange facile.

Benvenuto a Denver, turista coi soldi facili, diceva la sua faccia amara.

"Forse avrebbe dovuto smettere di vagabondare e trovarsi un posto nel mondo, perché quel vagabondare sarebbe diventato per lui una passione e tale passione lo avrebbe estraniato dagli uomini e quindi anche da se stesso." Parole per Billy, quello di McCarthy, ma anche per quell'altro Bill che stava sulla mezzeria e che era fratello della vecchia donna nera che trascinava a spasso la sua casa sul marciapiede poco più avanti: tutti i suoi non-averi dentro tre sacchetti, attaccati come addobbi natalizi a un carrello arrugginito di supermercato. Parole buone per il Kerouac del '47. Parole dedicate a ogni libero vagabondo di questo mondo, sempre più raro. A tutti quei nostalgici di una stagione che ancora rincorrono pezzi sbeccati di utopia nelle discariche degli anni belli. Sentendosi un po' robivecchi del cuore.

Correvo in auto per Denver e mi chiedevo come fossero davvero quei tempi che mi avevano affascinato, letti in un libro. E se formidabili fossero state solo le parole usate per raccontarli? Denver. Non c'era posto peggiore per domandarsi che fine avesse fatto l'innocenza di quel tempo. E non ce n'era uno migliore per rispondersi: evaporata, andata via, sbiadita. Erano maschere dei giorni andati quei vecchi che avevo visto ubriacarsi in fondo al prato di Molly Brown, l'inaffondabile Molly, che restò a galla la notte del Titanic. E anche quei reduci degli anni sessanta, dispersi in un mare di vinile, nel negozio di dischi usati sulla East Colfax, dove saltavano fuori dagli scaffali le marcette di Garry Owen, per l'87° fucilieri Irish e le vecchie colonne western di Max Steiner e i primi Grateful Dead.

E allora me ne andai a passeggiare per Grant Street, dove in una casa rossa aveva abitato Allen Ginsberg, il Carlo Marx di *On the road*, prima di cacciare il suo *Urlo*, stanare i benpensanti d'America e finire sotto processo. C'erano tre case rosse in Grant Street, ne scelsi una e decisi che doveva essere quella. Ma casa Ginsberg era ancora in piedi, poi? E quel passato dov'era finito? Chissà. Certo, era tempo di altri processi.

Camminavo per le strade del centro e avvertivo l'aria tesa, pesante, del processo McVeigh, il patriota delle milizie di destra sotto accusa alla Court House di Denver per la strage di Oklahoma City. E sentivo le prediche feroci, in fondo all'angolo tra la 16th e la Champa, di apostoli incattiviti di ogni chiesa, desiderosi solo di acchiappare un giornalista delle troupe tv arrivate in città per il processo e di finire in video come i veri-telepredicatori delle domeniche americane.

E intanto tutti cercavano il pilota Craig Button che tre giorni prima, andandosene a spasso per il cielo dell'Arizona con missili e bombe, aveva abbandonato la rotta stabilita ed era filato sopra il New Mexico e il Colorado, fino a Denver. A fare che? A sganciare cosa? Si era schiantato con le sue bombe sulle Rocciose, raccontava la fonte ufficiale. Oppure i colleghi avevano avuto l'ordine di abbatterlo?

– Preghiamo per tutti, anche per lui, fratello.

Disse proprio così quell'uomo alto due metri, stazza da boscaiolo e faccia da Lincoln, intagliata, e la stessa barba del presidente nei ritratti. Aveva sbirciato il giornale e quel che stavo leggendo ed era emerso alle mie spalle, una tuba nera in testa, come una cattiva intenzione. Il suo grande cartello diceva: "God Loves You" e ancora "la vita di un animale e quella dell'uomo sono entrambe nel sangue. Sepàrati dal Lago di Sangue e di Fuoco e ricongiungiti a Dio prima della morte". Non disse altro e mi porse un foglietto bianco, scritto da entrambi i lati con inchiostro blu. Era una preghiera, ma suonava come una minaccia. Era firmata "Home Church Christian Ministries, P.O. Box 9292, Denver, CO 80209". Religione per corrispondenza. Tenni il foglietto e la sera lo attaccai sul cruscotto di Uccello di Tuono, come le foto e la piccola preghiera che mio nonno teneva sull'Ardea grigia nel 1957, quando andava on the road da Assisi al mare, rimontando il passo di Verghereto e l'Appennino come Neal il passo Berthoud e le Rocciose. Ciascuno con le strade a misura dei propri sogni.

Ci sarebbe stata bene quell'Ardea dal culo grosso e rotondo sulle strade di Cassady e Kerouac, sicuro che l'avrebbero portata da un capo all'altro dell'America senza farle male e avrebbero reclinato i sedili con le ragazze. L'avrebbero solo un po' corrotta. Come tutte le cinquecento auto che Neal rubò, soprattutto a Denver, avviandole verso le montagne per una scorribanda d'amore e riportandole a casa prima di entrare nell'istituto di correzione e ricominciare non appena uscito. Ricordavo quel numero, cinquecento, perché l'avevo letto in un bellissimo testo di Fernanda Pivano e pensavo a Neal-Don Giovanni e a Jack-Leporello, affascinato da quel pioniere che parla veloce come guida – e cambia moglie come parla – mentre canta "madamina il catalogo è questo".

Catalogo di donne e auto. Catalogo di un tempo dove ci si allacciava, sbandando, badando a non farsi troppo male, con una fretta del diavolo, perché "il tempo ci supera, ci sorpassa – non più tardi, non fra un'ora – ci sorpassa in questo istante". Come scriveva Jack. Mentre Neal "si affrettava, guardandosi intorno per vedere da che parte affrettarsi".

Ricordo che la mattina dell'11 aprile un ragazzo nero di diciassette anni, Gil Webb jr, guardava il mondo da una pagina di "Usa Today" e stava sotto il titolo di testa. Lo avevano picchiato duro i poliziotti di Denver: aveva rubato un'auto ed era finito come Rodney King. E poi saltò fuori quella storia della Louisiana: il proprietario di un'auto era autorizzato a sparare e ad ammazzare chi cercava di portargliela via. La stessa legge applicata al cavallo nei giorni del West. E pensai a cosa avrebbe fatto di questi tempi Cassady, a come avrebbe vissuto senza rubare auto, oppure rubandole lo stesso. Lui che del West era un figlio legittimo, nato su una carovana a motore a Salt Lake City, mentre la famiglia andava on the road da est a ovest, da Des Moines a Los Angeles, come in una pagina di Steinbeck, come Henry Fonda in *Furore* sul camioncino con Ma'. Neal che un giorno pensò di farsi fuori con una pistola. Neal fotografato da Ginsberg a San Francisco assieme a Natalie Jackson – un altro sedile d'auto reclinato – sotto l'insegna di un cinema dove davano tre film, che a loro modo erano tre Neal: l'ultimo *Tarzan*, *Il selvaggio* con Marlon Brando, *Lo straniero porta sempre la pistola* con Randolph Scott. Forte come Tarzan, ribelle come il Selvaggio, temerario come un cow-boy. Non era forse tutte quelle cose assieme il Neal Cassady di *On the road*?

Oppure in una Denver come quella di oggi avrebbe messo la testa a posto, finendo per diventare un rappresentante a domicilio come aveva provato a fare nel '65? Guardando ora la sua vecchia città – sua e di un padre che smarrì tra barbierie e biliardi: "il vecchio Dean Moriarty che mai trovammo" di *On the road* – veniva da pensare che sì, non avrebbe provato gusto a rovesciare le regole in un mondo dove gli angoli della fantasia erano ingombri di ragnatele. L'epigrafe di Kerouac parlava chiaro già allora, suonava quasi profetica: "Nello squallidululante Colorado, vuoto, nulla – ah! ma a nessuno gliene frega niente, nel cuore degli Stati Uniti – quel cuore riapparirà quando tutti i commessi viaggiatori saranno morti. L'America è uno stronzo solitario".

Chiusi il giornale, passeggiai di nuovo verso la Larimer, festonata per qualche ricorrenza, quindi entrai alla Tattered di East First Avenue, la più bella libreria che avessi mai visto, dove i quattro piani erano tutti salotti e divani e poltrone e i computer sulle scrivanie dei commessi tutti marroni, dello stesso marrone degli scaffali. Acquistai una copia di *Great Plains*. E la sera lasciai Denver, i suoi fantasmi moderni e le sue antiche promesse. Scadute a souvenir.

Quella notte dormii a Boulder, in un motel frequentato dagli studenti del campus, in Arapaho Street. Boulder era il terzo cimitero di Allen Ginsberg, dopo Newark e Ann Arbor, che avevo solo sfiorato. Pensai che era un modo per completare le onoranze funebri di quello strano viaggio. E poi a Boulder, quindici anni prima, proprio Ginsberg aveva organizzato il più grande raduno in memoria di Kerouac, a venticinque anni dall'uscita di *On the road*.

Passai la serata in un locale a sentire musica. E rammentai d'aver acquistato anni prima una cassetta dei Samples, un gruppo rock di Boulder. Allora ne dicevo a tutti un gran bene. Ero sicuro che avrebbero sfondato. Chiesi notizie alla ragazza dell'emporio musica, che fu gentile e chiara: "Non credo abbiano fatto altri dischi. Non li ho più sentiti nominare. Scomparsi. Mi spiace".

E allora mi prese quella strana sensazione di vedovanza che salta fuori quando il tuo presunto tesoro è smascherato. Perché ogni emozione è buona per te soltanto ed è buona una sola volta: e non c'è verso di rimpiazzarla, spiegarla e neppure replicarla. Un'emozione sincera è intraducibile, non cercate di farla condividere, se ci provate è peggio. È così raro che accada il miracolo. Ma forse proprio per questo ero sulle tracce di un libro che portava i miei anni e che almeno tre generazioni erano riuscite a capire, a sentire. Scommisi che ci sarebbe riuscita anche la prossima.

La mattina seguente il cielo era montato a nubi, grandi matasse bianche sostavano immobili in mezzo al blu. Dovevo risalire a nord verso Cheyenne se volevo riprendere il cammino di *On the road* verso ovest, ma ero già stato su quella strada, che attraversa tutto il Wyoming, che sale sul Continental Divide – lo spartiacque d'America –, e quasi non te ne accorgi, tanto è una strada senza emozioni, una lunga corsia attraverso una terra spesso cattiva, sempre monotona. E poi Jack nel libro liquidava quel lungo tratto di strada verso San Francisco in una riga. Una sola riga, a bordo di un autobus, proprio come appare la I 80 sulla carta del Wyoming. Una riga.

Era stato a Denver Jack-Sal e aveva ritrovato Neal-Dean. Avevano folleggiato per le strade della città e risalito i tornanti delle Rocciose su macchine prese a nolo da proprietari ignari. Poi Cassady era partito per San Francisco, diviso tra due mogli, figli e famiglie. E Jack poco dopo era salito su quell'autobus per andare a raggiungerlo. E scoprire la "vecchia Frisco del jazz".

Mi chiesi di nuovo se valeva la pena di inseguire quell'autobus attraverso Laramie, Sinclair, Rawlins e Rock Springs, in quel paesaggio di camion e ancora camion nei saliscendi di stoppia che ti faceva venir voglia di quell'altro Wyoming, più a nord, dove c'erano Casper e Cody, ma sì, anche le carovane dei turisti di Yellowstone e di Jackson Hole, Buffalo Bill e l'orso Yoghi.

Guardai il cielo sulle Rockies e pensai che "fra Salt Lake City e Denver giace il mistero dell'anima" di Neal Cassady, come aveva scritto Jack. "Qui egli è nato e là è cresciuto – l'apice del selvaggio crudo spazio fra quel luogo senzanome con un'aquila al sommo di un traliccio presso la bocca di una miniera senza nome – nel lembo del nordovest – fra crudi pinastri – la prima cosa che ci fu, nel Colorado." E poi attraverso quelle montagne si arrampicarono gli altri pazzi viaggi di Jack e Neal: lungo la muraglia possente del passo Berthoud e nei deserti del Colorado che scendevano dall'altra parte come una scalinata di roccia rossa. Alla fine decisi di raggiungere Salt Lake City passando sul tetto delle Montagne Rocciose, attraverso il Colorado di Cassady: feci inversione di marcia mentre ero già sulla 287 in direzione nord e tornai a Denver. Di colpo mi era venuta una gran voglia di passeggiare ancora un po' tra il suo ferrovetro a cercare piccoli dettagli del passato, specie dalle parti della Union Station. Ricordai che Ginsberg aveva fatto così venticinque anni prima, nel '72, prima di scrivere la prefazione al libro postumo e proibito di Jack, al libro tutto dedicato a Neal. A *Visioni di Cody*. Se pellegrinaggio doveva essere, che lo fosse fino in fondo.

Allora, Allen Ginsberg non trovò più nulla della sua vecchia Denver e non accennò neppure alla sua vecchia casa del '47, la casa di mattoni rossi in Grant Street. Scrisse solo che "l'America peritura è qui... La stessa Larimer Street quest'anno in rovina, resuscitata, spettrale, attraverso le *Visioni di Cody* – e la sala biliardi stessa tramutata in parcheggio e in cinemetto, il retaggio delle fantasie sessuali di Neal, sulla panca, a guardare Watson che gioca a bazzica...". Passeggiai tra i palazzi restaurati di Seeds e il fantasma del Beatrice Foods, vecchio bâtiment in restauro, con la scritta Denver - Colorado e la facciata larga sedici finestre e alta cinque piani, tutta bucata come un colosseo. E poi gironzolai nei nuovi ghetti dei barboni del centro – cercai tra loro il cow-boy che aveva lavorato a Gunnison ma non lo trovai, forse era già al suo posto, *sulla strada*, visto che attaccava alle sette – e infine passai davanti a un grande murale con le facce di Chaplin e Dalí, che facevano da angeli custodi al parcheggio tra la Curtis e la Champa. Un po' come l'*angelo* Neal, che cominciò parcheggiatore a Denver e finì grande guidatore d'America, e che controllava un car-park come quello, tra corsie strette, marce indietro, frenate, chiavi per mettere in moto, *buongiorno, lasci pure a me*. E quelli gli lasciavano l'auto e anche qualche dollaro in più, perché Neal nel dare i resti era un maestro.

Non era la Denver del giorno prima, nervosa e tirata: era come indolente sotto il sole, quasi una California dei monti. E il sole d'aprile picchiava giù duro a quasi duemila metri di quota. Pensai alla neve che mi aveva sommerso a Chicago, al colbacco di Pittsburgh, al fodero della cassetta di Joe Ely usato per togliere il ghiaccio dal parabrezza dell'auto, nel mattino di calaverna a Harrisburg. Ora faceva caldo a starsene in camicia. Entrai nella birreria in faccia alla stazione e consultai la carta del Colorado. Mi sentivo Jack-Sal a Paterson: ora potevo inventarmi un pezzo di *On the road.* Cercai Parlin sulla carta. Era vicino a Gunnison, sulla Blue Mesa, dove aveva lavorato Bill-della-mezzeria, dov'ero già passato due volte, nell'86 e nel '94. Mi prese una gran smania di ripassare di lì, quasi per giocare a Kerouac, quando scriveva "e per la nona volta vidi il mio amato Mississippi". Per la terza volta avrei visto Gunnison, Colorado, che non è proprio la stessa cosa, ma a volte bisogna accontentarsi. E puntai lì. Non sapevo ancora che certe romantiche velleità finiscono con le tasche vuote.

Presi la I 70 verso ovest e a Golden le grandi praterie che avevo percorso per quasi duemila miglia sparirono quasi di colpo dal retrovisore e con loro "la grande pianura ardente di Denver". Presto cominciarono le grandi foreste di abeti. A Idaho Springs scorsi la prima bocca di miniera, quindi a destra, sopra Georgetown, una strada che s'alzava verso il cielo e con essa l'ammirazione di Jack per Neal-Dean che "si lanciò come un bolide verso la possente muraglia del passo Berthoud che stava ritta (...) sul tetto del mondo, una terribile porta di Gibilterra ammantata di nubi". Ero davanti a quel passo epico di *On the road*, a quel tratto di strada lungo il quale Jack pronunciò quattro parole e in quelle parole riassunse il suo libro e la sua filosofia, un modo d'intendere l'America e la propria esistenza. "La strada è vita."

E la mia strada continuava tra i boschi, senza salire al Berthoud Pass, ancora fresco di neve. Uccello di Tuono non era forse attrezzato ad arrivare fin lassù, però non mi resi subito conto di cosa significasse quella valutazione per la mia rotta futura. E poco più avanti, come previsto, presi la 91 in direzione di Leadville. Le nuvole a panna del mattino s'erano prese tutto il cielo, un cielo a cassettoni, che non annunciava niente di buono. C'era ancora molta neve su per il Fremont Pass e molta di più ne avrei trovata tre ore dopo, sulla medesima strada, nella discesa resa viscida e candida dalla bufera che aveva cominciato a frustare le grandi montagne del Colorado. Perché lì andavo e di lì sarei tornato. Costretto a tornare, sconfitto.

Ero a Leadville, dentro un saloon con i sedili in vinile, un saloon che si affacciava su una delle più belle e intatte main street dell'Ovest, e mi stavo godendo una birra che bevuta lassù a tremila metri ti infervora di autostima, fino a quando l'ebrezza improvvisa ti stronca con un rimbambimento possente. Ero insomma in un posto quasi magico, quando la neve prese a turbinare fuori dalla finestra e mi resi conto che dovevo dimenticare Parlin, Gunnison e la Blue Mesa e quella pazza idea che m'era venuta di replicare l'ottovolante del Continental Divide. Non avevo tenuto conto che lassù l'inverno fa strani turni lavorativi. Finge di non vedere la primavera. E torna in servizio quando meno te lo aspetti.

11. “PASSA DI QUA E VAI AVANTI, SEI SULLA STRADA PER IL CIELO”

– Non le resta che tornare indietro se vuole andare nello Utah.

– E se provo più a sud?

– Dovrebbe arrivare fino nel New Mexico per riuscire a passare.

Era proprio così, aveva ragione quel signore burbero che non disse il suo nome, nel saloon di Leadville. Se volevo raggiungere Salt Lake City, senza per questo finire nel New Mexico prima di poter risalire a nord, non avevo altra scelta che ritornare sui miei passi, sulla interstate. Altrimenti rischiavo di perdere almeno due o tre giorni di viaggio e soprattutto le tracce di Jack: avevo ancora troppa strada davanti, troppe pagine del libro che aspettavano di tornare a essere luoghi. Ma non volevo darmi per vinto.

Consultai di nuovo la carta, cercando una strada che attraversasse le Rocciose sotto i tremila metri di dislivello. Proprio non esisteva. Non c’era altro da fare che invertire la marcia. E farlo in fretta. Quella decisione fu la mia salvezza, perché la tempesta di neve sulle montagne durò giorni. Era lassù che stavano cercando i resti dell’aereo del capitano Button, sulle Sawatch Range sopra Leadville. Ebbene, per quasi tutta la settimana seguente, i militari furono obbligati a sospendere le ricerche per via del maltempo.

Ce ne tornammo a malincuore sulla interstate 70, Uccello di Tuono un po’ imbiancato e io un po’ sconfitto e infastidito. Non restava che puntare su Grand Junction, “là dove passa il confine del Colorado, il suo arido bordo occidentale, dove corre il confine con l’Utah”. Jack mi aveva richiamato all’ordine, sulle sue strade.

E per la terza volta non vidi Gunnison: ma cercai di immaginare come fosse il Monarch Pass con la neve, quel passo che avevo solo intravisto un giorno di settembre, era il Labor Day, imprigionato dentro una nuvola bassa. E come fosse, sotto quella bufera, l'ottovolante del Continental Divide lungo la strada che da Lake City porta a Durango salendo e scendendo per i passi Slumgullion, Spring Creek e Wolf Creek che avevo percorso in una giornata strepitosa di sole, scoprendo le sorgenti del Rio Grande, "che comincia nelle fresche valli delle montagne rocciose" e, appena più a nord, un minuscolo paesino minerario del vecchio West di nome Creede. Era il posto dove avevano ucciso Bob Ford, quel cuor di leone che aspettò che Jesse James fosse girato di spalle – mi pare stesse attaccando un quadro a casa sua –, per spararli alla schiena e poter gridare al mondo: "Ho ucciso Jesse James". Quel giorno a Creede mi raccontarono che fine avesse fatto il prode Ford. E non mi dispiacque affatto sapere che avevano fatto secco anche lui: il giustiziere era stato un minatore irlandese dal nome impossibile da tenere a mente.

Così me ne andai sotto il nevischio con un po' di nostalgia per il cielo splendente del mattino e non sapevo ancora che quello mi stava preparando una sorpresa. Passai per Eagle dove gli aerei militari erano in attesa di decollare per una ricognizione sulle Sawatch Range alla ricerca del luogo esatto dell'esplosione del velivolo di Button. E poi per Glenwood Springs e Rifle. Fu a quel punto che il cielo prese a cambiare colore, mentre stavo scendendo nel deserto del Colorado, nel mondo minerale d'America. E fu quasi una visione.

Si può raccontare un tramonto? So solo che la luce quasi esplose. E tutto un mondo grigio, senza ombre, si vestì di rosso. Come per una cerimonia. E le rocce, i crepacci di pietra, le strane forme del paesaggio sul limitare dell'orizzonte, fu come se prendessero a muoversi, mentre le scaglie violente di carminio e arancio lucente scheggiavano il cielo sopra De Beque, togliendo il posto ai festoni di nuvole biancastre e cambiando colore al mondo. Lungo la strada i neon già accesi tornarono a dormire, come se quella luce formidabile li avesse fulminati tutti nello stesso istante. E intanto il cielo continuava a cambiare i suoi disegni. Ma si può raccontare un tramonto? Ero felice di essere lì, invece che sui tornanti del Monarch Pass.

Avevo attraversato ugualmente quelle che Kerouac chiamò "le Montagne Rocciose di Cody e delle sue selvagge scarrozzate giovanili e festicciole con ragazze, auto roventi". Ero arrivato sui "muri di cotto" dove cominciava l'America che amavo di più, quella rossa e cocente. Dove la pietra e l'acqua e il vento hanno inventato labirinti impensabili, come quello del Maze, sotto le mesas intagliate di Canyonland, dove le strade sono bianche di sassi, poi rosse di sabbia e poi non sono più strade e per esplorare quella regione di fuoco bisogna superare pareti impossibili e risalire canyon profondi. Luoghi come Arches, il parco raccontato da Edward Abbey in *Deserto solitario*, dove il barbuto erede di Thoreau viveva tra le arcate di roccia, a sole cento miglia da Grand Junction, la città che nel frattempo avevo raggiunto.

Edward Abbey ranger dei parchi, sopra Moab, nell'estate del '56. Jack Keroauc, avvistatore di incendi sul Desolation Peak, nella Catena delle Cascate, nell'estate di quello stesso anno. Pensai agli angeli di solitudine e desolazione di entrambi. E alla mia piccola solitudine d'automobilista, attraverso il cuore dell'America, bersagliato da quel sole che non si decideva a smontare. Ero come rapito dal ricordo di un'altra splendida desolazione, dalla sensazione che provai una sera come quella, affacciandomi cento miglia più a sud, sopra Dead Horse Point, mentre il sole incendiava i crepacci di pietra e tutti i miasmi della terra, giù dove il Green River e il Colorado River diventano una cosa sola, sembravano un inferno invitante. E il cuore si perdeva in quel canyon infinito.

Avevo vissuto una giornata fantastica tra sole e neve, di quelle che vorresti facessero gli straordinari. Presi una camera, lì a Grand Junction, solo quando fu buio pesto. E alla sera, in tivù, cercai su e giù per i canali un film western che potesse ricordare in qualche modo il paesaggio che avevo ammirato. Ero in una camera che mi sembrava di conoscere, che si replicava, anonima e rassicurante, dall'inizio del viaggio. E feci mia quella frase di Neal-Dean: "Conosciamo l'America, siamo a casa nostra; in America posso andare dovunque e ottenere quello che voglio perché è la stessa cosa in ogni angolo, conosco la gente, so quel che fanno". Ero in un piccolo motel, dove cominciava il deserto, eppure potevo essere ovunque lungo le strade d'America e quel luogo sarebbe stato identico, perché – aveva ragione Neal – in ogni posto d'America sei nello stesso posto. Anche nella stessa stanza. Soltanto se apri la porta gli occhi si spalancano su panorami inattesi. Verso le undici mi imbattei in un film western. Era *L'uomo di Laramie*. E io, un uomo assonnato. Mi addormentai prima che James Stewart smascherasse Arthur Kennedy.

– Viene dal New Jersey?
– Sì.
– Che lunga cavalcata...

La signora bionda dai capelli corti indicò la targa dell'auto ai suoi due ragazzi mentre stavo risalendo in macchina alla stazione di servizio. Uccello di Tuono non era più l'Automobile Verde del primo giorno: la polvere, la neve e il sole l'avevano screziato di venature grigiastre. Era come anticato dal tempo. Lo percorreva in tutta la sua superficie una sorta di alone, che ti lasciava il marchio, se osavi sfiorarlo con gli abiti.

Che lunga cavalcata. Orgoglioso di tutta la strada che avevo percorso fin lì, sfoderai uno stupido sorriso da commesso viaggiatore.

– Dove va?
– A San Francisco. Per ora.

Lei sparò un "great" acuto. E mi augurò buon viaggio. "Mi risintonizzo sul film/ del Microbo satana – stanno/ in una Ford verde e attraversano l'Utah deserto/ E noi oltrepassiamo il sud blu splendente/ dell'assolato Wasatche." Mi ero risintonizzato anch'io sui versi di Allen Ginsberg, sulla sua poesia-trasvolata attraverso i cieli d'America: decisi che Ginsberg era esattamente sopra Uccello di Tuono, che in fondo era una Ford verde, una Thunderbird della Ford, verde. Anche se molto sporca.

Prima di lasciare Grand Junction e il Colorado riaprii *On the road* e lessi: "Mentre passavamo il confine fra il Colorado e l'Utah vidi Iddio nel cielo sotto forma di immense nuvole dorate assolate sopra il deserto che pareva puntare un dito verso di me e dire 'Passa di qua e vai avanti, sei sulla strada per il cielo'". Quella per la verità era solo la strada per Cisco, il primo paese che si incontra sulla I 70 nello Utah. Il primo piccolo posto d'America, escluso Denver, che avevo già attraversato prima di allora, lungo il cammino del libro e della memoria di quel libro.

Me lo ricordavo bene Cisco, perché era solo un nome, non più un paese. Lo era stato un tempo, ma la polvere e il silenzio avevano chiuso le imposte delle sue case ormai baracche. Era un ex paese già quando lo avevo visitato anni prima. Solo qualche affezionato continuava a frequentarlo. Lo vidi scorrere sulla sinistra: dieci case, neppure un'auto, presto un'altra ghost-town. Eppure Cisco era stata la grande porta verso Moab, lungo quel giardino di pietra che è la Professor Valley, dove John Ford girò proprio *La carovana dei mormoni* e dove Walter Hill era tornato a cercare le stesse inquadrature per il suo *Geronimo*, che mi teneva compagnia da Denver, colonna sonora in perenne auto-reverse. Quante volte nei film avevo visto attraversare i fiumi d'America dalle mandrie e dagli indiani, dai banditi e dalle giacche blu: beh, c'era un punto nella Professor Valley in cui il Colorado River era splendido, così splendido che tanti registi lo avevano scelto perché facesse le veci di tutti i fiumi americani, nei film western ambientati chissà dove, in Arizona come nel Montana, nel Kansas oppure nel Texas. A quel tratto pittoresco del Colorado River, buono per il guado, avevano messo tutti i nomi possibili: era stato il Pecos e il Rio Grande, il Missouri e il San Juan. Era sempre lui, il vecchio Colorado – ancora molto distante dal Grand Canyon – a far da quinta a mille set.

Ed era lì che il vecchio stunt-man Hagner aveva imparato a cadere e lo aveva insegnato a un paio di generazioni. Quasi mi prese voglia di andare fino a Moab a trovarlo. Ma una volta giunto a Moab avrei avuto voglia di Blanding e della Bicentennial Highway che supera il Glen Canyon. E, da lì, Bluff e Mexican Hat sarebbero state di nuovo a un passo. E venti miglia più a sud di Mexican Hat, annunciata dalle prime guglie appena fuori dal paese, c'era la Monument Valley. Troppe tentazioni tutte insieme. Continuai perciò nel mondo di pietra gialla, dove passavano solo la mia strada, una linea ferrata e una sfilza di pali della luce. A sinistra, una strada bianca portava su verso Arches National Park, a Delicate, l'arco più bello, un biscotto di roccia col buco in mezzo. Uscii dalla interstate e presi a destra, per Thompson, un altro posto da dieci case e poco più, dove sapevo che avrei trovato benzina. E dove poco lontano, a tre miglia dalla I 70 in direzione dello Sligo Canyon – vicino a un motel abbandonato, le porte aperte, le reti metalliche dei letti squadrate, i sanitari crepati a vista, il progresso e l'abbandono a sciacquarvi le loro cose – sapevo che avrei ritrovato il Silver Grill di Beverly. Una sorta di *Bagdad Café*, solo che quello di Beverly era vero.

In una pagina di Jack c'era una descrizione che gli sarebbe andata a pennello: "La casa era situata presso la ferrovia Union Pacific sotto un serbatoio dell'acqua all'estremità d'un agglomerato di edifici dall'aria desolata". Solo che lì Kerouac non era mai passato, ma l'America, me lo andavo ripetendo ogni giorno ormai, si assomigliava un poco ovunque. Conoscevo il Silver Grill Café. Lo avevo scoperto la volta che avevo visto Cisco, seguendo incuriosito un uomo e una donna di una certa età, che camminavano a piedi, fermandosi a ogni baracca, a ogni casa mobile, a ogni roulotte. Un uomo e una donna di una certa età che indossavano la stessa maglietta rossa con la scritta: "Vota Phyllis". Lei era Phyllis, la candidata alle elezioni di quella contea dello Utah. Lui il suo primo supporter e portaborse. Erano moglie e marito. Si infilarono nel bar di Beverly per presentare il loro programma elettorale. Ne dettero uno anche a me. Fu un vero dibattito politico nel deserto, ché Thompson era un puntino in mezzo al nulla, un mucchietto d'ossa di paese, sfiorato appena dalla interstate. Il primo paese a nord, in linea d'aria, era a più di centoventi miglia. Perché Thompson si trovava al confine della zona più disabitata dello stato. Fu un surreale dibattito politico tra la candidata, il marito-segretario, quattro avventori e Beverly, che stava dietro al bancone.

E che trovai ancora lì, un'inossidabile donna del West. Non poteva ricordarsi di me e infatti prese a raccontarmi di nuovo del suo bar che era ridotto a niente ormai, passati i giorni della gloria, quando la miniera di carbone di Sligo produceva lavoro, il motel era pieno di clienti e il treno si fermava quattro volte al giorno. Mi ripeté ancora una volta che il declino sembrava inarrestabile e il destino segnato, finché un pomeriggio era arrivata la troupe del film *Thelma e Louise*, che aveva piantato tra il bar e i binari una pompa di benzina per una scena, e da allora si erano rivisti i viaggiatori e anche qualche turista appassionato di graffiti preistorici. In effetti il canyon ne era pieno e il boom americano del Jurassic aveva cominciato a farsi sentire anche lì, tra i fantasmi della miniera chiusa e i petroglifi sulla roccia.

L'anticipai, perché conoscevo già il seguito di quella conversazione.

– Non è questo il bar dove Ridley Scott ha girato la scena della telefonata di Thelma al marito?

– Sì, certo, proprio là nell'angolo.

Me l'aveva già raccontato tre anni prima, ma non me la sentii di tradirla. E non le feci la domanda che avrei voluto farle: così non seppi mai se la signora Phyllis era stata eletta lì nella contea. Però avevo ritrovato un viso noto, il primo di tutto il viaggio. A Thompson, Utah, dove il treno ora si fermava solo per cortesia. Ma questa storia l'ho già raccontata prima: siamo tutti un po' Beverly.

Non mi restava che spingere sull'acceleratore. Fin lì non avevo avuto nessun problema con la polizia, anche se non avevo rispettato quasi mai i limiti di velocità – senza essere Neal, s'intende – e tirai veloce verso Green River e poi su, lungo la strada del carbone, delle miniere e delle ghost-town fino a Price, in un paesaggio di assenze, nel West solitario fatto di una riga d'asfalto e di cento strade bianche che partono a ogni miglio per chissà dove, per qualche sogno esaurito.

Erano le strade del West di Neal Cassady, "strade spaventose, a due corsie, tutte cunette e dossi, con un fosso di qua e un fosso di là, e oltre il fosso una siepe, o uno steccato, una rete di cinta, quindi un tratto di terra, terra sabbiosa con pochi radi ciuffi di capelli d'erba, una sconfinata distesa fino ai piedi di monti lontanissimi". E ancora: "Insomma queste strade del West sono più solitarie delle altre e ti senti più solo che altrove a percorrerle". Ma ti senti anche più te stesso, e riprendi possesso di un pezzo d'identità che avevi dimenticato: quasi che il vuoto immenso ti possa aiutare a star dentro ai tuoi panni e alla tua testa. A starci comodo, sereno, senza sbandare da ogni lato. Appagato. Ecco, guidai appagato da quel che vedevo, da Price su fino a Provo, tra i boschi, e ancora più a nord fino a Salt Lake City, la città natale dello stato mormone. La città natale di Neal Cassady.

12. "UN DOLORE MI TRAFISSE IL CUORE"

Avevo impiegato un giorno e mezzo a rincorrere quella riga di *On the road* in cui Kerouac aveva riassunto il cammino tra Denver e Salt Lake City, benché lungo un sentiero che correva più a nord del mio.

"Entriamo a Salt Lake City. Il sole è tramontato – calano le tenebre. Cody si sveglia dal suo pisolino. Stiamo percorrendo una strada in salita per amor di panorama. (...) Guarda la città dov'è nato. Sfoglie di tetro tempo si sollevano dai cigli della città seminascosta nella notte." Chissà se Jack e Neal si trovavano allora sulla 9th: la strada che risale la montagna come uno scivolo al contrario e dove sembrava che l'auto a un certo punto dovesse perdere aderenza e rotolare all'indietro con una capriola; la strada che rimonta l'Emigration Canyon e che io avevo imboccato per andare a mangiare qualcosa al Ruth's Diner: un altro vagone di treno, o forse di tramway, cementato a metà della collina e diventato il vivandiere di molti giovani della città.

Arrivarono da lì i mormoni, da quel canyon che era una balconata sulla città che non riuscivano ancora a immaginare, sulla valle che Brigham Young, il profeta, garantì essere l'approdo della loro fede, la loro terra per sempre. Così come era stata Promessa. Gente che se ne andava on the road per l'America, muovendo da est, centocinquant'anni prima di Jack. Perché le promesse – terre, parole o sogni – sempre ci saranno, finché si troverà qualcuno disposto a giurarci su, magari sottovoce. A mettersi in gioco, e in movimento, anche solo con se stesso.

Trovai il locale chiuso: Ruth's Diner non distribuiva cene quella sera. Perciò girai l'auto per tornare giù nella valle e dietro una curva vidi il Tempio acceso dai riflettori, e poi tutta la spianata spalmata di luci di ogni colore e di fari che si muovevano lenti, come quelle luminarie di Natale che scorrono accendendosi lampadina dopo lampadina senza stancarsi mai. "A un crocicchio mentre i turisti cenano – io e Cody guardiamo le luci e i barlumi della città." Mi sembrava d'essere lì, a far compagnia a quei loro pensieri.

Mi fermai in cima al grande scivolo d'asfalto che assomigliava a quelli di Frisco, solo che era tre volte più largo. E mi buttai giù per quel viale alberato che ricordava l'ottovolante di un parco giochi. Un toboga di Disneyland. Era la strada cittadina più larga che avessi mai visto.

– È per via del bestiame.

– Cioè?

– Le mandrie una volta arrivavano giù dal canyon e le bestie prendevano a correre per la discesa come impazzite. Bisognava per forza fare strade così larghe, altrimenti quelle vacche si portavano via tutto ogni volta.

Era il secondo Mark che incontravo, non era mormone ma sapeva un sacco di cose sulla città. Giocava a basket oltre a studiare. Ingegneria. Cominciò a raccontarmi degli Utah Jazz che stavolta avrebbero vinto il titolo Nba, ora o mai più. Mi assicurò che Malone era fortissimo e pure John Stockton, "uno dei pochi grandi bianchi del basket". Un bianco dello stato più bianco d'America. Mi chiese se mi interessava il basket. Risposi di sì, ma un po' di tempo fa. Allora volle conoscere il nome del mio giocatore preferito e sapevo che se avessi risposto in un certo modo Mark, che era un tipo simpatico e cordiale, mi avrebbe offerto almeno due giri di birra, lì al Rio Grande Café, dov'eravamo seduti, su due tavoli che stavano uno di fianco all'altro.

Era la verità quello che stavo per dire, ma sapevo che la mia risposta sarebbe suonata un po' ruffiana: perciò gli chiesi di poter scegliere due nomi, per annacquare un po' la sviolinata. Mark acconsentì. Aggiunsi che non sarebbero stati due nomi freschi di parquet. "Va bene", per lui faceva lo stesso. Spiegai che avevo un debole per i fuoriclasse che non avevano mai vinto nulla, quelli che da soli facevano una squadra, ma non un titolo. Quei tiratori che sapevano prendersi la responsabilità quando la palla bruciava e i secondi pure.

– Va bene, ma chi sono questi due?

– Intanto, Gervin che giocava a San Antonio.

– Uhm.

– E l'altro, il più grande che abbia visto giocare in tivù, era Pete Maravich degli Utah Jazz. Sì, proprio il tuo *Pistol* degli anni settanta.

Mancò poco che mi abbracciasse. Volle sapere in quali partite l'avevo visto all'opera, ma io non me lo ricordavo. Poi mi domandò se avevo giocato a basket e se anch'io avevo sognato di diventare come *Pistol* Maravich. Perché lui, Mark, se l'era messo in testa fin da ragazzino di imparare a tirare a quel modo. Però mi offrì solo una birra. Tutta colpa di Gervin, pensai. E dei miei assurdi sensi di colpa. Ci scambiammo anche gli indirizzi e i numeri telefonici. E quando, un mese dopo, lessi che gli Utah Jazz avevano perso il titolo in finale contro Chicago, lo chiamai per dirgli che mi dispiaceva, ma che i suoi campioni erano stati bravissimi. "Vedrai il prossimo anno," mi garantì pieno di fiducia. In bocca al lupo, giovane *Pistol*.

Aveva i suoi miti sportivi anche il giovane Kerouac, il campione di football che, in *Vanità di Duluoz*, aveva raccontato la passione sua e di suo padre per il giocatore Cliff Battles. E della malasorte che li perseguitava ogni volta che da Lowell andavano a Boston per vederlo giocare: accadeva sempre che una deviazione, un ingorgo del traffico o chissà quale altro ostacolo, impedivano che quel sogno si avverasse.

Ma c'era anche il baseball nei suoi libri: mi rammentai che aveva scritto, per esempio, di Lou Gehrig. E me lo ricordavo anch'io Lou Gehrig nel film *L'idolo delle folle*, perché la sua storia in bianco e nero mi aveva fatto piangere davanti alla tivù quand'ero bambino, quando le lacrime sono facili e il cuore tenero senza la scorza dei grandi. Era Gary Cooper nel film a interpretare Lou, il grande giocatore di baseball che si ammalò di distrofia muscolare ma che continuò a lottare e a giocare fino a quando la paralisi non lo fermò. La scena più commovente arrivava quasi alla fine del film, quando premiavano Cooper sul campo mentre già si muoveva a fatica. Dieci minuti più tardi, mi pareva di ricordare, qualcuno ne annunciava la morte. The end. E io non sapevo darmi pace, anche perché non me l'aspettavo un finale così: i film che avevo visto fino ad allora erano tutti quanti finiti bene. Forse la prima persona mancata che ho pianto è stato proprio Gary Cooper, vestito da Gehrig.

Quando lasciai il Rio Grande Café – un'altra birreria, tutta tapas e tortillas, dentro la vecchia stazione – si alzò, come una tromba che suonava il silenzio, il muggito lontano di una locomotiva. Era il lamento di un merci che veniva da ovest, dal Grande Deserto Salato. Quella sera me ne andai a dormire a notte alta, dopo aver girovagato per la città che non mi sembrò per la verità la capitale dei bacchettoni, descritta da Jack quando pensava a Neal, partorito lì sulla strada, in un'auto mangiatoia, senza che il mondo ne avesse novella. Almeno, non quel mondo, "quel punto di mondo spettrale nel quale era nato, ignoto e infangato, anni prima".

Ero in faccia al Nevada. Solo centoquaranta miglia nel biancore del Deserto Salato e sarei arrivato a Wendover, alla game-line, ai primi casinò che annunciavano il confine del nuovo stato, dogane carnascialesche del tempo sospeso e muto delle sale-gioco. E di lì avrei attraversato il Deserto del Great Basin fino a Reno e alla California, come fece Kerouac, a bordo di un autobus, nel '47. San Francisco per la prima volta mi sembrò vicinissima. E invece distava quasi mille miglia. Forse fu per questo che mi lasciai tentare dall'avventura.

Avevo letto nel pomeriggio, in un café di Salt Lake City, un opuscolo sul Pony Express, sulla vecchia linea che era stata riaperta tra Camp Floyd, a sud della capitale, e Ibapah, al confine col Nevada, a quaranta miglia da Wendover. Una strada che correva per un breve tratto anche nella zona proibita del Desert Test Center, uno dei luoghi più inaccessibili degli Stati Uniti, assieme al Trinity Site di Alamogordo, nel New Mexico, e al Nevada Test Site, a nord-ovest di Las Vegas. Era quello il tratto più infernale del Pony Express, un mondo di pietra, senza un albero e tre sole stazioni per il cambio dei cavalli: la prima, mezz'ora a est di Vernon, dove finiva l'asfalto; la seconda nel nulla di Fish Springs, la terza tra Callao e Ibapah, dove l'asfalto sarebbe dovuto ricominciare. Chiesi altre notizie all'ufficio del turismo di Salt Lake City, ma non furono di grande aiuto. Mi sconsigliarono piuttosto di andare su quella pista – perché davvero di pista si trattava – se non avessi avuto un'auto con quattro ruote motrici e una buona "clearance", insomma alta abbastanza per proteggere la coppa dell'olio dai colpi. I due impiegati mi spiegarono anche che poche persone si avventuravano da quelle parti, tanto che in certi giorni non si incontrava anima viva. E che avrei trovato molto più interessante visitare il forte di Camp Floyd e la Stagecoach Inn piuttosto che andare a ficcarmi in quell'inferno.

Stavo per rinunciare quando un uomo alto, con la barba, intervenne dicendo che lui l'aveva percorsa con una normale auto quella strada e c'era solo da andare prudenti e da non avere fretta. "E con un po' di fortuna si arriva a Ibapah," disse serio. Mi spiegò anche quale fosse il punto più pericoloso di tutto il tracciato. "Le ci vorrà una giornata intera," aggiunse. "E si porti da bere e da mangiare perché laggiù non troverà nulla, solo polvere." Mi lasciai convincere, anche perché non aspettavo altro.

Diedi appuntamento a Jack a Wendover, alla prima sosta del suo tragitto in autobus dal Nevada alla California e scelsi la pista di un altro on the road, più antico, anche se di vita breve: non fecero in tempo a inaugurare la linea del Pony Express nel 1860 che già l'anno dopo entrava in funzione il telegrafo.

Sole accecante di una mattina d'aprile travestita da estate. Presi per Tooele, sulla 36, quindi giù fino a Vernon, dove girai a sinistra. Subito l'asfalto svanì. E cominciò la cavalcata vera, altro che le parole compiaciute di quella mamma di Grand Junction che aveva ammirato la targa del New Jersey, The State of Garden. Quello che attraversai era davvero lo stato dei giardini di pietra, più di cento miglia, tutte pietre e buche, in una terra desolata che sapeva di luna. Ecco un buon posto dove fingere l'ammaraggio della navicella di Armstrong & C. nel 1969, quello che non convinse mai gli apollo-scettici che ancora giurano sulla bufala spaziale.

Cespugli implumi, cervi a pochi metri dalla strada, un sole feroce a sbiancare il paesaggio. Un'ora di spettacolosa solitudine e neppure un'auto avvistata. Un gran ballo sui sassi, un mantello di polvere sopra ogni cosa, nella pianura sconfinata. La scia di Uccello di Tuono doveva essere visibile ad almeno cinque miglia di distanza, come quella d'un carro mormone di centocinquanta anni prima, anche se in quella desolazione i coloni si erano affacciati più tardi, per scapparsene impauriti.

La prima stazione del Pony Express che trovai era quasi intatta: una costruzione di pietra scura, forse vulcanica; i resti di quella che era stata una stalla; e lì accanto una stele per ricordare l'anno dell'inaugurazione. Ancora nessuno all'orizzonte. E nessuna indicazione. Solo qualche bivio da interpretare: altre strade sterrate, ma più strette, che andavano a morire in qualche radura o sotto un crepaccio di pietra. Guidavo concentrato nella polvere e dopo un po' avevo quasi preso confidenza con i sobbalzi. Così presi ad andare più veloce.

Successe allora, nei pressi della seconda stazione, solo un ammasso di fondamenta annerite, che si chiamava Boyd Station, dal nome del gestore di un tempo, che ci aveva vissuto fino ai primi anni del secolo – e questo lo lessi su una targa commemorativa. Fu allora, avevo lasciato da qualche minuto la stazione del vecchio Bid Boyd, che vidi finalmente la prima auto. Era parcheggiata di lato, in modo strano. Dovevano averla spinta un po' troppo avanti, dove il greppo di pietra scendeva giù ripido. "Voglio vedere come faranno a tirarla fuori di lì" pensai. Ma subito l'ironia lasciò il posto allo spavento: mi accorsi, arrivato a non più di dieci metri da quello strano relitto, che non c'era nessuna strada che scendeva laggiù. E di colpo realizzai che non c'era più la strada neppure davanti a me: avevo appena valicato un dosso e... non feci in tempo a frenare. Fu la mia fortuna. Perché davanti avevo un cratere enorme; l'auto ci finì dentro e non so come riuscì a saltare dall'altra parte, fuori dalla buca nascosta nel deserto, impennandosi sulle ruote posteriori. E quasi si imbizzarrì, come un cavallo che sta per cadere all'indietro, in una scarpata, e punta gli zoccoli. D'istinto pigiai il pedale del gas e la macchina prese a rullare, sull'orlo del precipizio. Due, tre, quattro secondi, a vuoto. Poi, come per miracolo, saltò fuori dalla trappola, come avesse trovato nell'aria una pietra magica dove appoggiarsi, fare perno, ricevere la spinta per spiccare il volo. Fu il grande trionfo di Uccello di Tuono e la mia salvezza.

Silenzio, polvere, assenza. Avevo male al braccio, ma niente di rotto. Uccello di Tuono invece mostrava il parafango ammaccato sull'ala destra. Ogni rumore s'era spento. E nel mezzo di quel deserto di sassi nessuno l'aveva ascoltato. Fissai la grande voragine lì dove un tempo passava la strada. Poi guardai l'Automobile Verde, ben piantata sul bordo di quel cratere che sembrava un grande nido, quel cratere che aveva saltato con un colpo d'ala del gas. Mi prese quello strano disagio di chi sa di essere nel posto sbagliato, ma in qualche modo deve arrangiarsi e non può neppure mandarsi al diavolo finché la storia non è finita. C'erano da percorrere ancora sessanta miglia di quella strada bianca e sbiancante e non potevo tornare indietro. Non c'era spazio per risalire il dosso, evitando la voragine.

Mi avvicinai all'auto grigia, sul lato della strada. Aveva la targa del Nevada. Era aperta, ma dentro non c'era nulla, nessun documento. Aveva tutto il fianco destro – quello che dalla strada non potevo vedere – ammaccato e un grande squarcio sotto. Di certo era finita in quella buca prendendo un gran colpo e rovesciandosi di lato. Dovevano aver provato a rimetterla in strada, ma senza successo. E alla fine l'avevano lasciata lì. Ma chi? E quando? Pensai di non aver capito bene le parole del vecchio signore di Salt Lake City, la sua spiegazione del punto più pericoloso. Ma no, quello aveva detto: Canyon station. E la Canyon station doveva ancora venire. Mangiai un pacco di tramezzini sotto vuoto e mi scolai la bottiglia d'acqua che avevo portato. Non arrivò nessuno.

E ricominciò la danza. Guidavo piano, concentratissimo, i muscoli tirati, i nervi all'erta. Avrei potuto trasmettere la scossa elettrica a chiunque mi avesse sfiorato. Zittii anche le ballate lievi di Vic Chesnutt sul mangianastri. Ma poi, all'improvviso, il timore sparì e mi prese come un'euforia: ero solo in una storia tutta mia, piccola e banale, ma dentro una quinta immensa, in uno scenario strepitoso. Mi sentii fesso e felice assieme. Padrone di tutta la terra che vedevo, giù fino all'orizzonte, senza più misurare il rischio di finirci dentro, dimenticato. Era l'ebrezza dello sconforto.

Sulla destra vidi un piccolo autobus capovolto e arrugginito: se non stavo attento anche Uccello di Tuono sarebbe diventato un fossile di quel pianeta minerale. Ancora mezz'ora di sussulti, di singhiozzi di gomme e freni, di colpi di tosse del motore, e infine il paesaggio cambiò, dopo il Lookout Pass, dove c'era un'altra stele. Cominciò a spuntare un po' d'erba qua e là, quindi sul ciglio dell'orizzonte comparvero una baracca, campi coltivati, case. Era Callao. Non un bar, nessuno. Solo quattro o cinque fattorie e un edificio che assomigliava a quelle scuole prefabbricate degli anni cinquanta arrampicate nei piccoli borghi dell'Appennino. Era un'oasi nel niente. Non un'auto, né persone lungo la strada, ma la certezza, in caso di bisogno, di poter chiedere a qualcuno.

Mi convinsi che il peggio era passato e me ne andai più tranquillo verso Canyon station: soltanto altre macerie in un belvedere da brivido. Quando arrivai alle curve che salivano ripide, le curve del pericolo annunciato, presi ogni precauzione. E sul costone di roccia, dove la strada rimontava senza parapetto, stretta anche per una sola auto, salii al rallentatore. Ora un cartello indicava Ibapah verso sinistra, mentre la strada continuava a inerpicarsi verso nord. Consultai la carta e vidi che tirando via diritto sarei rientrato prima sulla Alt 93, già in territorio del Nevada.

Fu la scelta peggiore di tutta la giornata. Non avrei più dimenticato quelle sei miglia sopra sassi grandi come cocomeri, mentre pietre acuminate tiravano botte da sotto che sembravano dover squassare da un momento all'altro l'Automobile Verde. Costeggiai la Dutch Mountain a dieci miglia all'ora e ugualmente sentivo ogni colpo, mentre l'auto ciondolava ubriaca di sterzo. Ma anche quel supplemento di follia finì: e io provai per l'asfalto quello che dovettero provare i primi mormoni davanti al Gran Lago, che non sapevano ancora salato. Ero una statuina di polvere, perché avevo tenuto il finestrino aperto per sentirmi più sicuro, non saprei dire perché. Quando incrociai la prima auto, dopo sei ore e mezza di guida su quella pista deserta e centododici miglia di danza – era un'auto rossa, lo ricordo benissimo – fu come ritrovare un volto amico. Salutai con la mano. Quello, naturalmente, non rispose. E allora lessi ad alta voce la preghiera che mi aveva donato quel Lincoln mattocchio di Denver e che avevo appeso sul cruscotto con lo scotch. Era il mio giorno privato del Ringraziamento.

A Wendover provai l'orgoglio del vecchio pioniere del West, testardo ed esausto che, dopo una marcia di miglia e miglia, arrivava in città, si sedeva a un tavolo del locale e ordinava una birra. Di solito a questo punto, nei film e nei fumetti, entrava in scena il *gambler*, un giocatore di professione, che lo ripuliva in un'ora di tutti i suoi dollari. Decisi di stare al gioco, in fondo ero nella terra dei casinò. Allo Stateline di Wendover, dove avevo ingurgitato birra gelata per sciacquarmi via la polvere, cercai una poker-slot machine da un quarter e decisi di pagare a lei il mio debito con la buona sorte e con l'antico folklore del West. Perciò le sedetti di fronte, impugnai il suo braccio meccanico e lasciai che mi ripulisse in un quarto d'ora dei suoi meritati dieci dollari. Ora ero davvero a posto.

Quel viaggio sulle tracce di Kerouac e di Cassady – la strada che stavo per affrontare attraversava il "loro" Nevada: quello percorso ad andatura folle, scambiato per il circuito di Bonneville, lì a due passi da Wendover – finiva spesso per coincidere e confondersi con quell'altro, sulle tracce del West storico e leggendario. Non c'era da stupirsene: molte pagine di Jack erano dedicate agli eroi pistoleri dai grandi cappelli e alla nostalgia per quei cinemetti dove cavalcavano allora, alla fine degli anni trenta.

Ero appena uscito da una cavalcata a motore. E cercai di immaginarmi Neal, la prima volta davanti a Jack, che lo squadra e lo racconta come "uno che aveva letto Schopenhauer al riformatorio, un eroe nicciano del selvaggio purissimo West". Uno che "somiglia a Gene Autry – mascella dura, zigomi sporgenti". West & western. Jack non aveva forse esordito come spettatore, nel buio di una sala di Lowell – quella dove Maria la Zozza faceva certi lavoretti ai ragazzi più grandi – con un western? Lo aveva scritto in *Visioni di Cody*: "Il primo film che ho veduto, credo fosse un film di Tom Mix col suo cappello bianco da cow-boy, tanto bianco e niveo (...) che luccicava come una lucciola". Proprio come la prateria di sassi che avevo appena attraversato.

Ha questo di speciale l'America: ogni cosa è stata già fatta, ogni strada già percorsa, ogni luogo già scoperto, ma quando lo azzardi, ti avventuri, lo provi, è come se tutto accadesse di nuovo per la prima volta. Il paesaggio americano, almeno quello del sud-ovest, è così drammatico che ogni replica è sempre una prima. E puoi recitare persino tu.

Passai una serata di cosciente torpore spiando i nuovi "pellegrini laici" dello Utah arrivare dalla interstate 80, dal loro Saltair sul grande lago, dalle loro strade larghe-mandrie, per spassarsela lì, sulla game-line, giocandosi i loro dollari alla fine del rettifilo e del deserto. Scorgendo già da lontano le luminarie dei casinò, così come i padri dei loro padri scrutarono la valle dove avrebbero costruito il Tempio e la città. Quella sera, dopo aver onorato il debito col poker e la fortuna, osservai gli altri giocare. E mi sentii un po' Cassady nella lurida salabiliardo sulla Larimer mentre guardava Watson che indovinava il colpo giusto, in quella salabiliardo dove entrò bambino e uscì uomo, che erano passati pochi anni, ma tante cose gli erano accadute. E cadute addosso.

– Non va stasera. Stasera proprio no.

– Ma ci sono sere che va?

– Che dura di più.

– Hai mai vinto?

– Sì certo. Ma poi ho rigiocato.

– Vieni qui spesso?

– E tu?

– No, volevo solo vedere se qualcuno vince, alla fine.

– Allora starai qui per molto.

E Lana se ne andò con le sue amiche sulla strada del ritorno, verso Salt Lake City. Jack avrebbe commentato: "Un dolore mi trafisse il cuore, come succedeva tutte le volte che vedevo una ragazza che mi piaceva andarsene in direzione opposta alla mia in questo mondo troppo grande". Presi una camera in un Motel 6 che erano ormai le tre. Decisi che avrei dormito fino a tardi in quell'angolo di deserto, a nord della pista lunare del Pony Express.

Ero sulla strada da parecchi giorni e non avevo smesso di mettermi fretta, con quella voglia di chi va perché vuole andare e vedere e sentire. E stare sempre sulla corda delle cose. Guardai la carta del Nevada, e scorsi le città che avevo davanti: Wells, Elko, Winnemucca, Fallon. E poi guardai gli altri paesi radi del Nevada, sulla cartina più deserta di nomi tra tutte quelle degli stati d'America. E a sud della linea blu, che era la mia strada, lessi i nomi di Goldfield, Belmont e Cherry Creek. Nomi che mi erano cari, dove avevo conosciuto solitudini piene di dignità e d'amore. E più a nord, quasi al confine con l'Idaho, il nome di Jarbidge, un posto dimenticato dagli uomini e dalle strade. Ma io avevo un'amica a Jarbidge, una vecchia amica e la sua storia era quasi una leggenda. Proprio laggiù. Come aveva scritto Ginsberg, "il ruvido addome del Nevada ansima laggiù".

13. “LA CORRIERA SI FERMAVA OGNI DIECI MIGLIA”

Quando lasciai il motel, nel parcheggio c’erano solo Uccello di Tuono e un paio di vecchi carcassoni vicino all’office, che dovevano essere delle ragazze addette alle pulizie che da mezz’ora grattavano alla porta con aspirapolvere e cicaleccio-sveglia, perché mi decidessi ad alzare le chiappe e a rimettermi in marcia come tutta l’America. Chiesi all’impiegato dell’office se c’era ancora del caffè: avevo provato a girare la manovella del bidoncino all’ingresso ma non veniva giù nulla. Mi arrivò una sentenza che era un rimprovero.

– A quest’ora è finito.

Che strano. Se attraversavi la strada ed entravi nel casinò non avrebbero voluto mandarti mai a letto, ma spillarti fino all’ultimo secondo e all’ultimo cent che avevi nelle tasche. E invece, di fronte, volevano vederti scomparire alle prime luci dell’alba, e se non guastavi il letto e ti buttavi a dormire sulla sovraccoperta come avevo fatto io, era ancora meglio: non c’era neppure da rifare la camera.

“Percorremmo una pianura. La corriera si fermava ogni dieci miglia, nel Nevada, e i passeggeri scendevano, per andare a buttare i soldi alle slot machine. Wendover, Wells, Elko, Winnemucca, Lovelock. Ci fermiamo da tutte le parti, mi piacciono quei posti.” Anche a me piacevano quei posti sparsi nel nulla lungo la strada, dove gli orizzonti sono desolati e ci si strugge per le istantanee che ci si lascia dietro a ogni miglio. Quadri che non potrai più ricordare, perché non c’è nulla che li distingua uno dall’altro: neanche un profilo di monti, solo paesaggio vuoto e grigiastro, che cambia faccia senza perderla mai. In quella regione straziata dai silenzi, dalle desolazioni, dall'assenza, restava solo quel gesto di andare. Il movimento. E già il paesaggio intravisto dieci minuti prima spariva dallo specchietto e se provavi a fartelo tornare in mente lasciava solo fotogrammi sbiaditi, pellicola mossa. Il Nevada era una processione di nomi che parlavano nel deserto, piazzole di sosta chiamate Oasis o Golconda, città per finta, falso movimento di mobil-home e roulotte ormai insabbiate da tempo. E Golconda, uno di quei nomi, me lo ricordavo bene, perché era il posto sperduto del West, dove s'era andato a nascondere il perfido Mefisto – o forse era suo figlio Yama – prima che Tex e i suoi *pards* lo stanassero.

Erano posti scrostati dagli anni; erano solo deserto di polvere bianchiccia e cimitero di auto scarburate, lasciate ai bordi della strada come dinosauri di un'altra era. La chiamavano Nevada Gallery quella mostra en plein air di carcasse, chassis, carrozzerie forate da colpi di pistola tirati per noia, centrate da bottiglie di birra vuote lanciate dai finestrini. Viali di artemisia e cocci di bottiglia. E poi bar dalla moquette unta, dove nulla era cambiato, solo il modello sempre aggiornato delle slot. E perfino meno gente di un tempo in quelle desolazioni: case abbandonate, vecchie roulotte col culo piantato in terra, come astronavi in partenza o telescopi puntati nel cielo degli ufo, avvistati, immaginati e desiderati qui più che in qualsiasi altra parte d'America, più che a Roswell, New Mexico, dove sono ancora convinti di averli visti davvero.

E muovendo lungo quelle strade mi prese uno straniamento, come una marcia indietro in un tempo bambino. Mi dissi, "questo è il biancore degli spazi aperti", smarrii la mia condizione di guidatore e la cognizione d'essere lì, scambiandola con quella d'esserci già stato. Non l'altro giorno, come in realtà era accaduto, ma quaranta, cinquant'anni prima o forse più. E non avevo dexina, benzedrina, marijuana o peyote con me: solo una Coca-cola all'amarena e gli snack più dolci che avessi mai assaggiato.

L'Automobile Verde filava piena di buona volontà e presto raggiunsi l'uscita di Wells, dov'ero passato una volta di notte. E mi tornò in mente la 93 che scendeva fino a Ely, dove arrivava la strada numero 6 che era nei sogni di Jack-Sal a Paterson. E prima di Ely s'incontrava McGill: quattro case e un saloon enorme che avrebbe potuto contenere tutta la gente del paese moltiplicata per dieci. Un saloon-antro, semibuio, pieno di vecchie cose, calendari, memorie. Un posto dove un barman gentile mi aveva appena versato una birra, ma io avrei voluto ben altro perché avevo una fame boia e lui poteva offrirmi soltanto un pacchetto di patatine. Ci rimase tanto male che mandò di nascosto un ragazzo a comprare due hamburger nel negozio vicino e poi me li vendette senza sovrapprezzo.

Indimenticabile highway 6 sulle terre del Nevada. I posti mi tornavano in mente come se stessi ancora là sopra a dare gas. E sulla strada per McGill rividi, come in una fotografia, il bivio per Cherry Creek, sbattuto in fondo a una strada cieca sul limitare opposto della valle. Cherry Creek, il paese che aveva la più bella sfilza di cassette postali che avessi mai incontrato e un saloon con tre poltrone, case baracche e case mobili, e una scuola che non era più una scuola, perché in paese c'erano solo tre bambini e ormai dovevano andare ogni mattina fino a Ely. Ma nella scuola di un tempo c'erano ancora i banchi, la cattedra e gli utensili usati dai minatori là intorno, perché quel vecchio casone era diventato un museo, il Cherry Creek Ghost-town Museum, visitato ogni anno da poche persone, senza un solo oggetto di valore, ma con dentro l'anima vera della Frontiera. Un'anima semplice in una stanza generosa di memoria.

Era un posto che mi ricordava il cinema Capricio raccontato da Neal a Jack, perché anche a Cherry Creek, "la sala là dentro era come il fosco rùmine d'un bue, fresco, odoroso di vecchio legno (...), dietro una litania di pistolettate, scalpitare incessante di cavalli, il gran mito del West americano". Malinconico e struggente Cherry Creek in fondo a un rettilineo, e già sembrava di toccarlo solo svoltando dalla highway, ma non era che l'effetto del deserto perché c'erano almeno dieci miglia da lì alle sue case e, prima ancora, c'era una croce di sant'Andrea che aveva perso un pezzo, e un binario morto, e le solite macchine rovesciate lungo la scarpata. Uno strano paese che aveva fatto innamorare la giovane Sue, che vi capitò quand'era anche lei on the road nel '67: tanto che dopo un po' smise di fare la cassiera del supermercato a Buffalo, per tornare a Cherry Creek e aprire un bar saloon. La giovane Sue ora non era più giovane, ma viveva contenta con il suo John, che teneva le chiavi del museo e i conti della comunità. Mi raccontò felice come quell'anno fosse arrivata una nuova famiglia, che aveva fatto salire di colpo a venti il numero degli abitanti di quel posto non ancora ghost-town.

Cherry Creek, Nevada, era "il fascino della libera sconfinata aperta America delle ferrovie, delle mesas remote", un posto da immaginare in bianco e nero come il set di un vecchio western, una preghiera recitata al deserto come lo sfondo sulla copertina di *Under the Red Sky* di Bob Dylan. O del *Joshua Tree* degli U2.

A Elko entrai nel coffee shop del Commercial Hotel, sotto la grande statua dell'orso polare che dominava la porta d'ingresso – il *white king,* come lo chiamavano lì – e telefonai a Jarbidge, per sapere se Helen Wilson era in paese. O se c'era almeno suo marito, il vecchio Orne dalla barba bianca. Non rispose nessuno. Dovevano essere tutti e due a La Jolla, in California: a ottantacinque anni devi aver cura di te e non puoi salire a duemila metri quando la stagione è ancora fredda. E poi, quelle sessantacinque miglia di strada non asfaltata erano pericolose, con passaggi arditi su burroni clamorosi prima di arrivare in cima alla balconata dove il Nevada guarda sotto e scopre l'Idaho. Terra di grandi montagne, il nord del Nevada, dai nomi altisonanti: la vetta sopra Jarbidge si chiama Matterhorn, come il Cervino, come la cima scalata in California, sulla Sierra, da Jack Kerouac e Gary Snyder.

Helen Wilson era ai miei occhi un personaggio leggendario, l'ultima donna del West. Quello vero. Perché a Jarbidge, in quel posto sperduto dove non era mai arrivato l'asfalto e ancora funzionava una vecchia pompa Sinclair, di quelle tondeggianti a obelisco, con il cilindro di vetro in alto, dove si vedeva ribollir la *gasoline,* il West aveva chiuso per sempre i battenti.

Correva l'anno 1916, l'Europa era illuminata dal fuoco della Berta, le Alpi erano una trincea di ghiaccio, duellavano nel cielo gli aerei e *Il sergente York*, l'Americano, combatteva nell'inferno delle Argonne. Ma Jarbidge, una vecchia città mineraria che aveva fatto fortuna con l'oro, era in ritardo sui tempi, viveva più indietro, come se il secolo non avesse scollinato. E lanciava sguardi ai giorni passati. Quel luogo era ancora Frontiera, collegato al mondo da una diligenza, una vecchia diligenza del West che faceva la spola tra Twin Falls, Idaho, e quella comunità di minatori che lavoravano dentro ai sogni bucati del monte, nelle sue gallerie infide e ricche.

Accadde una sera di dicembre di quel 1916. Ed era una storia che meritava d'esser raccontata, come fosse un film. Come me l'aveva raccontata Helen Wilson: la diligenza arrancava lungo il canyon dove l'Idaho diventava Nevada. Nessun viaggiatore a bordo, soltanto i sacchi del postale: le borse di pelle con le paghe dei minatori che dal pomeriggio bevevano a credito nei nove saloon della città – a quell'ora da Crumley e da Walker non c'era più posto e il distretto dei bordelli si imbellettava di luci. Era una sera d'inferno, le ombre calate di schianto, la neve che non la smetteva più. Il fanale troppo fioco aiutava a malapena il giovane Fred Searcy a indovinare la strada tra la roccia e il fossato, mentre i cavalli sbuffavano. Bang! Un colpo di pistola e Fred il postiglione, colpito alle spalle, rotolò giù dalla diligenza. Sangue sulla neve. Braccia robuste rovesciarono il corpo inanimato per controllare: sì, era proprio andato. Mani affannate trinciarono con un coltello la pelle di *alligator* della borsa: si immersero tra le carte e ne uscirono zeppe di dollari. Poi, orme che fuggivano lontano e già non si vedevano più, colmate dai fiocchi. Mentre dalla borsa, abbandonata sotto un salice rinsecchito, volavano via lettere bancarie, una dopo l'altra, come uno stormo gregario, e una busta rimaneva impigliata in un ramo, con sopra l'impronta insanguinata di una mano. Dissolvenza.

Ma non era la scena di un film, quella. Solo l'inquadratura finale, il capitolo conclusivo della storia del West: l'ultimo assalto a una diligenza nel territorio degli Stati Uniti. A Jarbidge volava via l'ultima scheggia di una saga, quasi un proiettile postdatato. Fine dell'Ovest. Titoli di coda.

Non poteva accadere che lassù, dove 154 milioni di dollari in oro furono offerti alla corsa di cercatori disperati, saliti ai confini del mondo, alla miniera più ricca del Nevada, più del Comstock di Mark Twain, più di Goldfield e dei suoi fantasmi. E ancora oggi la ghost-town più inaccessibile dello stato. C'era una volta il West e a Jarbidge c'era ancora. E ancora c'era Helen Wilson: "dal 1910", come recitava la targa intagliata sulla veranda della sua piccola casa di legno, di fianco alla vecchia prigione abbandonata. "Dal 1910", quasi fosse un marchio di fabbrica. E forse lo era davvero: una formidabile fabbrica di ricordi. Helen Wilson poteva stare dentro un racconto di Willa Cather, una saga di pionieri, di vita della frontiera: l'emozione dei gesti quotidiani, forti e sofferti, in un luogo inospitale e amatissimo.

Aveva sei anni la piccola Helen al tempo dell'assalto alla diligenza, ma ricordava l'eccitazione di quei giorni perché la mamma, che lavorava al Post Office di Pavlak, ricevette uno dei pacchetti insanguinati. Poi Helen seguì tutto il caso, l'inchiesta e il lungo processo. Venne accusato dell'omicidio un giocatore di professione, un *gambler* di nome Ben Kuhl, che negò fino all'ultimo ma fu inchiodato dall'impronta sulla lettera. Per la prima volta negli Stati Uniti veniva accettata come prova decisiva l'impronta digitale. Kuhl fu condannato a morte: chiese di non essere impiccato, scelse la fucilazione. Alla vigilia dell'esecuzione però, giocò l'ultima carta: confessò il delitto, dichiarò di aver organizzato tutto con Fred il postiglione, ma disse che al momento della spartizione avevano litigato e lui aveva dovuto sparare al complice per legittima difesa. Riaprirono il caso e alla fine lo condannarono a ventotto anni di penitenziario. Fu l'ultima sentenza del West. Quando il West non c'era già più, fuori da quella valle solitaria.

Ma allora, lassù, c'erano alberghi e locali, c'era una città febbrile. Poi cominciò il declino, con un incendio che si portò via quindici edifici commerciali. Il fuoco era stato sempre il nemico della valle e continuava a esserlo: anche nel '92 lo sceriffo della Contea aveva fatto evacuare gli abitanti, e la vecchia Helen era rimasta in auto tutta la notte, assieme a Orne, il marito, giù in fondo al canyon. Poi all'alba si erano detti: torniamo a casa, abbiamo visto di peggio. E fecero proprio così, infischiandosene del divieto e dei pericoli.

Piccola e isolata, Jarbidge respirava ancora. A differenza di tante altre ghost-town del Nevada e dello Utah non era ancora la carcassa di un dinosauro disabitato. Anzi, viveva la sua solitudine con serenità, perché era stata condannata alla segregazione geografica fin dalla nascita e ne era cosciente. Viveva dentro il saloon di Larry, dal soffitto tempestato di biglietti da un dollaro, firmati, datati, fissati sul truciolato con la sparachiodi, obolo dei viaggiatori di passaggio: una trave robusta – saranno stati ottocento dollari – e un cielo verdone che a Larry faceva dimenticare le nuvole della vita. Oppure dentro l'Outdoor Inn dove Joan cucinava i migliori hamburger del paese. Oppure nei quadri – soggetto rigorosamente western: cavalli e cow-boy, canyon e praterie – che Sadie Partin dipingeva e regalava a Helen e alle altre amiche di quel paese-cenacolo, figlio del Nevada ma adottato dall'Idaho, tanto che Jarbidge usa per comodità il fuso orario di quello stato. L'unico paese del Nevada sempre avanti di un'ora.

Miss Helen, la bimba malaticcia che scorgeva i coguari e cercava i castori, raccontava di aver imparato a tener duro come un vero pioniere, anche quando il boom era finito e, più tardi, quando se ne perse ogni eco. Fin da bambina si era sentita una pianta di quella terra, al pari di un abete o di un cottonwood, e ci rimase male quando il padre vendette la sua concessione, quando il cavallo della mamma smise di vincere le corse della domenica in paese e quando gli edifici di quella che era stata una città scomparvero a uno a uno: il cinema chiuso, il grande hotel a tre piani fallito, la miniera ormai esausta.

Perché un giorno la vena si era indurita, disseccata. E la gente era sparita, diretta verso nuove *jarbidge* e nuove illusioni. Città d'oro nate per essere consumate e abbandonate: tappe frenetiche di un continuo esaurimento. Anche nervoso. Come Pavlak, dove lavorava mamma Wilson. Se Jarbidge viveva ancora nelle sue venti case sulla main street, nella testardaggine dei suoi venti abitanti, Pavlak era oramai solo qualche tavola di baracche, un prato per campeggiatori. Gli sterpi l'avevano ricoperta come una ferita. Avevano rimarginato in superficie i budelli sotterranei, le vene possedute con orgoglio, succhiate con disperazione. Curioso scavare tanto per non lasciare neppure una radice, qualcuno ci aveva lasciato il cuore, gli anni, le illusioni, qualcun altro la vita intera. La piccola spianata di Pavlak era un territorio di sconfitte.

Jarbidge invece ce l'aveva fatta. E scrutava ogni giorno l'imbocco del canyon, dove Fred il postiglione ci lasciò le penne, per scoprire chi sarebbe arrivato domani: il turismo o l'oblio. E intanto andava avanti. E non solo di un'ora.

14. “SI ATTRAVERSA IL NEVADA VELOCI”

Chiamai Helen da Elko una seconda volta. Niente. Allora mi infilai in un ristorante basco a mangiare un boccone. Avrei voluto rivederle, Helen e Jarbidge. Ricordavo la casa di Helen e lei, esile figurina al lavoro, davanti al computer e poi tutte le sue lettere a quel matto italiano che era finito chissà come in quella sua casa sperduta. E poi gli inviti a tornare, che neppure quella volta – ritelefonai un'ora più tardi, ancora nessuna risposta – avrei potuto onorare.

Ripensavo alla vecchia prigione, di fianco a casa Wilson. Fu Orne, che era stato sposato in prime nozze con una signora di Firenze, ad aprire la prigione dov'era stato rinchiuso Ben Kuhl, l'ultimo carcerato della città. E, di riflesso, le suggestioni della mia infanzia mi riportarono chissà come ad Assisi, quando nella piccola prigione, ormai chiusa da anni, restava un solo recluso, la pena in scadenza, che apriva la porta per conto del secondino, quando quello era al bar a farsi un bicchiere con gli amici.

E ricordavo pure il motel di Jarbidge, che ospitava gli ingegneri minerari che ancora si ostinavano, ogni tanto, a salire fin lassù: un motel che era un vecchio furgone di metallo, come quello dei luna park, con due porte numerate che si aprivano all'esterno. E di nuovo l'incredibile saloon di Larry – dove la tv faceva sabbia e neve come da noi nei gloriosi sessanta – dallo splendido bancone, con due statue dorate di Pan e Afrodite: un saloon che era stato costruito a San Francisco, dov'era scampato all'incendio del 1906, poi trasferito a Las Vegas e che, negli anni del boom minerario di Jarbidge, qualcuno aveva smontato e portato tra i monti, rimettendolo assieme pezzo per pezzo. Pazzi.

Ma il Nevada, lo sapevo bene, era il posto più pazzo d'America. Dove si va con le auto sulle dune di sabbia e nei deserti a battere i record di velocità. Lo aveva spiegato bene anche Heat-Moon, in *Strade blu*, fermandosi al Frenchman Café sulla solitaria 50, un posto leggendario che oggi non c'è più, spazzato via dalla Marina degli Stati Uniti che usava e usa ancora quella zona per le esercitazioni delle squadriglie aeree alloggiate a Fallon e che qualche anno fa lo fece radere al suolo per timore d'esser spiata. Altri pazzi.

Forse per questo mi aveva sempre stupito l'assenza del Nevada dai racconti stradali di Kerouac, o meglio la sua presenza sfuggente, terra di passaggio, solo un elenco di nomi e fermate d'autobus. Ma poi mi resi conto che valeva lo stesso discorso della Pennsylvania: quando Frisco era alle porte o appena dietro le spalle – un po' come Times Square dall'altra parte – in Jack e Neal c'era solo fretta di arrivare, l'aria di casa oltre la Sierra o tutta l'America davanti e nessuna intenzione di prendersela comoda. Era un atto, in fondo, e non un luogo, e neppure una destinazione, quel loro on the road, che straniva gli amici e chc forse Ginsberg spiegò, a modo suo, con la domanda che si poneva la poesia beat e che era il suo cuore e il suo nocciolo: "Che faccia avevi prima di nascere?". E dove stavi andando? "Il messaggio è: allargate l'area della coscienza."

Me ne andavo ad allargare l'area della coscienza per il deserto, sotto un cielo grigio che potevi rovesciare il paesaggio di centottantagradi e non sarebbe accaduto nulla quando, fermo a Carlin, trovai una frase nevadiana di Jack, un ricordo dei suoi viaggi successivi su quella stessa pista, andando da ovest a est, "prendendo le curve rialzate e secche con grazia, con estro musicale – un mattino di pini risplende – si attraversa il Nevada veloci, per lunghi rettifili si fila lisci, nel pomeriggio... Reno, Cattle Mountain, Elko, Great Salt Flats – s'è fatto scuro". E ancora: "Io sedevo sull'angolo sinistro del sedile posteriore dell'auto, con la fronte appoggiata al finestrino, e lasciavo trascorrere tutti gli aridi vecchi Nevada – nulla vi è di più facile che viaggiare a bordo d'una buona auto nuova attraverso le distese occidentali". Mi ero sbagliato, anche in quel paesaggio abbandonato Jack stava con il naso appiccicato al finestrino, con l'aria di chi non fa caso a nulla e vede tutto.

Nulla vi è di più facile che viaggiare a bordo d'una buona auto nuova attraverso le distese occidentali. Jack aveva proprio ragione. Uccello di Tuono era una buona auto quasi nuova. E andava via al ritmo dei *Basement Tapes* di Dylan dove la canzone più bella però è di Robbie Robertson. E tutto sapeva di trent'anni prima

– che non erano i quaranta di *On the road*, né i cinquanta ai quali rimontava quel primo viaggio – ma erano pur sempre l'eco di un passato lontano, quasi del tutto passato. Ma non andatelo a dire a Sue, nel saloon di Cherry Creek, perché quel tempo, lì da lei, abitava ancora. Come una ballata evergreen.

Avrei potuto proseguire per l'interstate attraverso Battle Mountain e Winnemucca, quindi prendere a sud, senza mai uscire dalla monotonia, verso Lovelock fino ad arrivare a Fernley e poi a Reno. Ma avevo voglia della solitaria 50, the loneliest road of America, e allora imboccai la 278 scendendo verso Eureka, dove nel 1879 lo sceriffo e i padroni delle miniere avevano ammazzato un gruppo di operai italiani, colpevoli di aver chiesto un aumento di 3 centesimi per ogni carico di carbone. Storie perdute nel gran ventre dell'America di un secolo fa, che mi facevano sentire come un parente in visita a un cimitero che non avrei mai sospettato.

– Sì, è accaduto proprio lassù, dove comincia la collina, ma non so dove li abbiano seppelliti e neppure i loro nomi. So solo che erano italiani.

– Non avevano documenti?

– Qui alla City Hall non li abbiamo mai avuti.

E che fine aveva fatto Giovanni Biasutch, il garibaldino veneziano che gestiva la stazione del Pony Express di Simpson Park, ora solo un muro annerito? Andavano a bere da lui i minatori e che storie d'Italia si raccontavano? Avevo cominciato allora a sfogliare l'elenco telefonico del Nevada ed era una teoria di italiani: toscani i Puccinelli a Elko e ancora toscani i Perchetti a Tonopah. (Uno l'avevo conosciuto, si chiamava Robert, gestiva un negozio di cianfrusaglie: prima si chiamava Persichetti, ma era impronunciabile per quelli di lì e allora...)

In un'ora e mezza di viaggio mi ero lasciato alle spalle le novanta miglia senza un solo paese che separano la I 80 da Eureka. Avevo incontrato appena cinque auto, forse perché il Nevada lo si attraversa soltanto e sempre da un lato all'altro, raramente da sotto in su e viceversa. Così vai – avrebbe scritto Jack – "e lasci che la terra si srotoli sotto le ruote, si dispieghi, si svolga".

A Eureka, un posto che distava almeno sessanta miglia da ogni altra comunità, presi un caffè all'Owl club, senza cedere alle lusinghe delle solite macchinette. Poi ripresi la 50 verso ovest. Il deserto profumava di fioritura. Sorpassai un camion con un adesivo sul retro: "I love my country but I don't trust this government". Il camionista amava l'America, non chi la governava: lo guardai nel retrovisore, aveva una faccia da duro e un cappello militare, di quelli morbidi con la visiera. Poteva essere il fantasma di *Duel* o un quasi-patriota delle milizie. Accelerai per togliermelo di torno in quel deserto.

Kerouac non aveva mai percorso quella strada o almeno non l'aveva raccontato, ma Neal Cassady sì, eccome. In *The First Third* – il manoscritto dimenticato e finito in una cassa a casa di Phil Whalen e recuperato da Fernanda Pivano, che lo fece avere a Ferlinghetti – Neal accluse la famosa lettera del '65 a Ken Kesey dove raccontava di Ely e della interstate 50, di un pieno che ben presto evaporò, del camion con cui andava girando che si arenò a ovest della città, di un'auto spedita a cercare benzina e finita in panne a sua volta, e dei protagonisti di quella scena che si misero, tutti assieme, a fare l'autostop, in attesa di un carro che li trainasse. In quella strada percorsa da un vento e da una solitudine che ti sorpassano.

– Dove la sta portando quella carcassa?

– A casa mia, a Goldfield.

– Colleziona auto abbandonate?

– Sì, le trovo lungo la strada e le carico sul carroattrezzi. Non si sa mai.

– Cosa non si sa?

– Beh, intanto il nome del proprietario. Sono quasi tutte senza targa, alcune sono rubate, altre vengono da altri stati. E siccome non esiste un computer nazionale che cataloga le macchine rubate o abbandonate, io le posso tirare su liberamente. Così diventano mie.

Si chiamava Ed. Era un nero dai capelli brizzolati che spuntavano da un berretto di lana. Di certo avrebbe trainato volentieri quel rottame che avevo incrociato sulla pista del Pony Express e anche il camion di Neal, quando si arenò lì sulla 50. A Goldfield il vecchio Ed doveva possedere una strepitosa Nevada Gallery. Viveva così, girando in cerca di carcasse d'auto, smerciando pezzi di ricambio, facendosi qualche birra al Santa Fe Saloon e pescando trote nel Walker Lake, inseguendo il premio da mille dollari per il pesce più grosso.

Strano museo il Nevada, discarica dei sogni finiti nel deserto. Un panorama di relitti che stupì anche Jack, quando confessò, "mi interessavo di più a certi carri coperti tutti sfasciati e a certi tavoli da biliardo poggiati nel deserto del Nevada, vicino a una rivendita di Coca-cola e dove c'erano alcune capanne con le insegne stinte dalle intemperie tuttora sventolanti nel malefico avvolgente vento del deserto, e dicevano: 'Rattlesnake Bill ha vissuto qui' oppure 'Brokenmouth Annie s'è rifugiata qui per anni'". Aggiornai l'elenco: Ed Carroattrezzi ha caricato un'auto proprio qui.

Quando arrivai ad Austin ebbi l'impressione di una città dal cuore di cristallo, che poteva andare in frantumi da un momento all'altro. Anch'essa sola nel nulla, case di legno sulla main, quattro tedeschi nel saloon a mangiare un piatto messicano. E l'isolamento rotto da rare vetture che scorrevano piano, senza fermarsi, davanti alle fragili colonne di legno dei porticati old west. Chissà perché avevano ambientato così pochi film della Frontiera in un paesaggio tanto selvaggio. Così perfettamente western. Più desolato di quelle mesas del sud-ovest che a un certo punto precipitano nel piano di sotto con tornanti secchi e solo allora scopri di aver guidato sopra una passerella a metà tra cielo e terra. Chissà perché Ford quassù venne a girare solo *Il cavallo d'acciaio* e lasciò che Wayne e Ward Bond, Ben Johnson e Pedro Armendariz – e pure quei due colossi di Andy Devine e Victor McLaglen – cavalcassero sempre sulla roccia rossa e non su quella grigia.

Victor McLaglen. Se lo ricordò anche Kerouac scrivendo *Vanità di Duluoz*, quando raccontò di navi "su cui imbarcarci, diventando dei grandi avventurieri alla Victor McLaglen". Andy Devine invece me lo ricordavo bene io e non solo per averlo visto e rivisto a cassetta della diligenza di *Ombre rosse*, con quella vocina che sembrava uscisse da un altro corpo, dieci volte più piccolo, che l'attore doveva tenere dentro di sé come una matrioska: avevo conosciuto il nipote di Andy Devine proprio poche miglia a sud di Austin, in un piccolo paese dimenticato chiamato Belmont. Belmont, Nevada. L'avevo conosciuto in un tramonto di fuoco davanti al saloon di Dick Ashton del quale era l'unico avventore. Davanti a una lattina di Bud, in attesa che si facessero vivi – a quell'ora non mancavano mai – gli altri quattro abitanti di quel posto per solitari: un'altra miniera abbandonata, altre case cadenti, la ciminiera di una vecchia fornace a far da campanile.

Si chiamava Christian Bramiell il nipote di Devine, aveva una cagnetta di nome Cloe, ed era grosso come suo zio. Parlammo della mummia del Similaun, l'unica cosa che conosceva dell'Italia, visto che era abbonato alla rivista del National Geographic. Quando gli spiegai che amavo le ghost-town con i loro eremiti, le Tebaidi di fine millennio, perché mi ricordavano i vecchi western, allora cominciò a parlare con la voce dello zio e a recitare le battute di *Ombre rosse* e di film più vecchi in bianco e nero dei quali avevo solo sentito parlare. Poi cominciò a rifare il verso a Walter Brennan in *Fiume Rosso* e a Victor McLaglen nei *Cavalieri del Nord Ovest*. Era convinto che i caratteristi dei film western fossero i più grandi attori della storia del cinema. E credo si sbagliasse di poco.

Pensai anche di rivedere Belmont. Da Austin erano centocinquanta miglia fra andata e ritorno, ma la nostalgia me lo impedì: non tornare mai a vedere i luoghi dove hai sfiorato la felicità. Non saranno mai la stessa cosa. Avrei fatto un'eccezione solo per Helen Wilson, e pazienza se non l'avevo trovata. Ne avevo conosciuti di strani nevadiani... Erano l'ultima anima della Frontiera. In fondo, quando Neal-Dean chiedeva, "dove hai trovato questa gente assolutamente straordinaria?", Jack-Sal rispondeva: "Li ho trovati nel West".

Me ne andai di fretta, in direzione dell'ultimo sole, per togliermi ogni tentazione. Passai per Cold Springs dove c'era la stazione di Pony Bob e vidi, tra i cespugli, vicino alla piazzola di sosta, prima un coyote e poi un grosso *rabbit* dalle orecchie lunghe e stirate che si studiavano, unici attori della radura. E quello fu il mio addio all'on the road dei Pony Express, che avevo incrociato fin dalla pista terribile di Salt Lake City. Attraversai Old Middlegate Station, l'unica oasi da Austin a Fallon, e poi la terra desolata dove sorgeva il Frenchman Café di Heat-Moon. Tirai diritto per Fallon e Fernley che era già buio.

E arrivai a Reno, "la città del peccato micanò" di Jack. "Questa vecchia pazza Reno, tutta roulette e ragazze, e io tre birre, e a momenti mi perdo la corriera." Io, una sola birra e un'ultima guida al piccolo volante di un videogioco dove scorrevano le strade d'America. Jack non aveva fatto in tempo a vedere marchingegni simili – magari in compagnia di un Neal, guidatore scatenato da salagiochi – eppure il suo sogno di bambino, ricordato in *On the road*, sembrava proprio un videogame, con quel suo "schivare i pali, correre intorno alle case, qualche volta superarle d'un balzo quando le vedevo troppo tardi, correre sulle colline, attraverso piazze improvvise piene di traffico che dovevo schivare". Io centrai, nell'ordine, un'ambulanza, un'auto parcheggiata, tre cartelli di lavori in corso con relativi operai, e conclusi la corsa spiaccicandomi contro un camion.

Decisi di finire la serata a piedi, passeggiando sullo strip di Reno: mi ritrovai circondato da vecchiette americane e turisti stranieri. Era la prima volta, dalla partenza da Paterson, che mi imbattevo nel popolo dei torpedoni e dei charter.

15. “NOI NON SAPPIAMO MAI DOVE SI VA”

La prima cosa che Reno mi fece venire in mente fu la Reno di cartapesta del film *Donne* di George Cukor, la città dei divorzi e delle mogli abbandonate d’America: Joan Fontaine con gli occhiali da miope, Paulette Goddard che monta a cavallo e Norma Shearer che prepara la sua vendetta sulla perfida Joan Crawford, l’attrice che Jack vide recitare nella nebbia di San Francisco. Osservi l’America, la scruti nelle insegne delle città, nelle sue facciate finte, oppure fin dentro le grinze che fanno i sassi e la sabbia nel deserto, e ogni volta spunta fuori il cinema, in qualche modo. Lo aveva scoperto Baudrillard, girovagando per Hollywood: “Dov’è il cinema? È dappertutto fuori di qui, nella città, film e sceneggiature incessanti e stupendi. Dappertutto tranne che qui”.

Così quella sera, prima di spegnere la luce, continuai a pensare a quale set avrei abitato il giorno dopo. E mi misi a rileggere *On the road* e *Visioni di Cody*: trovai cinema e ancora cinema, dappertutto. Un’altra sfilza di attori e registi che uscivano da ogni parte: Hedy Lamarr e Jean Harlow, Clark Gable e Cary Grant, Jean Gabin e Don Ameche, e poi Orson Welles e pure Griffith e De Mille. Raccontava Jack: “Andavo al cinema la mattina, ché marinavo la scuola – c’erano cine aperti la mattina – ai tempi del liceo saputo e stronzo”. Come lo capivo.

E Reno era un film, un set, una scena. Anche se non valeva Las Vegas. Meglio, era Las Vegas senza il deserto, monca, senza un pezzo di sé. Non mostrava tra le pieghe della sua luce diurna, delle sue luci notturne, lo straniamento del luogo e del gioco, e quel non avere dintorni proprio di Las Vegas che riassumeva “in sé la discontinuità tra lo sfavillio dei neon e il miraggio dei deserti”. Per un attimo pensai di non fermarmi nella città che luccicava, di andare oltre, magari a Genoa o dalle parti di Minden, dov'era il vecchio ranch della famiglia Cartwright, quella di Bonanza, il telefilm dell'Italia in bianco-e-nero.

Ma ero troppo stanco per proseguire, e poi da quelle parti della Sierra avevo fatto una brutta esperienza in una notte senza luci e senza nulla. In fondo, venivo da tutto il Nevada, avevo persino allungato la strada per correre sulla 50 dimenticata e rivedere le scritte d'amore, fatte di sassi neri, che costeggiano per miglia e miglia quel tratto terminale di solitudine tra Sand Mountain e Fallon. Quelle scritte che sapevo essere lì, ancora, che a volte sfioravo con i fanali, ma che non riuscii a leggere, perché avevo calcolato male i tempi e ormai era buio e quei sassi tondi, che sfilavano ai bordi della strada, sembravano solo cacche di pecore giganti sulla sabbia. Ci voleva troppa fantasia per tradurle in lettere d'amore.

Avevo percorso non meno di quattrocento miglia e per quanto sentissi di poter guidare a lungo, la schiena dava segnali di sconquasso all'altezza di una vecchia ernia, che s'era risvegliata fin dalla danza sui sassi del Pony Express. Presi perciò il primo motel che mi capitò a tiro, credendo di poter scampare al popolo dei pullman e del poker meccanico.

Macché, quello era il loro motel. Il medio motel americano. Quello che Jack da giovane odiava: il ricovero delle famigliole in vacanza, ("son tempi questi di motels...", si lamentò in *Big Sur*), posti buoni per la felicità ufficiale, offerta da cartelloni stradali e pubblicità a ogni metro quadrato di parete libera. Un tempo, una sorta di piacere di stato contro l'individualismo anarchico del viaggiatore solitario, che era anche il titolo di un libro di racconti di Kerouac.

E Reno, con il suo motel, era davvero l'apoteosi delle coppie americane avanti con gli anni, lui col cappellino che pilotava il suo transatlantico con distacco, lei che puntava l'indice da ogni parte: sulla strada, con giudizio, senza esagerare, senza superare i limiti. E non solo quelli di velocità. Per via del traffico sullo *strip,* guidai per un tratto di strada affiancato a una coppia così. Ed era divertente, e imbarazzante assieme, la pazienza succube di lui e l'attivismo molesto di lei. Nulla era cambiato da quando Jack scriveva, "lucide lunghe giardinette l'una dopo l'altra passano silenziosamente (...), il marito è al posto di guida con un lungo ridicolo cappello da ferie estive e una lunga visiera da baseball che lo fa sembrare deficiente e idiota... Gli siede accanto la moglie, padrona dell'America, con gli occhiali scuri e beffarda. (...) E se a lui salta il ticchio di esplorare una qualsiasi delle silenziose strade d'America, può anche rinunciarci, la donna con i beffardi occhiali scuri è ormai diventata il pilota e siede lì consultando la carta stradale con l'itinerario già segnato in precedenza a righe blu". È proprio vero, la comprensione della società americana passa per l'antropologia dei suoi consumi automobilistici: "Fate diecimila miglia attraverso l'America e ne saprete di più su questo paese che tutti gli istituti di sociologia o di scienza politica messi assieme," aveva suggerito Baudrillard.

Non riuscivo però a dimenticare quell'altro Jack, più avanti con gli anni, che raccontava compiaciuto di "un viaggio fantastico attraverso Las Vegas, St. Louis, con fermate nei motel più lussuosi, senza bere altro che il miglior whisky scozzese". L'età gioca spesso brutti scherzi alle proprie certezze, a volte le sbuccia, se va male le frange.

Il mio non era un motel lussuoso, questo no, però neppure di quelli basic dove avevo dormito fin lì. Sapevo che nelle città del Nevada ci si poteva permettere buone camere a basso costo, tanto poi ti portavano via i dollari risparmiati con le macchinette. Mi era capitato di dormire una notte a Laughlin, giusto sulla punta dell'alluce del Nevada, al confine con l'Arizona, in un albergo che sembrava una nave – l'avevano costruito sulla riva del Colorado –, con la piscina e un sacco di altre diavolerie per soli diciassette dollari la doppia.

Fu una strana notte anche quella di Reno. Mi ero piazzato davanti al televisore che dava le partite di basket – c'erano proprio gli Utah Jazz di Mark, quello di Salt Lake City, che stavano vincendo – e avvertivo d'essere quasi alla fine di una corsa, perché San Francisco ormai era lì davanti, a mezza giornata d'auto. Eppure sentivo che non sarebbe finito laggiù sulla costa quel mio viaggio: non si poteva andare on the road per l'America filando da una parte all'altra e chiusa lì. Se volevo capire qualcosa di più, non dovevo fermarmi, ma continuare a filare per le antiche strade. In fondo avevo seguito soltanto l'itinerario del primo viaggio di Jack, quando solitario se ne andò da Paterson a Denver, e di nuovo tutto solo da Denver a San Francisco. Certo, avevo incrociato qualche tratto di strada che Jack&Neal avevano bruciato assieme: il loro Nebraska, oppure l'Iowa e soprattutto Chicago. Ma il resto? E la Route 66, la strada madre che Jack percorse una prima volta tornandosene a casa, sulla costa Atlantica? Avrei rinunciato a correre per la California della sua euforia e delle sue crisi, della sua ubriachezza che già lo stava condannando? Sì, insomma, la California di Big Sur? E che ne avrei fatto del suo viaggio più matto, accanto a Neal: quello da casa di Old Bull-William Burroughs attraverso il Texas fin quasi a Los Angeles?

Mi prese una strana eccitazione, una di quelle che hanno vita facile quando la stanchezza bussa agli occhi e li bagna appena. Mi prese una gran voglia di trovarmi in ognuno di quei luoghi: tra gli sbuffi d'onda del Pacifico a Big Sur, nelle terre rosse di Gallup o di nuovo sulle Grandi Pianure. E in riva al Rio Grande – con il Messico oltre il fiume, il Messico dell'ultimo viaggio di *On the road* – e, ancora, nei deserti dell'Arizona. Guardai sulla grande carta d'America tutti quei nomi sparpagliati: una babele di indizi geografici e di toponomastica appassionata. Forse era una follia pensare di congiungerli tutti come in un gioco da "Settimana Enigmistica", ma sentivo che si poteva fare. In modo da riempirsi gli occhi e l'anima di vento e pietra, sabbia e mare. E farsi di paesaggio come fosse benzedrina.

In fondo erano tutti posti narrati da *On the road*, e comunque segnati dalla presenza vagabonda di Kerouac: avrei scoperto io come unirli, trovando fili d'asfalto per collegare i loro nomi. Avrei trovato il mio passaggio a Sud-ovest, giorno per giorno. Avevo un gran sonno quella sera e anche una gran voglia di partire, di vedere presto l'alba, di sentire il sole alle spalle, mentre stavo per toccare l'altro lembo dell'America. Poi Karl Malone segnò un gran canestro e mi augurai la buonanotte.

"Noi non sappiamo mai dove si va," ripeteva Jack. Almeno per il momento, io lo sapevo benissimo. Ero entrato da qualche minuto nello stato della California e già misuravo le altezze del Donner Pass, quello della carovana dei pionieri bloccati nella neve, dei morti assiderati, dei sopravvissuti che si fecero cannibali per resistere lassù fino a primavera: una delle tragedie più note e raccontate del West. Lo ricordò anche Jack: "E via, si riparte, per Donner Pass – con Cody al volante – liscio, severo, noncurante – supera il valico". Ma Neal-Cody, per gli amici l'*indistruttibile Cass*, nell'inverno del '48 aveva fatto di meglio: duemilaottocentonovantaquattro miglia in trentatré ore, da San Francisco a Denver, e sette passate col sedere ghiacciato su quel Donner Pass, dove era salito infilandosi tra due spazzaneve e dove era rimasto bloccato, in cima, senza l'antigelo, costretto ad aspettare la spinta di un bus di passaggio. E poi, senza freni giù per la discesa, la testa fuori dal finestrino perché il tergicristallo s'era fermato di colpo.

Avrei voluto passare lassù anch'io, sul valico della carovana Donner, ma la *mia* strada scavalcava la Sierra più a nord. Perciò uscii a Truckee – dove il vagabondo Jack London de *La strada*, un secolo prima, era saltato su un treno merci – e rinunciai al passo dei cannibali e alla sua leggenda. Quella mattina avevo una nostalgia in sospeso, come una vecchia poesia mai mandata del tutto a memoria. La *mia* strada era quella che superava la Sierra sullo Yuba Pass. Volevo finalmente vederla: era un po' che aspettavo l'occasione di rimetterci sopra le gomme e non credevo sarebbe mai arrivata. Perché, otto anni prima, non ero riuscito a scorgere nulla, se non i fantasmi dei boschi. E dei miei timori.

Ricordo che era una splendida sera d'ottobre, gelata e lucente. Venivo da Virginia City, Nevada, e la California sembrava davvero il Golden State: la campagna era d'oro e i boschi striature di verde e rosso nel giallo croccante delle foglie secche. Era già tardi per quello che volevo fare, ma testardo mi convinsi che avrei fatto in tempo lo stesso. Così, anche allora, presi la statale 70 per Portola, invece che la interstate 80 che scavalca il Donner Pass: sarei tornato lì, sulla strada giusta, più tardi, a visita finita. E la meta della visita era Johnsville, la più intatta ghost-town della California dopo Bodie: un solitario paese di minatori in cima a una strada cieca, come avevo letto in un libro sulle vecchie città del West che ancora sopravvivevano in qualche modo al passato.

Ed era proprio vero, Johnsville era come una vecchia canzone che stringeva il cuore: le case di legno, senza più insegne – ora magari sarà tutto cambiato, chissà... – e il fumo che si alzava dai camini, e uno si sentiva Jack Nicholson davanti alla fattoria di Millie Perkins in *Le colline blu* di Monte Hellman. Benché la gente lassù non fosse particolarmente ospitale, il posto era splendido e il tempo volò via.

Quando risalii in auto per tornare verso la 80, mi accorsi che ero a secco di benzina, letteralmente a secco. Un tizio mi garantì che l'avrei trovata sulla strada, a Graeagle Clio. Macché. Proseguii allora fino a Calpine, dove il distributore era già chiuso. Intorno solo pascoli e monti. Ormai era buio. Una notte senza luna. Percorsi altre tre miglia fino a Sattley, che non era neanche un paese, ma appena due case abbandonate all'incrocio. Avevo benzina a sufficienza solo per altre cinque o sei miglia. Forse potevo arrivare a Sierraville, ma se Sierraville fosse stata come Sattley? La carta le segnava in piccolo entrambe: non erano paesi, ma solo luoghi, incroci, fattorie. Andarci voleva dire: restare bloccati lì, con l'interstate e la benzina a ventuno miglia, irraggiungibili.

Sulla Sierra il vento cominciò a sibilare. In tutta quell'immensità non c'era una sola luce. Riguardai la carta. Da Sattley, dove mi trovavo, una strada, la statale 49, saliva vertiginosa in cinque miglia allo Yuba Pass, parallelo al Donner, e raggiungeva in altre ventisei miglia la cittadina di Downieville, questa sì, segnata più grande. Un paese vero. Fino al passo sarei arrivato di sicuro, poi avrei avuto il serbatoio vuoto. Controllai le altitudini: Yuba Pass, 6700 piedi, Downieville 2800. Una lunga discesa, ma tutta discesa? Perché allora avrei potuto andarmene giù in folle per ventotto miglia. Feci due conti: erano quaranta chilometri. Il folle probabilmente ero io, ma non avevo altra scelta, se non quella di dormire in macchina, all'incrocio di Sattley. Lungo la strada per Downieville c'era solo un paesino segnato sulla mappa, Sierra City, nello stesso corpo tipografico riservato all'inesistente Sattley. Che esisteva eccome, e anzi mi procurava soltanto angoscia.

Aspettai per un'ora al bivio che passasse qualcuno. O che una luce si accendesse da qualche parte nella valle. Niente. A un certo punto, saranno state le dieci e faceva freddo, decisi di tentare, preda di una sorta di fibrillazione. In fondo, "tutte le nostre verità sono notturne – le possiamo trovare soltanto di notte". Perciò misi in moto e salii verso lo Yuba Pass. Mancava mezzo miglio alla vetta quando la pompa cominciò a non pescare più benzina, ma arrivai in cima lo stesso e non mi fermai. Anzi mi buttai giù senza frenare per l'altro versante della Sierra, senza sapere cosa sarebbe accaduto. La strada era come una galleria: il bosco fitto non lasciava filtrare neppure un pezzo di cielo e comunque non ebbi più il tempo di accorgermene. Guidai davvero come Neal, quando era a corto di dollari per la benzina, giù dal passo Tehachapi, quando "prese il volante e ci portò dritti fino alla cima del mondo. Poi iniziò la discesa. Dean spense il motore, schiacciò la frizione, e superò ogni curva a gomito e sorpassò altre macchine e fece tutto il fattibile senza l'intervento dell'acceleratore".

Io non avevo il problema di superare, ché macchine non ce n'erano, ma quello di non perdere velocità, senza per questo rischiare di schiantarmi contro un abete. Non durò quaranta chilometri quel tratto di strada, ma cento o forse più, tanta era la tensione e la sensazione che la discesa non finisse mai. E davvero non finiva: fu la mia fortuna. La strada andava giù senza mai spianare del tutto e l'auto, una piccola compatta a due porte, continuava a scendere nel buio, in uno slalom cieco fatto di tornanti, dove talvolta quasi si fermava e poi piano ripartiva, mentre la incitavo e m'illudevo di spingerla col sedere, come un bambino sopra una macchina a pedali.

Oltrepassai Sierra City e non c'era nessuna luce nell'unica casa, arrampicata sulla destra, di fianco alla strada. Forse avevo occhi solo per l'asfalto nero. Dopo un po' incrociai un'auto. Si sarebbe fermata poco sopra o sarebbe arrivata all'incrocio di Sattley? Avrei fatto meglio ad aspettare laggiù? Ma si sarebbe fermata di notte alle mie richieste? E chi c'era in quell'auto?

E intanto continuavo la discesa morbida giù nel canyon d'alberi, tentando di convincermi di aver fatto bene a infilare tutte quelle curve in folle e che ormai doveva mancare poco. E alla fine – ma quanto tempo era passato? – apparvero le luci fioche di Downieville, terra di montagna e terra promessa e la sua pompa di benzina, chiusa fino all'indomani, ma anche un vecchio motel in legno giusto di fronte, – si chiamava Motor Inn. Era la fine dell'avventura.

Rivivevo quella notte, mentre di buon mattino scendevo veloce giù dallo Yuba Pass. E quasi non credevo d'essere passato di lì quella volta. Era davvero una bella strada di montagna, finalmente alla luce del sole, simile a certe rotabili dolomitiche. E scendeva senza mai sostare troppo sui parapetti e sui brevi pianori, in realtà senza neppure tanti tornanti, come uno di quegli scivoli dolci che finiscono nell'acqua di una piscina. In un bagno desiderato, di benzina. E Downieville era tale e quale come la ricordavo. Graziosa, old style. Feci il pieno alla stazione di servizio e salutai l'uomo alla cassa con calore. Come un cliente affezionato.

16. "DAL LEGGENDARIO CAMPO DI PATATE DOVE NASCONO LE NEBBIE DI FRISCO"

Cielo blu di California, sopra le montagne che scendevano nell'Oceano. La lunga poesia di Allen Ginsberg sui cieli d'America, che mi aveva accompagnato fin lì, come un angelo guardiano, volgeva al termine: "Nubi veloci verso oriente, l'/aereo adagio scende attraverso/ i veli, sulla piatta/ valle di Sacramento".

E anch'io scendevo verso la costa cercando di immaginare cosa avesse provato il giovane Jack, che voleva diventare il più grande scrittore d'America – e soltanto qualche anno prima il miglior giocatore di football del paese – nel sentire l'aria della Baia, il sogno realizzato, nell'essere arrivato dall'altra parte, dove tutto finisce e tutto ricomincia. Chissà quale agitazione l'aveva preso, tra un sonno nervoso e un finestrino appannato, in vista del capolinea.

C'ero quasi ormai. Sentivo Frisco, il gran traffico l'annunciava dietro le colline. Ma avevo in testa un'ultima deviazione prima dell'oceano, perciò a Farfield voltai a destra per Napa e St. Helena, dove se ne sta piantata la più grande vigna d'America.

A me interessava una sola bottiglia, o meglio il luogo dove brindarono e la scolarono, un secolo prima, Robert Louis Stevenson e la moglie Fanny Osborne, durante il più bel viaggio di nozze che avessi mai letto. Stevenson lo raccontò ne *Gli accampati di Silverado*: lui e lei, dentro una capanna, con vista sulle miniere, a festeggiare una fuga dal mondo. Un viaggio autobiografico dove per una volta l'avventura cedeva il posto alla poesia.

Ma quando vidi Calistoga, e poi Silverado, restai deluso: era una specie di parco, senza nessuna certezza sulla baracca che ospitò il viaggio di nozze del più grande scrittore on the road della letteratura, quello che andò in canoa lungo la Oise e a dorso d'asino sulle Cevennes, per i mari del Sud e in treno lungo l'America, anche lui da New York a San Francisco attraverso le Grandi Pianure di fine Ottocento per correre da lei. Da Fanny. E portarla a Silverado.

– Ma lei è sicuro che Stevenson passò proprio qui la sua honeymoon?
– Sì, certo, altrimenti perché lo avrebbero intitolato a lui questo parco?
– Ma non era inglese, Stevenson?
Vallo a spiegare chi era Stevenson, uomo senza confini, fanciullo per sempre, a una di quelle coppie che Jack avrebbe odiato: marito e moglie che avevano di certo passato la luna di miele dentro un motel cominciando a ingrassare, divorando porcadas e popcorn, e che ora stavano facendo pic-nic, seduti in auto, le portiere aperte. Obesi e felici di non sapere.
Non trovai in quel posto la poesia della selvaggia Silverado vissuta da Stevenson. Però ero contento ugualmente d'esserci passato: avevo attraversato l'America dei cieli di Ginsberg, in aeroplano; quella tutta sgassate e frenate di Jack&Neal; e quella leggendaria dei Pony Express. Ed ecco infine che ritrovavo, con Stevenson, l'America dei primi treni, che avevo visto rivivere, in qualche modo, in quelle stazioni e in quei depositi ferroviari diventati birrerie, e sopravvivere nell'antico décor della sala d'aspetto di Harrisburg e nel merci infinito dell'Union Pacific, inseguito con lo sguardo a Shelton, Nebraska. E pure nei binari, vivi o morti, che avevo attraversato e visto scappare in fondo a qualche orizzonte.
Avevo comprato *Across the Plains* di Stevenson in una libreria di Sacramento e prima di ripartire per San Francisco lo scorsi veloce come per ripassare tutto quello che avevo visto dal primo giorno di viaggio a Paterson, New Jersey. Come se prima d'interrogarmi su dove andare, una volta in faccia all'oceano, avessi voluto provare a tornare indietro, ripetendo in fretta la lezione, come facevo a scuola, quando sapevo di non sapere e sapevo che avrebbero chiesto proprio a me.
Lessi Stevenson e mi sembrò di leggere Jack: "E quando chiedendo a un frenatore il nome di un fiume, sentii che si chiamava Susquehanna, la bellezza di quel nome mi sembrò fare tutt'uno con la bellezza della terra". E più a ovest: "Ci trovammo a largo – non c'è espressione più adeguata – delle pianure del Nebraska". E ancora più a ovest: "Attraverso aridi campi di artemisia, che

avevano un aspetto più aggraziato, all'ora di cena eravamo a Elko". Stevenson era passato prima di Jack su quella lunga pista. Ma entrambi, a un certo punto, si dovettero trovare lì dov'ero io, a un passo da Frisco, la stanchezza e la gioia alla gola. Altrimenti non sarebbero esplosi nella stessa ode alla baia d'oro e grano, all'aria che si poteva baciare. Esausti.

Tornai sulla strada che avevo lasciato. E per il gran finale misi su la cassetta con l'ultimo tema musicale del viaggio: da un lato avevo registrato *American Beauty* e dall'altro *Workingman's Dead.* Sì, insomma, scesi nella Baia ascoltando i Grateful Dead. Non era forse stato Neal Cassady in persona a guidare il furgone dei Dead, due anni prima di morire? Quella colonna sonora era un omaggio a quello che era accaduto in città dopo il passaggio di Jack, dopo che Jack e i beat avevano preso a vivere e a raccontare San Francisco. Un omaggio all'esplosione provocata da quel libro, ormai tutto spaginato, che tenevo aperto dal primo giorno sulla plancia dell'auto, come una cartina stradale, in modo da non sbagliare mai, una volta *sulla strada*. E che, giunto in quel punto, arrivato a quella pagina, faceva così: "Lungo lo storico fiume Sacramento su una superautostrada; ancora nelle colline; su, giù; e improvvisamente il largo espandersi di una baia (era proprio prima dell'alba) con le luci assonnate di Frisco che la attraversavano a ghirlande". Aria di festa.

Ero a San Francisco, ormai. Lo dicevano il cielo e le sue nuvole. Berkeley, Oakland, poi il ponte dove muore la 80 che m'aveva portato fin lì. Ed ecco i *piers*, la sfilata dei moli e l'odore forte, quasi rancido, del mare. Ero arrivato sulla sponda dell'oceano. E si trattava di decidere, subito: la città o ancora la strada? Sostare qualche giorno, e a San Francisco sono sempre pochi, andando in pellegrinaggio tra City Lights e la Mission, Market Street e Corte Madera, il Golden Gate e l'angolo tra Ahsbury e la Haight, oppure continuare la marcia, cercando un'altra pista?

All'inizio Jack mi indusse in tentazione e arrivai fino al Golden Gate, rasentando i moli, dove "a poche collinette di distanza c'era l'Oceano Pacifico, vasto e azzurro e con una grande muraglia bianca che avanzava dal leggendario campo di patate dove nascono le nebbie di Frisco. Un'altra ora e sarebbe venuta scorrendo attraverso il Golden Gate per avvolgere di bianco la romantica città e un giovane avrebbe preso per mano la sua ragazza". E ancora Jack, le sue parole, mi invogliarono a fermarmi: "Guardai fuori dalla finestra la notte ronzante di Mission Street; volevo prender su e andare a sentire il meraviglioso jazz di Frisco; e, ricordatevi, questa era solo la mia seconda notte in città". Anch'io avevo ballato una notte in un postaccio ispanico, pieno di fascino oscuro, lì a Mission Street.

Mentre guidavo inseguendo l'idea di un motel per la notte, mi tornarono in testa tutti i progetti della sera prima. Tutti insieme, con la loro teoria di nomi, paesaggi, visioni: un gioco di punti geografici da unire lungo un asfalto tutto mio. No, sarei rimasto sulla strada. E allora attraversai di nuovo il Golden Gate con le sue memorie – dal bagno di Kim Novak al gran raduno del '67 – fingendo di non vedere Frisco che mi scorreva intorno, presi a sud, senza voltarmi indietro, sulla 280 per Los Gatos, il sobborgo dove visse in soggiorno obbligato Neal Cassady dopo la galera a San Quentin: c'era finito per aver offerto erba a un poliziotto nel '58. Erano i giorni delle avventure raccontate da Kerouac in *Big Sur*, con Neal che gridava "Urrà" quando si trattava di partire "abbandonando dietro di noi la confusione e le sciocchezze e compiendo la nostra unica e nobile funzione nel tempo, 'andare'".

A mio modo, andai anch'io, lasciando che Frisco calasse dietro la collina del Mount Davidson, dentro le sue nuvole. E mentre passavo per Los Gatos, un qualsiasi quartiere d'America, anonimo e freddo, scendendo verso Santa Cruz, mi chiedevo chi mai Francis Ford Coppola avrebbe scelto per il suo film *On the road*, quel vecchio progetto eternamente in cantiere. Quali attori avrebbero dato il volto a Jack e a Neal? Avevo letto di un casting aperto, di una fila di ragazzi lunga tre isolati: tutti a cercare quelle parti leggendarie. Anni prima avevo visto un brutto film dove Nick Nolte era Cassady e John Heard, Kerouac. E sapevo che era in uscita un altro film su Cassady, interpretato da Keanu Reeves. Tanta buona volontà ma nessuno era riuscito a rendere quell'aria beat, la sua eccitante quotidiana disperazione. Coppola affermava "d'aver trovato nei giovani d'oggi di nuovo uno spirito di ribellione perché il conformismo è soffocante, proprio come negli anni cinquanta. E chi si sente soffocato prova una grande gioia a riscoprire la sua voce, una voce pura e libera". Forse era così, ma io potevo parlare soltanto per me. E io in quel viaggio stavo cercando che fine avesse fatto il mio certificato anagrafico, il mio atto di nascita: volevo capire quanta polvere vi fosse finita sopra. Sopra il certificato. E anche sopra il richiedente.

Così me ne andai a sud, lungo la costa, verso l'ultima pagina della Beat generation, l'ultimo atto della leggenda di Jack Duluoz, alias Jack Kerouac, o Sal Paradise (nel mio *On the road* pieno di orecchie), o Ray Smith (nei *Vagabondi del Dharma*), o Leo Percepied (ne *I sotterranei* del jazz di Bird Parker). Me ne andai verso Big Sur, dove i beat, che nacquero "battuti", hipster, vagabondi, nipoti dei vecchi hobo, anticonsumisti e antiborghesi, e che poi divennero "beati", – angeli in un mondo ostile – tornarono a essere sconfitti: almeno Jack, ormai divorato dall'alcol, la scrittura strozzata, la vita presa per il collo di una bottiglia.

Me ne andai dove Jack provò a fare Thoreau nel 1960, nella capanna tra l'oceano e i monti che Lawrence Ferlinghetti gli aveva offerto a Big Sur. Un luogo che la vecchia mappa della Standard Gasoline del 1940, trovata a Santa Cruz, nella solita rigatteria lungo la strada, definiva ancora: *primitive area*.

Me ne andai sulla strada a picco sul mare che ribolliva gelido. Una strada dove Jack cavalcò per l'ultima volta con Cassady, lungo la breve rotta Los Gatos-Big Sur-San Francisco, una rotta quasi da pendolari. Un patetico su e giù lungo la costa, per quei due ex ragazzi che una volta si scagliavano da una costa all'altra come irediddio.

Monterey era già in vista, quando mi trovai intruppato in un fiume di turisti che si infilavano nella strada a pagamento che correva a nord di Big Sur e arrivava fino a Carmel, la terra di Eastwood, il mare dell'ultimo cow-boy. (E mi ricordai che da quelle parti, in riva al mare, avevano girato uno strano western con Marlon Brando e Karl Malden.) Tirai diritto sulla statale numero 1, che era uno strano mélange di odori, puzza di pesce e profumo d'abeti. E lì, finalmente, due autostoppisti: i primi veri autostoppisti che incontravo dopo quattromila miglia. Beh, se Jack a Omaha, cinquant'anni prima, aveva gridato "e per dio, vidi il mio primo cow-boy", a me venne quasi voglia di fare lo stesso per quei due ragazzi, nipoti della stagione che fu, serena nonostante tutto: una stagione senza serial killer e paure, senza auto blindate dal sospetto e piena di fede nel prossimo. Anche quello con il pollice levato al cielo.

I due non avevano facce da reduci dei Sixties, infatti erano giovanissimi, ma sembravano davvero on the road – zaini e sandali, nonostante il gran vento d'aprile – sulla rotta della memoria. Mi fermai e li tirai su.

– Svedesi di dove?
– Goteborg.
– Andate a Big Sur?
– Sì.
– Allora vi lascio sotto il Nepenthe, tanto anch'io mi fermerò proprio lì a fare benzina. Siete sulla strada di Kerouac?
– Sicuro. Ce l'ho nello zaino. E anche Henry Miller.

Anch'io mostrai la mia copia sgualcita sulla plancia. E fu come se ci scambiassimo una parola d'ordine. Potevamo fidarci a vicenda. Perché i dubbi miei erano anche i loro: due passaggi prima, mi raccontarono, erano stati caricati da un mezzo matto che aveva un gran fucile nel furgone e continuava a indicarlo, ripetendo che quelli che andavano tanto in giro senza lavorare non erano tipi a posto e comunque a lui non piacevano affatto.

Mi resi conto solo allora che eravamo tutti europei, emigranti per diletto, in cerca di lavoro per i nostri sogni e le nostre nostalgie. E dicendo "nostalgie" pensavo sempre a quelle mancanti, quelle per ciò che abbiamo sentito solo raccontare. Valeva per me, figurarsi per loro. Mi elencarono i passaggi più curiosi che avevano ricevuto e mi spiegarono della difficoltà a farsi prender su. Era più di un'ora che stazionavano lì dove li avevo incontrati. In fondo, proprio da quelle parti Jack si era lamentato perché nessuno lo voleva caricare, mentre faceva l'autostop, quasi quarant'anni prima. "Questa è la prima volta dopo anni che faccio l'autostop e presto incomincio a constatare che le cose sono cambiate in America, non riesci più a farti dare un passaggio," aveva scritto in *Big Sur*. La grande stagione dell'autostop di massa doveva ancora arrivare e Jack con *On the road* ne aveva quasi scritto il dépliant. Poi la moda era tramontata, domani chissà.

Intanto la strada saltava da uno scoglio all'altro, su ponti vertiginosi, mentre le nuvole si travestivano da spuma marina e viceversa. E nessuna cosa sembrava al suo posto: figurarsi quella foresta a picco sull'acqua, gli abeti fin quasi sulla riva a bagnarsi le radici, come file di ombrelloni chiusi. Lui e lei, gli svedesi, erano emozionati, si guardavano, annuivano, non parlavano. Era tutto un gioco di occhi, che mi godevo di sguincio e sul retrovisore. Non avevamo molto da dirci, anche perché passando da uno scoglio all'altro su quelle spettacolari passerelle, avremmo potuto commentare la visione solo con le banalità che spesso traducono, maldestre, l'indicibile.

Cercavo di scovare dalla strada l'anfratto della capanna dove Jack s'era ritirato come un bambino nella stanza dei vecchi giochi solitari – "l'infanzia della semplicità di essere semplicemente felice nei boschi" – e dove aveva scritto un poema sul mare, cantando Drake e Colombo, Verrazzano e Magellano. Tutta gente che era andata on the road sull'acqua, da una costa all'altra, da un mare all'altro.

Al Nepenthe mi sembrò davvero che il tempo si fosse fermato da allora senza più spostarsi di lì, da quel ricovero di intenzioni e asceti, di preghiere e santoni, di eremiti e spostati. Gli anni sessanta se ne stavano sulla terrazza del bar a prendere il sole: archeologia intellettuale, hippismo dai capelli bianchi, turisti pronti a scattare istantanee di tre decenni orsono. E intorno odore di marijuana. Nepenthe, appunto. Nepenthe, il succo eccitante che beveva Elena, la moglie di Menelao, prima di essere rapita da Paride.

I due ragazzi svedesi si inserirono perfettamente nel paesaggio del locale che era ancora, come lo vedeva Jack, che ci andava a fare scorta di alcol, "un bellissimo ristorante sulla sommità di un dirupo con un vasto patio esterno, una cucina eccellente, servizio e direzione ottimi, buoni liquori, tavolini per gli scacchi, sedie e altri tavolini soltanto per star seduti al sole e contemplare la costa grandiosa. Ci mettiamo a sedere tutti quanti a vari tavolini e Cody incomincia a giocare a scacchi...".

Le pagine di *Big Sur* dedicate a Neal-Cody erano forse quelle che mi piacevano di più, perché ogni frase odorava di passato, il loro. E ogni tratto di strada, ogni ricordo cominciava già a farsi leggenda, *Recherche* all'americana. Restai una mezz'ora a godermi il sole della tarda mattinata sul terrazzo del Nepenthe, vecchia dimora di Orson Welles, rileggendo le confessioni che Jack faceva, in quello stesso angolo di mondo, all'inizio degli anni sessanta e della sua fine: "Lui (Neal) ricorda a me mio padre per cui abbiamo questo strano eterno rapporto nell'immagine del padre che continua e continua talora non senza lacrime". E "nel libro che scrissi su di noi (*On the road*) dimenticai di accennare (...) che eravamo stati entrambi nella fanciullezza devoti piccoli cattolici, e questo ci dà qualcosa in comune per quanto non ne parliamo mai". E infine: "questo lascia capire che cosa (Neal) provasse a mio riguardo: una sorta di cosa nuova nel mondo grazie alla quale gli uomini possono essere realmente amici angelici senza essere omosessuali e senza litigare per le donne".

Non erano Jack e Neal i nipoti, o perfino i figli legittimi, delle grandi amicizie virili del West e del western americano? Non erano i prototipi di quelle individualità forti ed esasperate che ogni tanto si incontravano e facevano, fianco a fianco, un tratto di strada? *Cavalcarono insieme*. Non era un bel titolo anche per Jack&Neal in sella a una Chevy, una Hudson, una Cadillac o una favolosa Studebaker?

Big Sur fu il loro canto del cigno: placate le frenesie lungo la strada, un velo di stanchezza si era ormai depositato sulla voglia di partire non importa per dove. E di vedere, non importa che cosa. E di sentire: e quello importava sul serio. E sentire era un verbo in ritirata. Mi colpì molto quella frase che sembrava una chiusa sul loro vagabondare e quel loro dividersi, uno per costa. Uno sul Pacifico, a San Francisco, Neal. E l'altro sull'Atlantico, a St. Petersburg, Jack. "Silenziosi facendo sporgere il mento, entrambi guardando avanti con grandi privati pensieri ormai così vasti che non possiamo più comunicarli."

Big Sur e quel libro che ne portava il nome erano un'elegia e al tempo stesso un requiem: stavo visitando il luogo dei saluti, ma per fortuna avevo ancora un sacco di loro vecchia strada da percorrere. Perché se lì finì l'avventura, il loro andare on the road, proprio lì cominciò quello dei tanti che li avrebbero seguiti, il vagabondaggio delle generazioni a venire, "nella California di Dean: selvaggia, sudata, importante, la terra degli amanti solitari e in esilio ed eccentrici venuti a riunirsi come uccelli". E in coda, quarant'anni dopo, c'ero anch'io: il mio viaggio a quel punto ricominciava daccapo. Filai verso Los Angeles dopo aver liquidato la malinconia degli addii e aver dedicato un ultimo pensiero ad Allen Ginsberg, rileggendo i suoi versi in morte di Kerouac, ora buoni anche per lui: "e questa è la fine del Poeta dalla lingua/ infangata che fece risuonare il suo Suono/ attraverso il Passaggio a Nordovest".

17. "ALLE PRIME LUCI DELL'ALBA NEL MOJAVE DESERT"

All'improvviso la costa si placò e il mare smise di sbatterla con furia. Le montagne, che prima cadevano sul Pacifico, piano piano si ritirarono come una bassa marea e il litorale si fece meno drammatico. Passai sotto il castello di Hearst, a San Simeon, dove Orson Welles trovò l'ispirazione per *Citizen Kane*. E immaginai Welles, seduto al terrazzo del Nepenthe, che forse sognava di lanciarsi giù per la scarpata verde che scendeva al mare con lo slittino Rosebud. Attraversai Morro Bay e poi San Luis Obispo, dove Neal aveva lavorato alla ferrovia.

Decisi di fare una sosta al famoso Madonna Inn, il festival del kitsch, l'albergo con le camere più pazze del mondo. Presi un caffè al bar e chiesi se potevano mostrarmi la stanza-caverna, la camera delle lune di miele preistoriche. L'avesse vista Stevenson, chissà che avventura ci avrebbe ambientato... Non c'era storia: il Madonna Inn batteva la Rainforest di Chicago dieci a zero. E anzi, c'era la storia là dentro, in quelle camere, ed era quello il bello del brutto, il fascino del kitsch: camere medievali e romane e un sacco di altre folli location per sposini felici di amarsi tra picche e durlindane, ma anche televisori e frigobar.

Cento miglia ancora, salendo fino al Lago Cachuma, e arrivai a Santa Barbara, dove ritrovai la vecchia linea ferrata di Jack e Neal, frenatori in divisa o viaggiatori furtivi sui merci che andavano da Los Angeles a San Francisco, nell'America del dopoguerra, quando quel paesaggio non era ancora una telenovela, non mostrava lucidi corpi e muscolare tonicità a passeggio. Quando si dormiva ancora sulla spiaggia, "col mio sacco a spalla sotto la testa". E le membra erano stanche, e quelle dei vagabondi tenute assieme dal fil di ferro della volontà: c'erano viandanti, cinquant'anni prima, che arrivavano a Santa Barbara fin dal Messico, nella tasca qualche spicciolo e un libro di preghiere di santa Teresa de Avila. E tutti si dividevano il cibo e spezzavano il pane in una sorta di messa in scena laica, di mensa comunitaria.

Guardavo la nuova Santa Barbara, il tempo immobile, i corpi esposti al sole sotto palme spaziali da cartolina, e pensavo a un mondo capovolto. Scriveva Jack nei *Vagabondi del Dharma*: "La mia intenzione era di dormire quella notte sulla spiaggia di Santa Barbara e salire la mattina su un altro treno locale fino a San Luis Obispo oppure su un merci espresso che arrivava direttamente a San Francisco". Il famoso Fantasma di Mezzanotte che tirava su i vagabondi nei pianali, volando in quelle notti di California che sapevano essere fredde fino a gelare.

Chiacchierai un po' con il barista di un caffè per corpi plasticati ed esibiti ai tavoli del dehor, nella "regione dove tutti in certo modo sembrano attori cinematografici in ribasso, belli e decadenti". Parlammo dei play-off di basket e delle inondazioni che erano finite una buona volta, su in Dakota. E quell'uomo diceva Dakota con lo stesso senso di distanza col quale avrebbe potuto dire Gabon o Pakistan. Tornai verso la spiaggia e pensai al Jack del '55 che saliva ancora sui vagoni di nascosto e si faceva portare dal vento, ancora hobo. E al Jack del '61, imitato da tanti giovani scrittori e assediato dai *fans* lettori, al Jack che irrise il suo mito, viaggiando tre giorni e tre notti in treno, in uno scompartimento riservato sul California Zephyr "su per la valle dell'Hudson e attraverso lo stato di New York fino a Chicago, e poi le Grandi Pianure, le montagne, il deserto e da ultimo i monti della California" e sfottendo i ragazzotti "che vanno alle superiori o al college e sono convinti che Jack Duluoz abbia ventisei anni e passi il suo tempo a girare in autostop".

Ma da quel Jack invecchiato, feroce e cinico, senza più la passione generosa della gioventù, io, da quel Jack, intendevo congedarmi definitivamente. Lasciando la costa. Los Angeles era soltanto due ore d'auto più a sud, ma preferii ignorarla: non avrei finito quel viaggio da patetico turista di Venice né da vecchio indolente di Santa Barbara e neppure da nostalgico hippie di Big Sur. Avrei fatto la pallina da flipper, magari tornando ad accendere le luminarie del Colorado, o almeno del New Mexico, forse del Texas. Ripresi la via dell'Est.

A Ventura – la *Ventura Highway* cantata dagli America all'inizio degli anni settanta – voltai per Santa Paula e poi per Santa Clarita, sfiorando la San Fernando Valley, dimenticando Hollywood a sud. Quindi arrivai a Palmdale. Viaggiavo dal mattino, avevo divorato un mucchio di miglia e quasi mai sulle comode interstate, ma da giorni era come se la stanchezza fosse scomparsa. Volevo lasciarmi alle spalle Los Angeles e andare a dormire nel Mojave Desert. Guardai la vecchia cartina della Standard Gasoline, che cadeva a pezzi e mi accorsi solo allora che la strada che stavo percorrendo dal mattino, almeno fin lì, a Palmdale, era segnata con una penna blu. Come le carte stradali tenute saldamente in pugno dalle mogli d'America che Jack non sopportava, quelle che segnavano a tavolino la traccia decisa del viaggio, e guai a non rispettarla. E guai alla fantasia, alla follia, alla deviazione. A qualsiasi deviazione dalla norma.

Nell'oceano azzurro della cartina galleggiava, vergata con la stilografica, la data 1940 e, in basso, il tema del viaggio, "Da San Diego alla California", che sapeva d'infantile incongruenza geografica. E, a seguire, la lista dei quattro viaggiatori: Mother, Dad, Mary and me. Chissà come si chiamava quel *me*. Era un piccolo Jack? Credetti di capire che quella carta era sua, di *me*, e non della mamma, che forse l'aveva regalata al figlio perché tracciasse, giorno dopo giorno, la strada percorsa e la portasse nella memoria come una cosa cara. Non stavo facendo anch'io così, sulla carta degli States che tenevo in auto? E non facevo così anche da bambino? Si tracciano le proprie strade – e non solo sulle carte stradali – per ricordarsi d'essere passati un giorno di lì, e di avervi incrociato un gesto, uno sguardo, un'emozione. E magari lasciato un graffio. Anche piccolo. In fondo "scrivere non è altro che un ripensamento o un graffio in ogni caso alla superficie," parola di Jack.

Guidavo in uno stato di semincoscienza, quasi senza rendermene conto, quando il calore del deserto mi accolse come una galleria immaginaria nella notte d'aprile: una galleria dove un immenso phon acceso, profumato di erbe e di aromi, continuava ad alitare silenzioso, senza un ronzio. In un posto desolato chiamato Pearblossom mi fermai e respirai il deserto. Quindi riempii due contenitori giganti di Coca-cola ghiacciata e li piazzai nei portabicchieri dell'auto.

Me ne andai così verso Victorville e Apple Valley senza fretta, scolando i miei soft drink, i finestrini aperti, e la colonna sonora dei primi giorni a tenermi compagnia. Ero di nuovo sulla strada e

Joe Ely cantava *Lord of the Highway* e, alla fine della stessa facciata, *Letter to L.A.*, lettera a Los Angeles. Che per me significava una lettera di addio. Ormai davo le spalle al Pacifico.

"Quindi guidammo nella notte e ci accampammo alle prime luci dell'alba nel Mojave Desert per qualche ora di sonno." In quell'auto c'erano Jack, il poeta sanfranciscano Lew Welch al volante e Albert Saijo che raccontò quel viaggio in auto, da Frisco a New York, solo accennato in *Big Sur*. Non ricordavo bene se si era nel '59 o nel '60, ma sicuramente lungo la Mother Road, la strada madre d'America, la Route 66, che Jack aveva già percorso proprio nel '47, tornando dalla sua prima avventura californiana. L'aveva incontrata a Flagstaff, la Route 66, e quella l'aveva condotto da ovest a est, fino a casa. L'indomani avrei seguito quella traccia.

Il mattino accese di bianco il deserto e tutti i suoi giochi di pietra. E quel mondo minerale prosciugato, cristallizzato, lasciava che lo sguardo si fiondasse lontano, verso orizzonti così dilatati che riusciva difficile fissare gli occhi sugli oggetti consueti, vicini. E metterli a fuoco, in quell'astigmatico pianeta fossile. Stavo per prendere la interstate 15 fino a Barstow per infilarmi sulla vecchia 66, o almeno su ciò che ne rimaneva, quando il nome di un lago secco in mezzo al Mojave Desert, ad appena dieci miglia dal mio ricovero notturno, mi fece sobbalzare.

Lucerne Lake. E sotto, *dry*, secco. Ma sì, avevo già sentito nominare quel luogo. Meglio, ne avevo letto. Era stato il teatro di una delle sequenze più famose nella storia del cinema, della scena che tutti abbiamo visto almeno una volta. Ma certo, nel bacino asciutto del Lago Lucerne correva la diligenza di *Ombre rosse* inseguita dagli indiani, mentre Ringo-Wayne sparava le ultime cartucce e Hatfield-Carradine ci rimetteva la pelle, mentre all'orizzonte spuntavano le Giacche Blu, annunciate dalla tromba, e Claire Trevor passava dal pianto al riso. Una sequenza che tanti si ostinavano a collocare nella Monument Valley dei navajo, lassù tra Arizona e Utah, e che invece John Ford diresse lì, a due passi da Hollywood, in un posto abbandonato dal cinema, ignorato dai viaggiatori, dimenticato nel deserto. In fondo a una strada secondaria.

E infatti non incontrai nessuno in quella spianata secca che sapeva di sale. Provai a indovinare l'angolazione della cinepresa, a capire in quale direzione era stata girata la famosa scena, ma ci riuscii solo in parte. Mi mancavano i punti di riferimento del paesaggio che faceva da fondale e per quanto cercassi di farmi tornare in mente la sequenza, niente. Scrutai senza fortuna una distesa di sassi e sabbia e polvere, dove si alzavano le braccia spinose di quattro o cinque Joshua Tree, isolati uno dall'altro, come *sangerolami* in preghiera nel deserto. Tra carri di pionieri e cavalli, tra treni e auto, ecco che avevo ritrovato un altro modo di andare on the road: la diligenza. E ripensai al nipote di Andy Devine, quello di Belmont, mentre lo zio era a cassetta in *Ombre rosse,* inseguito dagli indiani ululanti. E ripensai a Jarbidge, a Ben Kuhl, che sparò un solo colpo di pistola, e a Fred, il postiglione, che morì davvero, perché quello non era un film.

Il West? È un mito sepolto, mi aveva riso dietro un amico prima della partenza. Ma io non ero mica tanto convinto che l'America avesse davvero seppellito la sua Frontiera. Anzi. Da dove venivano le esecuzioni quotidiane, con il pubblico in sala, nello stato del Texas? E la condanna alla fucilazione nello Utah, dove si era presentata una fila di volontari che chiedevano di far parte del plotone d'esecuzione? E i cacciatori di taglie dell'Arizona, quei bounty-killer che entravano nei motel e sterminavano famiglie, come Henry Fonda in *C'era una volta il West*, magari accorgendosi più tardi di aver sbagliato persona? E il diritto di sparare a chi ti ruba l'auto, così come accadeva un tempo ai ladri di cavalli?

E quel giudice del Michigan, che aveva appena legalizzato le sentenze a "testa o croce" per l'esito delle cause familiari, non assomigliava forse a quel pazzo di Roy Bean, detto "la legge oltre il Pecos"? E quel furbacchione del senatore Gorton, che voleva azzerare i fondi statali alle riserve dei nativi per togliere loro anche l'ultima scheggia di libertà – sì insomma, l'extraterritorialità delle riserve – non era per caso già al lavoro nel secolo scorso quando, calpestando e cavillando, legge dopo legge, emendamento dopo emendamento, il governo degli Stati Uniti distrusse sistematicamente gli indiani, riducendoli alla fame?

Il vecchio West era sul serio finito e sepolto? E le armi alla cintura, quelle fondine gonfie da passeggio che incrociavo nei bar del Sud-Ovest? E quel cow-boy patriottico che, credendosi David Crockett ad Alamo, aveva dichiarato l'indipendenza del Rot, The Republic of Texas, un mese prima? Altro che mito in decadenza. Così me ne andai con quei pensieri cattivi lungo la 66, per vedere come e dove quella strada, lei sì, era stata sepolta: lungo il cammino glorioso della Mother Road, dove un tempo si andava in colonna, quasi in carovana, da una parte all'altra dell'America pensando che il sogno non dovesse finire mai e neppure quello stretto budello d'asfalto che serviva a raggiungerlo. E invece Jack già cominciò a scoprire, nel dopoguerra, che "quella strada americana si allarga di continuo perché adesso non può andare oltre, quattro corsie, cinque corsie, sei corsie".

E mi chiedevo se, in qualche angolo d'America, ci fossero ancora dei Neal Cassady, dei pazzi puri allo stato brado, allo stato di natura: gente che non aveva saltato la staccionata della psicopatia o della follia o della depressione che infestavano ora il fine millennio americano, tutto sangue e sesso e violenza. No, proprio gente come Neal Cassady perché, come spiegava Jack nel primo capitolo di *On the road*, "la sua 'criminalità' non aveva nulla di subdolo e beffardo, era un'esplosione beffarda e positiva di gioia americana; apparteneva al West, era il vento del West, un'ode proveniente dalle Grandi Pianure". E, poco più avanti, aveva aggiunto che quel suo fratello "era un figlio del sole del West".

Mi venne in mente un altro film di cow-boy: *Vento di terre lontane* di Delmer Daves. Ne avevo recuperato la locandina originale in un mercatino. E provai a sovrapporre la faccia di Cassady, la faccia delle foto di Cassady, a quella sorniona di Glenn Ford. Macché, la realtà vinceva sulla finzione, con buona pace dello scribacchino di *Liberty Valance*. Presi la 247 e mezz'ora dopo avevo già passato Barstow, in direzione Ludlow, lì dove il largo manto d'asfalto dell'interstate 40 aveva seppellito sotto le sue sei corsie le due, striminzite, della Route 66 che fu. Per sentire in qualche modo di starci sopra, mi misi a viaggiare sulla corsia di sorpasso.

18. “QUANDO CADE UNA FOGLIA LE DICO SEMPRE ADDIO”

“Noi non sappiamo mai dove si va.” Eppure Jack voleva passare proprio su quella strada nell’estate del ’47, quando raccontò d’aver amato, nei panni di Sal Paradise, nella notte californiana, la ragazza messicana di Sabinal e lavorato per un po’ con lei i campi, fino a che una mattina non se ne tornò a est: “Vi racconto com’è andata. L’avevo incontrata su una corriera, e via discorrendo, e avevamo deciso di fare l’autostop fino a New York, sulla 66”.

Labirinti di roccia, crepe della terra, faglie nella prateria. Il Mojave sembrava quella mattina l’anima di un uomo in ansia, senza più lacrime: Troy Lake, Lavic Lake, Bristol Lake. Una distesa di laghi asciutti. Fu una giornata di fascinazioni. Tanto che alla sera, nella camera anni cinquanta del Canyon Shadows Motel di Seligman, Arizona, ero ancora lì a domandarmi perché la memoria di una strada d’asfalto abraso, a novemila chilometri da casa mia, fosse così suggestiva e a tratti struggente. Me lo chiedevo dentro la stanza sfiorita di un vecchio paese, esiliato dalla interstate, lasciato in disparte come una cianfrusaglia, nell’unico tratto sopravvissuto della Route 66, l’unico che nel West portava ancora impresso quel vecchio numero.

Era una stanza tutta in formica, con vecchi infissi screpolati dall’umidità, le tendine di rayon e una sovraccoperta a fiori appassiti. Una camera con le pareti di legno: assi verticali, irregolari, bellissime e banali, di quel grigino a metà tra l’anonimato e la malinconia. Era una camera di rivolta nella sua semplicità: una camera ribelle, stagionata, che aveva resistito alle ristrutturazioni, ai lifting, all’omologazione. Una vecchia camera sulla 66, che doveva aver visto amori in gita, passioni sante e sconsacrate, notti furtive di rappresentanti e piazzisti in viaggio, soldati in licenza, camionisti accaldati. Notti di seghe di uomini soli, ubriachi, allegri, infelici. E che ora suonava il silenzio alla strada condannata a non esistere, se non nella memoria che l'aveva eletta a mito, a forza di libri, di guide turistiche e di associazioni per la salvaguardia. Troppo tardi ormai per resuscitarla, ma almeno se ne preservava la suggestione e la lieve nostalgia. Chissà se quell'anziana coppia di viaggiatori, che avevo visto rientrare nella camera di fianco alla mia, era già stata lì. Magari in un tempo rimosso, quando non osavano neppure immaginare quel che sarebbero diventati: lenti, pacati e canuti...

Canyon Shadows. Tramonto sul canyon d'asfalto di Seligman, mentre risuonava la sirena afona del solito merci giusto dietro la staccionata, che sembrava quella di *Picnic*. Ma ora non c'era Kim Novak col vestito della festa a incontrare William Holden, piovuto giù dal vagone con una faccia da Neal, e la stessa giacca stazzonata.

Era stata una giornata davvero speciale, vissuta con quella demenza celestiale di quando capita di scolarsi la vita – tra visioni, volti, emozioni – in una sbornia di luce e di serenità.

Avevo fatto molti incontri, e cercavo di rimetterli in ordine: lo strano ubriaco al Black Cat Saloon di Seligman che mi aveva parlato d'Italia e di Tirolo, dove aveva viaggiato "trent'anni fa, come un uomo libero". E poi, i patetici attori di Oatman, vestiti da sceriffi, banditi e stagionate belle da saloon. E l'uomo di Hackberry, un po' filosofo e un po' poeta. E il vecchio incontrato sulla curva a gomito di Goldroad, che mi aveva raccontato una favola, e poi di quella favola mi aveva mostrato la fotografia.

Tutte storie bruciate in fretta, poche parole e una folla di pensieri, eppure belle nella loro povertà, quasi incatenate una all'altra, mentre si davano il cambio e scomparivano dal mio orizzonte, restandomi dentro. Quella sera, nella stanza di Seligman, cercai qualcosa, nel libro di Jack, che assomigliasse un poco a quello che avevo provato. E capitai su una frase, nella seconda parte di *On the road*: "Che cos'è quella sensazione quando ci si allontana dalle persone e loro restano indietro sulla pianura finché le si vede appena come macchioline che si disperdono?... È il mondo troppo vasto che ci sovrasta, ed è l'addio. Ma noi puntiamo avanti verso la prossima pazzesca avventura sotto i cieli".

Tutto era cominciato in quel deserto mattutino, un grandangolo persino eccessivo, da far girare la testa, da spingerla a cercare qualcosa che non c'era, in fondo all'orizzonte. Gli occhi si erano come seccati alla luce, nello sforzo di guardare lontano, un lontano imprevisto e inusuale. Eccessivo. Strada che si srotolava, pali in marcia, cespugli di yucca col fiore esploso, mezzo metro più in alto, dalla pancia acuminata della pianta, lassù, in cima a un rametto, come una fiammella di candela storta. Un fiore che sembrava un fachiro candido, salito in cima alla fune e fiorito dal nulla.

Fu dopo Needles, una volta uscito dai confini della California, ormai sfrontatamente verso est, che la vecchia 66 saltò fuori all'improvviso da sotto l'interstate e smise di essere una underground della memoria. Tornò una strada vera, reale, e cominciò a salire in un paesaggio di polvere – i margini della carreggiata divorati dai sassi – su verso Oatman e quel suo West rivisitato, da cartolina, tutto soda fountain e souvenir e muli selvaggi, a scorrazzare per la strada, l'unica: una collezione di facciate, di portici, e di tutto quello che il vecchio West aveva suggerito all'immaginario di ciascuno.

Quei muli selvaggi, però, tanto selvaggi non sembravano. E mi fecero venire in mente i piccioni di piazza San Marco a Venezia, perché quei muli non avevano più voglia di trottare in branco su per l'altopiano sotto le torri di roccia rossa – come quelli che avevo visto una volta a Marietta, in Nevada, vicino alla vecchia miniera di Candelaria –, ma gironzolavano pigramente, in attesa di turisti che li sfamassero.

Era, Oatman, un luogo splendidamente esagerato, dove Clark Gable e Jean Harlow avevano trascorso la loro prima notte di nozze: c'erano le loro firme nel vecchio librone del decaduto Oatman Hotel. Il paese sapeva di Disneyland. Un luogo che prima ti portava cent'anni indietro e poi di colpo oltre il buon gusto, come quando cinque tizi vestiti da cow-boy scesero in strada verso le tre del pomeriggio a recitare il loro duello giornaliero, in un incredibile miscuglio di luoghi comuni e luoghi di memoria, passione e parodia del ricordo. Un cocktail indigesto ovunque, tranne che lì in America. Dove pure la buffoneria sa essere culto: in fondo un vecchietto western, alla George "Gabby" Hayes o alla Walter Brennan, altro non era che un finto-sceriffo di Oatman, che sapeva far ridere e ridere di sé. Che altro se no?

Mi bastò fare due miglia, risalendo i tornanti sassosi del Sitgreaves Pass, per passare dal riso alla malinconia. Un cartello diceva: questa è Goldroad. Però io vedevo solo erba, cespugli, muri cadenti di una vecchia catapecchia, ricoveri degli attrezzi. Mi fermai subito dopo una curva a gomito, dove la strada prendeva a salire ancora più ripida. Parcheggiai Uccello di Tuono accanto a un pick-up del suo stesso colore. L'uomo del pick-up era in piedi, dieci metri più in basso, sulla scarpata. Un signore anziano.

– Non ce n'è più. O è talmente nascosto in profondità che ci vogliono macchine speciali per tirarlo fuori.

– Scusi?

– L'oro. Non è qui per l'oro?

Pensai che mi prendesse in giro. Ma quello continuò.

– Ce n'è ancora di oro, ne sono sicuro. Mio padre era prospettore, vuole che non lo sappia? Ma per ora sto cercando un certo tipo di pietre speciali, non l'oro.

– Ah...

Sembrava un po' suonato. Ma era cordiale e gridava le sue frasi per farsi ascoltare.

– Qui c'era un paese, un vero paese. Dove ci sono le due macchine, lì, c'erano due case. Fino a metà degli anni trenta qua si faceva fortuna.

– C'era sul serio l'oro?

– C'era? Ma lo sa quanto ne hanno tirato fuori da qui in un secolo? Sei milioni di dollari. Non uno di meno.

– E c'era un paese?

Mi fece segno di aspettare, ché continuavamo a parlarci a dieci metri di distanza. E il vento era forte. Risalì sullo stretto sentiero e venne verso le nostre auto. Aprì la portiera del pick-up e dalla tasca interna tirò fuori una busta, e dalla busta una fotografia in bianco e nero, che doveva aver mostrato infinite volte, tanto era sgualcita. E su quella foto si vedeva la curva dove stavamo chiacchierando e intorno un mezzo paese: contai dodici case, dove ora c'era soltanto sterpaglia, ma altre dovevano essere appena fuori dall'inquadratura. A Goldroad era andata peggio che a Jarbidge, era morta con l'arrivo dell'interstate e non aveva le facciate western di Oatman per potersi riciclare. E poi tutti avevano fame d'oro: lo cercarono dappertutto, anche sotto le fondamenta delle case che decisero di abbattere perché lì, tanto, non sarebbe più passato nessuno. E invece la Route 66, quello che ne rimaneva, scorreva ancora su quella vena quasi disseccata e resisteva eroica, accarezzata da pneumatici di viaggiatori nostalgici dell'on the road anni trenta, quello doloroso della Depressione. E anzi, sembrava rammentare che un tempo, mentre la nazione era a terra, lì intorno il mondo sembrava pieno d'oro. Solo che quando l'America resuscitò se ne andarono tutti: esaurite la vena, la storia, la pazienza. Laggiù, come raccontava il cartello, c'era Goldroad. Ora bisognava immaginarsela.

"Quando cade una foglia, le dico sempre addio," aveva scritto Jack in *Visioni di Cody*. E Goldroad era una foglia d'oro. E prima di filare sul rettifilo di un arido plateau, alla volta di Kingman, salutai quella città fantasma con le prime strofe di *Black Crow Blues* di Bob Dylan: "I was standing at the side road/ listening to the billboard knock", ("ero in piedi sulla strada secondaria/ e ascoltavo il cartellone sbattere"). Io ero in macchina con Dylan che cantava e a sbattere nel canyon pensava solo il vento.

Kingman era una sfilata di motel sulla vecchia 66, mentre la I 40 correva sopraelevata e per andare a est, finalmente, aveva scelto di tirare diritta fino a Ash Fork, senza coprire con sei corsie l'antica route, ma lasciandola vagare più a nord come l'ansa di un fiume deciso a prendersi le sue libertà di letto.

Era a Kingman che Jack – con Saijo e Welch – era rientrato sulla 66 dopo una deviazione per Las Vegas e la Hoover Dam alla fine degli anni cinquanta. Ed era a Kingman che l'ex soldato Tim McVeigh l'anno precedente si era nascosto per tre giorni con le sue bombe prima di andare a far saltare il Federal Building di Oklahoma City, il più grave attentato terroristico della storia americana, il crimine più odioso commesso da un americano contro gli americani: centosessantaquattro morti e una ferita difficile da rimarginare. Un cratere nella bandiera.

McVeigh. Il patriota delle milizie, il decorato della Guerra del Golfo. Si era nascosto in uno di questi motel, poi aveva preso la Route 66, la Mother Road, e l'aveva percorsa tutta fino a Oklahoma City: aveva viaggiato con le sue bombe sulla più americana delle strade, sulla storia stessa d'America. Voleva dire qualcosa? E che razza di on the road era quello? Mi tornò in mente *La caduta dell'America*, il grande poema di Ginsberg. McVeigh era il figlio malato ma legittimo di quel paese, di quegli anni, denunciati in versi, con dolore e lucidità.

Entrai in un grande magazzino, comprai la cassetta di Springsteen con la ballata di Tom Joad – ero sulla rotta di *Furore* e delle "scatorciate Buick della Depressione"– e una confezione gigante di bubblegum. Poi, prima di continuare sulla 66, presi a nord verso Las Vegas, uscendo quasi subito e risalendo a destra verso Chloride, dove avevo letto che un pittore di nome Pourcell dipingeva i suoi affreschi sulle pareti di roccia dei canyon. La strada per arrivare fin lassù era un'incredibile *dirty road*, degna del vecchio Burr Trail dello Utah. Il paese era deserto, con tre vecchie pompe di benzina fuori uso, e camioncini arrugginiti lasciati lungo la strada. Per arrivare all'atelier a cielo aperto bisognava fare altre quattro miglia, ma infine, dietro una curva, cominciavano ad apparire sassi d'ogni colore che sembravano pezzi del vecchio muro di Berlino. Un canyon multicolore, invisibile dalla valle: vi erano raffigurati paesaggi e curiosi strani uccelli e poi strambe policromie, piene di estro ma quasi basic, elementari.

Pensai: fra centomila anni li scambieranno per dei petroglifi – quelli che avevo visto sopra Thompson, Utah, lungo il Sego Canyon – e saremo tutti fratelli e coetanei, da Neanderthal fino a oggi. Più si dilata il tempo, più si avvicinano le storie, gli eventi, i secoli. E si azzerano le sfumature: che ne sarebbe stato di Chloride, sfumatura nel deserto, già quasi disabitata? Scattai una foto al vecchio distributore ("una malinconica pompa della benzina e non più persone"), e mi infilai al Wheeler Inn, per un burger alle cipolle e birra ghiacciata. Era l'unico food di quel posto dimenticato, dove un Wyle E. Coyote, fatto di eliche e girandole, montato sopra un cancello, continuava a mulinare le zampe spinto dal vento, inseguendo un invisibile, irraggiungibile, Beep-Beep.

Quando tornai sulla 66 le ombre già si stavano allungando. E solo allora mi resi conto di avere il sole alle spalle, dopo migliaia di miglia e di tramonti visti in faccia, di sole radente sparato sul viso. Stavo davvero tornando a est, o a essere sincero: stavo "andando" piuttosto che "tornare". Perché aveva scritto Jack in *Big Sur*: "Sono sempre pronto a fuggire, a tornare indietro all'altro lato dell'America, ma non a una vita mia neppure all'altro lato, soltanto un estremo girovagare". Un continuo andare. Che è la voglia che prima o poi sfiora ogni persona, anche quelle che credono di esserne immuni. In fondo, dopo tanto scetticismo verso quel vorticoso correre, quell'errare e mai fermarsi di Jack e Neal negli anni quaranta, non toccò più tardi anche ad Allen Ginsberg desiderare un camper per "andare a girare gli Usa, Detroit, Phoenix, Pocatello, Pittsburgh, per vedere come sono gli Usa whitmaniani nel 1965"? Bene, io stavo vagabondando col desiderio di vedere cosa fosse rimasto degli Usa *kerouachiani*.

E Ginsberg proseguì così quella sua frase: "Voglio andare qualche giorno sulle montagne del Pacific Northwest con Gary Snyder per visitare le tribù indiane". Beh, anch'io, un'ora dopo, sarei entrato nella prima riserva indiana di quel mio viaggio. Quella degli Hualapai che avevano l'agenzia a Peach Springs, sulla Old 66, anche se il loro territorio correva a perdifiato verso nord, fin quando non si apriva sulla loro riserva la più fantastica voragine della Terra, dove la terra precipitava, quasi a picco, con pareti aggettanti che il Colorado River si era incaricato di scolpire. Sarei passato trenta miglia a sud del Grand Canyon.

Ma prima di arrivare a Peach Springs – dove gli Hualapai rilasciavano permessi di pesca e rafting – poco oltre Kingman, capitai nel piccolo regno felice di Hackberry, Arizona, un posto che si poteva solo immaginare. E invece era lì, con la sua vecchia gas station, ormai dogana della nostalgia per i viandanti che ripercorrevano l'antica route.

Fino al '93 quel luogo era stato governato da Edwin Waldmire, un avvocato di pace, libero pensatore e filosofo, studioso di Tom Paine, collezionista di libri e vorace viaggiatore. Era nato nel 1916 e sulla Route 66 aveva scorrazzato per decenni. L'aveva vista al massimo della gloria, eroina d'asfalto, strada per i sogni, stradachioccia degli americani. E poi ne aveva vissuto la lenta decadenza, la suggestione appassita e infine la rimozione, toponomastica e quasi morale.

Ora il suo general store del '34, col giardino di cactus, una sorta di minuscolo ostello, la libreria e i minerali del deserto in vendita, oltre a ricordare il passato della 66, ricordava i settantasette anni di quel vecchio signore che lì aveva regnato, prima di andarsene in pace. Al suo posto trovai un maturo Robert Waldmire, che non rispose quando gli chiesi se fosse il figlio, il fratello, un altro parente di Edwin, o qualcuno che ne aveva preso il nome per non disperderne la memoria. Silenzio e uno strano sorriso anni sessanta, carico di comunione. Sul tavolino aveva una vecchia copia di *Desert Solitaire* di Edward Abbey, sulla parete una cartina larga ventiquattro piedi, disegnata di suo pugno, che riportava tutti i canyon, i fiumi, le montagne, le valli, dove correva la 66, e di fianco un'altra carta, appena più piccola, con sopra il mondo intero e spilli conficcati sopra ogni paese, per contare gli ospiti di passaggio e tenere aggiornata la geografia dei viandanti.

Robert mi offrì un tè, parlammo di Abbey, l'ultimo campione

della wilderness americana, e mi regalò un'altra cartina dell'Hackberry station e della Route 66, anche quella disegnata da lui. Per sdebitarmi acquistai dal suo angolo di libri usati un altro romanzo di Abbey – *The Monkey Wrench Gang* – e poi appuntai uno spillo dalla capocchia gialla nel bel mezzo dell'Italia, uno spillo che Robert mi aveva consegnato in modo quasi solenne, come una sorta di investitura. Feci in tempo a vedere una trentina di spilli, conficcati lungo tutta la penisola. Chiesi la classifica dei passaggi europei: molti tedeschi, poi i francesi, staccati tutti gli altri. E lo disse con un tono da radiocronaca che mi ricordò le pagine di Jack ne *Il Dottor Sax*, quando da bambino lanciava le sue biglie per la seconda corsa dei cavalli e le accompagnava al traguardo, declamando nomi, trama ed esito della competizione con quel tono professionale che solo i bambini sanno avere. Anche quelli che ritagliavano le figurine dei ciclisti del Giro d'Italia dalla prima pagina del "Corriere dei piccoli" e prendevano a farli strisciare sul pavimento, impolverati alla fine più di quelli veri.

Era già buio quando arrivai a Seligman e vidi l'insegna del Canyon Shadows. Presi una camera, quindi andai al saloon a farmi una birra e a mangiare qualcosa. La sorpresa fu trovarvi un buffet aperto a tutti, allestito con ogni cura: c'era la partita di baseball quella sera e tutto il paese era lì a guardarsela, a pagare da bere e a farsi offrire da mangiare dal proprietario. Ero finito in una comunità del vecchio West, quelle che Kerouac, intristito, vedeva sparire da sotto i suoi occhi cinquant'anni prima, quando scriveva che "il peccato dell'America è che le sue strade sono vuote – le case sono tante roccaforti – non c'è più il senso del quartiere, del vicinato".

E invece quella era una comunità, persino un po' speciale. E aveva una sua storia, legata alla *sua* strada. Angel, il vecchio barbiere di Seligman, era quel signore romantico che dieci anni prima aveva avviato la rinascita della 66 e costituito la prima Historic Route 66 Association, quella dell'Arizona. Mi trovavo nel luogo natale della memoria e della nostalgia di quel nastro d'asfalto. Gli altri Stati avevano approvato l'iniziativa e seguito a ruota il piccolo paese dimenticato: in poco tempo erano nate l'associazione del Texas – a memoria di quel tratto della 66 che lo attraversa all'altezza di Amarillo – poi quelle dell'Oklahoma, del Missouri, del Kansas, del New Mexico e naturalmente dell'Illinois e della California, capo e coda del lungo sentiero.

Con i fratelli Joey, quello del negozio di spezie, e Juan, quello della rivendita degli hamburger, Angel Delgadillo aveva resuscitato una passione americana, l'aveva riaccesa, e nello stesso tempo aveva puntellato la dimenticata Seligman con l'economia spicciola del turismo a motore, strappandola a un futuro da ghost-town. E ora Seligman era tutta lì, in piedi, nel Black Cat saloon, a guardarsi la tv, come nei vecchi bar della provincia italiana.

Era al Black Cat che avevo incontrato quel tipo un po' bevuto che mi aveva parlato di Innsbruck e Bolzano, di Trento, Venezia e Trieste negli anni sessanta: piccoli sprazzi di memoria nel mezzo di ricordi vaghi e anche un po' stanchi. Mi aveva chiesto: "Ma quella strada, dalle Alpi al mare, è importante per voi come la 66?". Gli avevo risposto di no. Poi però ci avevo ripensato, certo che era importante. E gli avevo spiegato che era stata combattuta una guerra, una Grande Guerra, sul limitare di quella strada. "Solo che da noi si dimentica più facilmente," avevo aggiunto. Lui fece sì con la testa, ma non avrei saputo dire se avesse capito davvero ciò che intendevo.

Tornai al motel pensando a mio nonno Cesare, al fronte nella guerra '15-'18. E a tutte le storie e alle memorie collettive che s'erano seccate. Tolsi la sovraccoperta di fiori appassiti come quei ricordi. E passai in rivista le immagini delle persone incontrate quel giorno, la loro feroce capacità di riesumare il passato.

19. "UNA STRADA COME QUELLA 'NEL SEGNO DI ZORRO'"

La radio ripeté per il terzo giorno di fila: tempo sereno. Il cielo sembrava un baldacchino blu disposto a seguirmi ovunque. Così quella mattina mi gustai l'ultimo brandello di Route 66 verso est, dieci miglia in tutto, da Seligman a Ash Fork, prima di vederla scomparire nuovamente, sotterrata dalla interstate che l'avrebbe liberata solo di tanto in tanto, lungo quei tratti cittadini che l'autostrada non era riuscita a divorare, come a Williams, a Flagstaff o a Holbrook.

Avevo di nuovo nostalgia di quei viaggi che erano avventurosi già nella scelta di affrontarli. Sentieri per pochi: macchine rade, distanze che sembravano enormi, perché quello "era il tempo della strada, la strada degli anni Trenta, lucido asfalto nero," ricordava Jack. E di nuovo nostalgia per vecchie insegne di motel, ciascuno con la sua fantasia architettonica, il suo colore pastello, le frecce al neon, il nome cubitale, splendente, lucido di vernice, ora abbandonato, cadente, corroso dal tempo, dal fallimento, ma a volte ancora in piedi per miracolo, come quei posti che avevo visto a Cimarron, nel New Mexico, o a Truxton il giorno prima, sulla 66. Non erano male neppure un paio dei vecchi motel di Williams che sfiorai quella mattina; sembravano portare con dignità gli acciacchi del tempo. Forse perché a Williams tutto aveva un'aria da turismo imbiancato, lucido, ben conservato, molto a modo: c'era il Grand Canyon appena più a nord e fin dal primo mattino i pullman scaricavano gruppi, dollari, lingue d'ogni tipo e continente. Quel paese che gemmava nel verde a quell'ora sembrava un'arca.

Pensai a Jack che quel giorno, in macchina con Welch e Saijo, non fece in tempo a salire fin sul bordo della Grande Faglia e tirò diritto, rammaricandosene. Anch'io, fin dalla sera prima, avevo deciso di rinunciare alla visione e di fuggire da quel fiume tranquillo di torpedoni che si preparava a risalire il Coconino Plateau per visitare la meraviglia: conservavo del Grand Canyon un ricordo arrossato, all'ora del tramonto, e quello di un volto splendido di fanciulla che lo osservava, che mi osservava. Lei portava una canottiera rossa come le mesas e aveva gli occhi che luccicavano nell'aria secca del Desert View Point. Portava i jeans, orecchini d'argento e turchese, e un piccolo cappello di paglia. Sorrideva alla vita e pure a me, ed era splendida. No, non volevo tornare lassù. Mai tirar fuori i ricordi per indossarli di nuovo. La taglia dei pensieri non è la stessa e i momenti perfetti non tornano più. Quando va bene, si finisce per sentirsi ridicoli.

Perciò continuai verso est fino a Flagstaff, la cittadina dove Jack imboccò per la prima volta la 66, nel 1947, dopo esser passato da Blithe, Salomé, Wickenburg e Prescott. Ma anche il posto dove Neal-Dean, il giovane Neal-Dean finito in prigione, si cambiò d'abito dietro una vecchia pompa di benzina, dopo essere fuggito dal penitenziario giovanile nel 1944. Raccontò a Jack-Sal in *On the road*: "Mi arrestarono in Arizona, il carcere era decisamente il peggiore che mi sia mai capitato. Dovevo scappare e così feci la più straordinaria evasione della mia vita. (...) Per evitare torture varie, come i getti d'acqua e una cosiddetta morte accidentale che mi pendevano sul capo, mi toccò squagliarmela da quei boschi lungo il costone in modo da tenermi lontano da viottoli e sentieri e strade".

S'era liberato della divisa da galeotto dietro un distributore di benzina, lì sulla vecchia Mother Road che ora era diventata quasi una strada del centro. Bighellonai tra le stazioni di servizio per vedere quale profumasse d'antico, dietro quale ambientare la fuga del ragazzo Cassady, che sarebbe scappato a Los Angeles, sulla strada, camuffato da benzinaio, come uno di quei giovani tizi dalla tuta impeccabile che spuntavano, la carta stradale in mano, pronti al servizio della famigliola in viaggio, sui risvolti delle vecchie mappe di benzina, che ormai mi divertivo a cercare in tutti i robivecchi che mi capitavano a tiro. Ne avevo trovata una della Signal Gas, una marca oggi scomparsa, dove il benzinaio immortalato sul pieghevole aveva la stessa faccia di Neal quando abbraccia Jack, in quelle foto del '49 che Carolyn Cassady scattò ai suoi due uomini, al marito e a quella specie di amante che vivevano sotto lo stesso tetto, andavano e tornavano dai loro turni di ferrovia e d'amore, dandosi il cambio, regolari, nell'armonia dissonante di quel ménage.

Qualche giorno prima avevo letto un reportage sulle violenze dei secondini in un carcere dell'Arizona: detenuti obbligati a strisciare davanti alle guardie che li prendevano a calci e li sottoponevano a umiliazioni d'ogni tipo. E non riuscivo davvero a far combaciare la leggerezza con la quale Cassady parlava dei suoi giorni, anche i più neri, quelli della galera, con l'angelo nero di quella ferocia gratuita, che si agitava in ogni angolo di quel paese che stavo solcando, quell'insofferenza esasperata, esplosiva. Non si trattava di innocenza perduta, ma di quotidiana assunzione di colpevolezza. Ma forse era sempre stato così, sotto la pelle d'America.

Neal ne era venuto fuori e s'era salvato, secondo il racconto di Jack, quando "apprese che la gente non è buona, che vuole essere cattiva," quando "l'America modellò le ossa del viso di un giovanotto e prese vernici scure e gli tinse di nero le occhiaie, e gli incavò le guance e gliele spallidì di biacca (...), e trasformò un'ardente buonavoglia in saggezza silente, nella saggezza di non dir mai nulla, neanche a te stesso, nel cuore maledetto della notte".

Era dolce Flagstaff quel mattino, tiepida e sonnolenta, anche se le San Francisco Mountains erano ancora chiazzate di neve. Mangiai una gran fetta di torta da Charly's, un locale frequentato dagli studenti del campus, sistemandomi giusto davanti alla vetrina che guardava la strada. Fu allora che vidi quello strano edificio, un hotel, che sembrava venire da lontano. Si arrampicava su tre piani di mattoni rossi e dal tetto lasciava partire lunghe braccia di ferro, tentacoli di tubi che salivano per altri dieci metri e reggevano la grande scritta rosa, color deserto d'Arizona: Hotel Monte Vista. Chiesi a una ragazza cosa fosse diventato quell'edificio un po' decaduto.

– È sempre un albergo, il vecchio albergo degli attori.

– Quali attori?

– Quelli che venivano a girare da queste parti i film western, ma è stato tanto tempo fa.

– E adesso?

– Gliel'ho detto, è un vecchio albergo, con le stanze grandi, quelle di allora per intenderci. Tutte portano il nome dell'attore che ci dormiva durante le riprese dei film. Lo so perché vado spesso a sentire musica lì al Monte Vista. Al piano terra c'è un jazz club.

Guardai l'albergo con la stessa considerazione e rispetto che avevo riservato al vecchio Hotel d'Alsace di Parigi, che oggi si chiama in altro modo, l'hotel di Oscar Wilde e Jorge Luis Borges, il prototipo dell'hotel letterario. Quello strano monumento in mezzo a Flagstaff, con vista a nord sulle vette delle San Francisco Mountains, quando l'anima delle visioni e dei belvederi più affascinanti non era ancora il deserto che sta a sud – la faglia dell'Oak Creek e Jerome, Sedona e i vortici della New Age –, quello strano palazzo rosso, col barber shop accanto all'ingresso, prese ad attirarmi i pensieri e le intenzioni. Quel giorno avevo in testa di andare sempre più a est, fino a entrare nel New Mexico, ma non seppi resistere.

– Avete una camera?
– Sì, certo. Gliene faccio vedere due con vista. Ha preferenze?
– Solo cinematografiche.
– Beh, io le faccio vedere la Gary Cooper e la Alan Ladd, sceglierà lei.

Salimmo ai piani e la gentile signora me le mostrò. Quella di Alan Ladd era più grande e più bella. E poi *Shane*, sì insomma il cavaliere della valle solitaria, richiamava alla mente il *Viaggiatore solitario* di Jack. Inoltre in *Visioni di Cody* c'era quasi una pagina intera dedicata ad Alan Ladd e a un suo film. Sarei andato a controllare.
– Prendo questa.
– Bene, scendiamo così può riempire il formulario.
– Ah, scusi, quest'altra camera è libera?
– No, questa è già occupata, mi spiace.

Avevo visto la Jane Russell room, accanto alla Ladd, ed ero stato assalito dalle visioni de *Il mio corpo ti scalderà* e di come la ragazza prendeva la vita e gli uomini sempre di petto. Peccato non fosse libera per quella notte. Chissà chi ci dormiva in quella camera... "Un signore," rispose telegrafica la donna che mi aveva accompagnato di sopra, con un tono che voleva dire: non sono fatti suoi. Di certo, doveva essere un signore che preferiva le more.

Cercai un posto tranquillo per rileggermi il libro che avevo in valigia e ritrovare quella pagina su Alan Ladd, rimandando a più tardi l'esplorazione della camera. Avevo ancora un bel pezzo di mattina davanti e così andai da Bookman, il più grande magazzino di libri usati di Flagstaff – me l'aveva suggerito la ragazza da

Charly's – anche per sbirciare qua e là tra gli scaffali e prendere un altro caffè, ché quei posti profumati di chiuso, di carta giallina e colle secche, in America offrono sempre un caffè. Cosa c'era di meglio di un divano un po' sfondato, sistemato tra una montagna di libri, per sorseggiare un po' di brodo nero? Cominciai a esplorare gli scaffali, raccolsi quattro o cinque volumi che mi sembravano interessanti e mi misi a sfogliarli in santa pace sul mio trono di velluto consumato.

Mi affascinò uno strano libro sui vecchi saloon dell'Arizona. Era il primo volume che avevo preso tra le mani e non passarono neppure dieci minuti che ero di nuovo nella Thunderbird verde – già, una Thunderbird, ma non si chiamava Thunderbird anche il vino da 79 centesimi la bottiglia che Jack si scolava nelle notti di Times Square? – e me ne andavo a sud sulla interstate 17 in direzione Phoenix. No, non volevo arrivare fin laggiù, alla capitale. Sarei saltato fuori all'uscita del miglio 248, che non portava alcun nome di località impresso sulla carta stradale. E di lì avrei preso la dirty road per Crown King, per vedere se quello che avevo appena letto era vero.

Perché quel libro recitava: "Ci sono solo cactus saguaro e paesi abbandonati, ma prendendo una strada non asfaltata per ventotto miglia, lungo l'antico tracciato di una linea ferrata, vi troverete all'improvviso a duemila metri, tra abeti e montagne. Lì c'è la vecchia miniera di Crown King e il suo saloon, ancora in funzione". Un saloon ancora in funzione? Una strada tra i saguari del deserto e gli abeti? Era così fantastica e stramba quella miscela che non rimaneva che stare al gioco e andare a vedere. In fondo, il libro era stato stampato soltanto tre anni prima.

"Sprono il cavallo e ci lanciamo faticosamente al galoppo. Sono un uomo del West." Anch'io mi sentivo un po' così, come il piccolo Jack quando aveva sei anni e giocava al cow-boy. Quando si smette di giocare si è perduti, pensai. Ero felice come un bambino, guidando in direzione sud. Andai verso Phoenix per circa settanta miglia, prima di imboccare la mia uscita, prima che l'asfalto svanisse di nuovo. Stavo per rimontare un'altra vecchia pista. Lessi su un cartello arrugginito: Crown King, 28 miglia. Non ne avrei trovati altri.

Tutto era verde, il mondo era verde e profumava di fiori che non vedevo. Anche i pali della luce sembravano punte di sotol e i saguari c'erano davvero: grandiosi e nudi, come crocifissi in fiore, cartelli indicatori, candelabri di spine. Uno accanto all'altro, anche vicinissimi, senza mai riuscire a far foresta: tronco, ramo e foglia tutti racchiusi in un palo verde. Non ci sono cactus più belli e nobili dei saguari. Piante che allungano le braccia centenarie, come per abbracciarti, mai per chiedere la carità, ché a loro basta una goccia d'acqua ogni tanto per sopravvivere.

Il primo paese, di cui non ricordo il nome, era una ghost-town: sei, sette case di legno pendevano su se stesse, equilibriste in bilico, come ne avevo viste solo a Tuscarora, nel Nevada. Grandi assi di legno sbarravano le porte, come in un set western, solo che lì era tutto vero, come vero era stato quel paese che non era più un paese. La strada sobbalzava, si ingobbiva, risaliva, accidentata ma larga, la Towers Mountain. Alla radio una stazione di Glendale trasmetteva i Counting Crows. E io andavo sparato con la marcia automatica per le pendenze, lasciando una scia di polvere rossa come una diligenza in ritardo.

Quel sentiero saliva lento con grandi tornanti che andavano a posarsi sulle spalle robuste della montagna, come per farle coraggio: era il tracciato della vecchia ferrovia, che ammorbidiva le curve, tagliava le pareti di roccia e testardo andava sempre più su. Sembrava una di quelle strade dove scendeva a zig-zag nientemeno che il cavaliere mascherato, e anche Jack raccontò di "una strada come quella ne *Il segno di Zorro* e simile a tutte quelle che si vedono nei film western di seconda categoria". Dopo una decina di miglia incrociai una macchina che rallentò per non farmi mangiare la sua polvere. Feci altrettanto. Ci sfiorammo a dieci miglia all'ora sfoderando entrambi un saluto. E il guidatore dell'auto, con un cappellone da cow-boy e un paio di baffi neri, aveva la faccia di chi s'era appena fatto una birra fresca in un saloon. Ci avrei scommesso. Decisi che il saloon esisteva ancora ed era aperto.

Ed ecco che apparvero gli abeti, un grande bosco d'abeti e l'aria si fece frizzante. I saguari erano spariti da almeno tre, quattro miglia. Pensai alla locomotiva che sbuffando s'inerpicava col suo vagone appresso, come nel libro sui treni western che avevo comprato a Chicago. Dov'era finito quel binario invisibile? Seppi poi che si chiamava Murphy il tale che portò la ferrovia in cima alla Towers Mountain alla fine dell'Ottocento: era un folle pieno di genio, un matto testardo, uno di quelli che avevano fatto un pezzetto d'America. Sarebbe piaciuto anche a Kerouac, "perché gli unici che contano per me sono i matti, gente che è abbastanza pazza da vivere, da parlare, da lasciarsi salvare, da desiderare tutto e subito". Ecco perchè Jim Morrison diceva che i Doors dovevano molto a Jack: uno slogan innanzitutto. Insomma, "quelli che non sbadigliano mai, che non parlano per luoghi comuni, ma bruciano, bruciano, bruciano e sembrano fuochi d'artificio gialli che esplodono, aprendosi come ragni tra le stelle". Quelli come Neal: quella frase infatti era stata scritta per lui, per il cavaliere delle strade. Anche strade come quelle, che assomigliavano ai sentieri impolverati che rimontavano le Rocciose da Denver su verso Central City.

Ero ormai immerso nel bosco quando comparvero sulla destra vecchie case in legno, tettoie di baracche e l'ingresso ostruito di una miniera. E, più avanti, su un tronco una scritta e una freccia indicavano: "store e saloon". Dietro la svolta, un piccolo ponte. Di là dal ponte, Crown King era tutta lì: un negozio di alimentari, provviste, attrezzi, un po' di tutto e accanto il saloon, in un bell'edificio di legno con porticato.

Quando aprii la sua porta-zanzariera e poi quella di legno, mi trovai di colpo dentro un covo di "memorabilia" del vecchio West. Ero in un grande salone con tre tavoli tondi di lato, il bancone in fondo, sulla destra, e le pareti ricche di tutto: vecchi calendari, corna d'alce, dagherrotipi, fotografie della vecchia miniera, della stazione di Crown King – certo, ci doveva essere anche una stazione – e del treno che sbuffando, gli uomini a piedi al suo fianco, arrancava per i tornanti che avevo appena risalito. In un angolo faceva bella mostra di sé una grande foto in bianco e nero, riprodotta pure in cartolina e in vendita assieme alla birra e agli hot-dog. Era la fotografia di un gruppo di minatori, quattordici volti barbuti e baffuti, che facevano molto pioniere o ex pioniere. E in mezzo, seduto in prima fila – la foto sembrava quella di una squadra di calcio: quelli davanti seduti e quelli dietro in piedi – una bella faccia da italiano, da latino insomma, che risaltava tra gli sguardi severi e stanchi dei compagni per via di un sorrisetto che tratteneva a fatica. Comprai la cartolina e solo più tardi mi accorsi che sotto c'erano pure i nomi dei minatori, riportati tutti in fila, in basso, da una stessa calligrafia, forse quella di Murphy: tutti nomi d'America o di Britannia o d'Irlanda o di Germania. Ma nel mezzo anche quello di un tale Lugli. Doveva essere lui, "sorrisetto".

Mi sistemai a un tavolo, con una birra, dopo aver appeso al solito soffitto di legno, tempestato di fogli da un dollaro, tutti firmati e datati, tutti souvenir di chi c'era stato e voleva tornare, una banconota da mille lire, che il padrone del saloon non aveva mai visto. Sembrava contento e mi mostrò le uniche due banconote straniere ricevute fin lì: una era tedesca e l'altra canadese. Ero soddisfatto di aver firmato quello strano libro dei visitatori di Crown King.

E davanti alla birra cercai la pagina su Alan Ladd, il fantasma della mia prossima notte, che era stato Gatsby nel film su Fitzgerald e la Lost generation, patrigna di quella Beat generation che andavo rovistando lungo la strada. Il film di Ladd che Kerouac ricordava era *Una pistola in vendita,* che aveva visto la sera prima d'imbarcarsi nel '42 per la Groenlandia. Un film con "un cavalcavia sopra un buon miglio di binari con carri-merci che Alan Ladd ci saltava su". Come gli hobo. Come Jack. Treni, pianali, vagabondi americani, ultimo fronte mobile del pionierismo: alla fine si tornava sempre lì, alle nostalgie per la Lost America. Ritrovata a Crown King, ventotto miglia di polvere, nel cuore dell'Arizona.

20. "FINO ALLE INEVITABILI MESAS DOVE TERMINA L'ORIZZONTE DEL WEST"

Nel cielo bighellonavano solo tre nuvole disoccupate, la più grande ricordava un cappello da cow-boy. Stavo attraversando Prescott, per tornare sulla 66, e mi misi a pensare a dove condurre Uccello di Tuono nei giorni a venire. Volevo percorrere ancora un bel tratto di Mother Road, almeno fino al Texas, se non a Oklahoma City, e poi magari virare giù in basso, dove un altro scrittore mandava a vagabondare i personaggi dei suoi libri, ambientati negli anni quaranta. Lo scrittore era Cormac McCarthy, che aveva chiamato due suoi personaggi Grady e Rawlins, quasi come Gray e Rawlins che stavano nella pagine di Denver di *On the road:* quell'analogia mi era sembrata per lo meno bizzarra. E la terra di McCarthy era El Paso, dove Jack e Neal erano passati rombando nel viaggio forse più folle di tutti, il più loro.

Però c'erano anche altre tracce di Jack che mi sarebbe piaciuto seguire e che andavano verso nord. In quel caso sarei passato per la terra di un altro scrittore che mi era caro: Tony Hillerman, il giallista delle riserve navajo. Negli ultimi due anni mi ero bevuto tutte le sue storie, recuperando in Francia quelle che in Italia non erano ancora arrivate.

Pensavo ai paesaggi letti nei libri che presto avrei incontrato, e mi chiedevo se ci fosse ancora posto per qualche emozione. Avevo fatto il pieno di stupore, eppure volli aggiungerne una: la più grande. Accadde a Williams, perché ero di nuovo arrivato lì, nello stesso punto dove avevo sostato di primo mattino, in mezzo all'arca dei popoli turisti. Avevo fatto un gran giro per tornare al punto di partenza, ed erano appena le quattro del pomeriggio. Mi fermai a guardare i pellegrini che tornavano dal Grand Canyon: avevano gli sguardi sereni e pacificati che ben conoscevo. Aprii la carta stradale: sessanta miglia appena e sarei stato di nuovo sul terrazzo di pietra dello Yavapai Point a vedere il tramonto sopra la Grande Ferita. Il cielo era appena screziato di bianco e io crollai quasi subito: dimenticai i granitici intendimenti del mattino e presi la 64 in direzione nord, verso il mattino del mondo, la terra più corrosa e spettacolare d'America, "l'aria gremita di rimorsi, di pietose nostalgie".

Era un affascinante cut-up, quel prender brandelli di frasi da Kerouac, assegnando loro un nuovo posto nei vecchi luoghi, in uno strano disordine che a me sembrava musicale. Come se leggendo certe frasi e scrutando il loro orizzonte reale, seppure postdatato – o soltanto osservando una stazione di servizio o un binario in fuga verso chissà dove – i conti con l'emozione finissero comunque per tornare.

Ero sul balcone dello Yavapai Point e quello contava. Nakai suonava il flauto dentro altoparlanti invisibili: una nenia indiana struggente e malinconica. Guardai giù a cercare uno spicchio di fiume, la Grande Ferita era così profonda che non se ne vedeva la fine: da lì il melmoso, rugginoso, denso Colorado River si poteva soltanto immaginare. E il silenzio era così persistente in quel luogo, che nessuno intendeva tradirlo.

Non c'era troppa gente sul belvedere e infatti mentre salivo da Williams avevo incontrato una processione di auto che tornava dalla visione. Il sole si esibì in un'ora di spettacolo, giocando con le mesas, le cenge impossibili, le striature sanguigne, le farciture minerali della Gran Torta Millenaria, come il caleidoscopio che avevo da bambino: in ogni angolo una luce diversa, cromature fantastiche, riflessi cangianti. Un'ora in piedi, nell'ultima fila della galleria a cielo aperto: avevo davanti un film, un fotomontaggio o semplicemente la fantasia più eccitata della Terra? Quando ripresi la strada per Flagstaff non ero affatto pentito d'essere tornato in quel luogo: adesso avevo due figurine del Grand Canyon nella mia collezione. E non erano doppioni.

La sera finì in gloria col jazz del Monte Vista. Poi sgusciai nel gran letto in ferro battuto di Alan Ladd – davvero grande per lui così piccino – con un avvallamento nel mezzo e un curioso ondeggiare a ogni movimento, come una canoa lungo il Colorado River in odore di rapide. Mi tirai su per controllare. Alzai la sovraccoperta: c'erano quattro mattoni forati a reggere il letto. Mi venne da ridere. In fondo, non dormivano così anche i pionieri?

Beato – *beat* – chi aveva visto il sole sorgere e addormentarsi sulle terre rosse della nazione navajo. E chi conosceva la leggenda del dio Coyote e le danze rituali degli hopi, le virtù delle bambole Kachina e l'inadeguatezza dell'uomo bianco a vivere in armonia con gli *arroyos* asciutti, le mesas verdi e i plateau stopposi, le antiche rovine degli Anasazi – che Willa Cather raccontò ne *La casa del professore* – e i giochi del sole, delle stelle e delle stagioni tra le feritoie di pietra del Chaco canyon, luogo di sciamani.

E allora, beati John Lephorn e Jim Chee, i due poliziotti navajo – nativi saggi e pure uomini della medicina – protagonisti dei gialli antropologici di Tony Hillerman. Di ritorno dal Grand Canyon, sostando per un caffè a Cameron, appena dentro la nazione navajo, mi erano tornati in mente *Il vento oscuro* e *La maschera del Dio parlante*, *Ladri del tempo* e gli altri thriller ambientati nella riserva, dove il sospettato era sempre un navajo, un hopi, uno zuni, un nativo insomma, ma il colpevole, alla fine, sempre un bianco. Perché il bianco conosceva meglio d'ogni altro il potere della corruzione, la fame di denaro, la necessità del possesso, ignorando ogni giorno di più l'antico rapporto tra uomo e natura.

Rivedevo sfrecciare, tra l'ufficio tribale di Shiprock e una danza purificatrice, le volanti a sirene spiegate di Lephorn e Chee nelle solitudini delle terre rosse, "una distesa," stava scritto in *Visioni di Cody*, "fino ai confini della terra, una pianura, il deserto, voragini, boscaglie, rocce, minuscoli ciottoli che riflettono le più grandi stelle (nelle galassie della realtà) fino alle inevitabili mesas, dove termina l'orizzonte del West, che t'avvertono che il mondo ha dei contorni e la piattezza deve terminare". Quasi una preghiera navajo.

Per questo, una volta arrivato a Holbrook, dopo altre miglia di 66 sotterrata e un paio di 66 ancora viva, in prossimità del paese, decisi di salire di nuovo a nord, per una strada tribale di Navajoland. Non prima però di aver scorrazzato in lungo e in largo per l'Hopi Drive di Holbrook, nel tripudio polveroso di bar per nostalgici viaggiatori e borchiati motociclisti in nero; nel rosario di vecchi motel dai soliti vecchi nomi: Sunr'sand, Sundown, Adobe Inn, Motor Hotel. E, svettante fra tutti, il Wigwam Motel, che inaugurarono negli anni quaranta. Quello strano motel dove, invece dei bungalow in legno, delle cabins che andavano allora di moda, vennero allestite camere circolari in cemento, separate una dall'altra, strutturate esternamente come grandi tende indiane: i wigwam, appunto. Tende-ostello ancora al loro posto, coni rovesciati per giocare con le tradizioni in modo improprio e inesatto, perché gli hogan dei navajos erano sì rotondi, però larghi e il tetto pareva quasi una calotta, mentre le case degli hopi erano, e sono, di fango, quadrate. Ma la Old 66 era l'immaginario, era il cinema, era l'accampamento de *L'amante indiana* e de *Il grande cielo*. E l'America a motore del secondo dopoguerra andava a dormire, nelle notti d'Arizona, in quel West rivisitato, nelle case reinventate di coloro ai quali, in meno di un secolo, aveva portato via la casa e la Terra. L'identità. Spesso la possibilità di sopravvivere. Chiudendoli nei recinti, come le mandrie del Nebraska.

Mesas, incendi di pietra, nessuno in vista. Ero finito di nuovo lungo strade secondarie e stavolta senza alcuna segnaletica, perché i nativi sapevano bene dove portavano quei sentieri e non sentivano la necessità di comunicarlo al prossimo: perché quella era casa loro, ancora casa loro, con buona pace del senatore Gorton. E la difendevano anche così, senza mappare con nomi quei luoghi, descritti con espressioni misteriose, quasi sacre. Sarei stato contento anche di perdermi.

Che piacere sottile avevo provato una sera a Globe, nel sud dell'Arizona, ascoltando la radio che chiamava a raccolta i "giocatori anonimi", le prede bianche del vizio, quelle che ogni sera lasciavano il paese per bersi le poche miglia che li separavano dalla riserva apache di San Carlos e dal brutto casinò, gestito dagli indiani, che sorgeva giusto sulla linea di confine. Il gioco d'azzardo era fuorilegge in Arizona, ma le riserve godevano di autonomia, e potevano inventarsi anche quel triste cubo di cemento senza troppe luci. Molto spartano, ma efficace come sanno esserlo certi castighi. Ricordo che all'interno c'erano due poliziotti tribali a controllare, una donna apache alla cassa, solo bianchi alle macchinette a regalar soldi ai nativi, senza riuscire a farne a meno: viziosi incalliti, indemoniati del gioco, che ogni sera si faceva beffa della buona volontà di rinunciare. Rivedo ancora il sorriso dell'apache in servizio alla porta, mentre una signora usciva nella notte fredda d'Arizona, dopo essersi autotassata come tutte le altre sere: una signora che incontrai di nuovo il giorno dopo a Globe e che mi disse di frequentare senza troppo successo il gruppo dei "giocatori anonimi" del paese, tutte persone che a fatica provavano a uscire dal vizio.

Era la legge del contrappasso. Per un secolo i bianchi avevano distrutto la volontà dei nativi con l'acqua di fuoco, ne avevano piegato e irriso le difese, obbligandoli a diventare alcolizzati, come quel navajo – avrà avuto trent'anni, non di più – che m'aveva chiesto disperato e insistente, quasi cattivo nei modi, qualche dollaro per bere in un bar di Holbrook alle nove del mattino. E ora accadeva il contrario: bianchi che soffrivano dello stesso male e della stessa impotenza. Con tutto il rispetto dovuto ai drammi individuali, come quello della fragile signora di Globe, mi augurai comunque di vedere un fil di fumo alzarsi sull'emendamento presentato dal senatore Gorton: il suo piano per togliere autonomia alle riserve finito in cenere. Sognavo la rivincita delle Cinquecento Nazioni, a cominciare dalla più povera e orgogliosa di tutte, quella di Pine Ridge, South Dakota. A poche miglia da Wounded Knee.

Mi piacevano le ballate di John Trudell, nativo incazzato, e godevo a leggere Henry Miller quando affermava che "sarebbe meraviglioso, pensai, se un giorno gli Indiani riuscissero a sollevarsi e, forti del loro numero, buttarci in mare, riprendersi la terra che abbiamo loro rubato, demolire le nostre città, o servirsene come dei parchi di divertimenti". Avevo ammirato fin da bambino l'orgoglio di quel capo tribù accerchiato dall'esercito che alla richiesta di arrendersi, da parte di un generale in giacca blu, pronunciò sereno quella frase testamento: "Oggi è un buon giorno per morire".

Anche Jack aveva scritto in *On the road*, "the earth is an indian thing": la terra americana appartiene agli indiani. Però spesso guardò gli indiani con occhi venati dai pregiudizi anni quaranta, quelli ispirati dal cinema di Hollywood, prima che si cominciasse a raccontare la vera storia dei vinti e non soltanto la leggenda dei vincitori. "Tutti gli indiani che incontriamo per strada vogliono qualcosa da noi. Non saremmo mica sulla strada se ce l'avessimo." Gli omaha vendettero a Jack del pessimo whisky a Shelton e lo turbarono a Cheyenne, dove "c'era un sacco di indiani, che osservavano tutto con i loro occhi di pietra". E Chad, un personaggio di *On the road* raccontava a Jack-Sal che "quel che mi è sempre piaciuto negli indiani delle Praterie, Sal, è il modo in cui restavano maledettamente imbarazzati dopo essersi vantati del numero di scalpi conquistati. Ne *La vita nel Far West* di Ruxton c'è un indiano che diventa tutto rosso per l'imbarazzo". Era l'America che andava pazza per i film di Hopalong Cassidy sul suo cavallino bianco, quella che lasciava gli indiani gridare in cima alla collina, per poi partire all'attacco. Era l'America che Jack incontrò a Denver, quando scrisse a John Clellon Holmes, "tutti credono in Roy Rogers e Gene Autry. È bellissimo". Quella che produceva film western "con le pazze controfigure di Neal che saltano sui treni dal cavallo in corsa".

Presto la strada diventò un meandro che seguiva le voglie delle rocce. Nessuna traccia di auto della Polizia tribale, nessun fantasma di Jim Chee, anche se Hillerman doveva averlo immaginato nello sguardo di quei due ragazzi che avevo visto tirarsi dietro un cavallo a Indian Wells, villaggio di tre capanne, un pozzo e due furgoni parcheggiati. Poco dopo entrai nella nazione hopi, che sta dentro la nazione dei navajo, povera terra di agricoltori.

Rividi Polacca e poi Walpi sulla Second Mesa, a picco su un costone, grigia come la roccia che abitava, infangata dal vento: un posto dove dodici anni prima avevo acquistato una piccola saliera di creta, quando una donna senza età, una cascata di rughe sulle guance, aveva socchiuso la porta della sua stanza e m'aveva pregato di entrare per guardare se c'era nulla che mi interessasse tra le cose che aveva cotto. Quando avevo pagato, lasciando un dollaro in più, mi aveva offerto del pane fritto.

Per una strada bianca salii a Pinon che era di nuovo terra navajo e poi andai a Chinle, fino al Canyon de Chelly, ieri luogo della tragedia – lì dove i navajo furono sterminati dall'esercito, condotto da Kit Carson nelle gole più inaccessibili a stanare donne e bambini –, oggi un posto per incassare qualcosa, facendo visitare quelle stesse gole a turisti caricati sui camioncini.

Dopo essere sceso a piedi nel canyon, attraverso l'unico sentiero consentito, mi accadde una cosa banale, ma che interpretai come un segnale indiano: sopra le Antelope Ruins uno sbuffo di vento mi scalpò facendo volare via il berretto che mi riparava dal sole. E quello ruotava nell'aria e sembrava non atterrare mai: come un uccello nero scendeva con voli rotondi e lenti, con orbite sempre più strette. Finché si posò in fondo al canyon, duecento metri più in basso. E allora mi tornò in mente che proprio il giorno in cui avevo visto Walpi per la prima volta, avevo dimenticato un paio di scarpe nella camera del motel hopi di Keams Canyon. Ogni volta le Terre Rosse si prendevano qualcosa di mio, come in pegno.

Pensai a cosa avrebbe detto Joe Lephorn il saggio: avevo seminato in quella regione il mio cammino (le scarpe) e i miei pensieri (il berretto). Voleva dire che sarei ritornato lì una terza volta. E mi piacque pensare che la volta seguente avrei smarrito una maglia calda: come a lasciare il cuore in quel paesaggio che l'aveva scaldato. Ero sulla terra della magia hopi e navajo. Avevo letto da qualche parte una confessione di Jackson Browne che raccontava di aver conosciuto una sera, lungo la stessa strada che avevo percorso al mattino, uno stregone hopi e di aver imparato da lui la lezione della vita. Saggezza indiana. E recitai quello che Jack ripeteva nella capanna di Ferlinghetti a Big Sur, prima che la follia lo rapisse: "Dico a me stesso: 'Sii savio'".

21. "OLTRE IL BAGLIORE DEL COFANO"

Il sole sorvegliava le riserve. Scesi verso Gallup, per riprendere la 66, costeggiando le Chuska Mountains, in un paesaggio di boschi, roccia e piccoli laghi, dove Tex Willer, assieme a Kit Carson – quello buono e amico degli indiani, inventato dai fumetti –, dava la caccia ai leoni di montagna che uccidevano gli armenti della tribù. E da dove, di solito, lo richiamavano indietro con segnali di fumo che giungevano fin lassù, sui pascoli alti, perché c'era qualche tizio – spesso un politicante di Washington – che faceva affari poco puliti approfittando della lealtà e dell'ingenuità dei navajos. Senza sapere che a sbattere il naso contro Aquila della Notte si finiva sempre col farsi male, "perché non è stata ancora fusa la pallottola" che metterà fine alla carriera di Tex, ex bandito, ranger e capo indiano. Augh.

Rientrai sulla strada madre in un posto chiamato Lupton, che segnava il confine tra l'Arizona e il New Mexico. Sulla facciata di una casa, un crocifisso. E allora mi venne in mente la storia di Jack, bambino cattolico ossessionato dalla simbologia della croce fin dai giorni delle *Visioni di Gerard*: Jack che divelse e portò via, proprio sulla 66, una croce che era lì "a ricordo di un incidente". "La strappammo dal terreno in un tramonto rosso di sangue dell'Arizona." Saijo raccontò che Jack più tardi applicò alla croce un pennacchio caduto dal costume di una spogliarellista a East St. Louis e che, una volta a New York, l'appese sopra il letto di Ginsberg. Con uno di quei gesti provocatori dell'ultima sua stagione. Quando affermava che "l'universo è un Angelo... ma è abbastanza facile dirlo se della tua fuga dalla città viscida sei riuscito a fare un successo". Erano i giorni in cui il mondo tributava grandi onori al Profeta della Beat generation.

Stavo di nuovo percorrendo la vecchia 66, attraverso la città di Gallup. E la scena di Flagstaff si ripeté, come in un remake, un bel remake: mi ritrovai di nuovo a scegliere un attore. E non solo per dormire. Stavolta anche un attore da mangiare. Ero arrivato a El Rancho Motel, una vecchia gloria di albergo ancora in pieno vigore, un altro di quei posti dove un tempo facevano tappa le troupe di Hollywood, girando nelle location lì attorno. El Rancho aveva una bella hall, molto western, dove il legno dominava e i braccioli delle poltrone e dei divani erano fatti con mezze ruote di carri da carovana, quei carri che fino a un secolo prima passavano di lì.

Stavolta mi toccò la camera di Paulette Goddard. La preferii alla Ronald Reagan e alla Kirk Douglas. La Wayne era occupata, ma con il vecchio Duke mi rifeci a cena, ordinandone una porzione. Costava cinque dollari e 75 quel Wayne di mezza libbra di manzo con i funghi e salsa guacamole. Faceva parte della Terza scena del menu, dove il Cast – stava proprio scritto così – era composto di burger e sandwich. Lo accompagnai con una Katharine Hepburn salade – forse pensando di rifare *Torna il Grinta* – che consisteva in bacon, lattuga, pomodori e toast abbrustoliti per soli tre dollari e 75 cent. Il menu era davvero un cast pieno di sorprese. Chiesi al cameriere quale fosse il piatto più grande, insomma l'attore che valeva di più, lì a El Rancho. E quello mi spiegò che il più caro era il Doris Day ma se volevo abbuffarmi e mi piaceva il cibo messicano non c'era di meglio che ordinare un Cesar Romero. No grazie, avevo già mangiato abbastanza. Chiesi solo di conservare una copia del menu perché conteneva l'elenco dei film western che avevano girato là attorno: *La carovana dell'Alleluja*, *L'avamposto degli uomini perduti*, *Gli amanti della città sepolta*, *Far West* e molte altre pellicole minori. Me ne andai a nanna nella mia Paulette Goddard e pensai a Charlot e a Jack che immaginava "Charlie Chaplin risplendente di rugiada mattutina, presso il cancello di un giardino, proprio mentre il Ciccione Cattivo sta per lanciare un secchio d'acqua oltre il muro".

E al mattino tirai diritto verso est, con una grande smania di arrivare nel Texas.

Lasciai che se ne andasse a nord la 666, la strada del Diavolo alla quale, nel lungo tratto dell'Arizona, avevano cambiato numero per precauzione. Era la strada che da Gallup porta a Shiprock, il grande uccello di roccia sacro agli indiani, che se ne sta isolato nel deserto, a settemila piedi di altitudine, visibile a miglia e miglia di distanza, mentre sorge come un sole di pietra, a mano a mano che ti avvicini, e solo quando ci sei sotto apre le sue ali e mostra tutti i pinnacoli, diventando un'enorme fantastica cattedrale di sassi in mezzo alla prateria.

Lasciai che scendesse a sud la vecchia strada che conduce alla riserva degli indiani zuni e, più oltre, verso la riserva di San Carlos e l'Apache Trail sulle Superstition Mountains. E continuai sulla interstate 40, la Route 66 sotto le sue sei corsie. Ero in viaggio da appena mezz'ora, quando un cartello mi segnalò che stavo superando ancora il Continental Divide, come quel giorno di neve e tempesta sul Colorado: stavo scollinando un'altra volta la spina dorsale d'America, stavolta verso est. Sarei sceso lentamente verso le Grandi Pianure. Tutto a un tratto mi sembrò di possedere il paese, quasi dimenticandomi della reliquia di vacca del Nebraska: ero di nuovo sulla strada. E di nuovo su quella dei *covered wagons*, seguendo la direzione che prendevano i capi carovana quando tornavano indietro dalla California, perché una nuova processione aspettava il suo apripista.

In piedi, di fronte a un paesaggio di rocce tagliate, dal cuore aperto, sentivo battere tutto più forte, come se il volume dentro si fosse alzato di colpo. Sentivo il silenzio, in piedi davanti al vento, nel Canyon de Chelly ma anche negli spiazzi di sosta lungo la strada. Ed era come se tutto quello che avevo visto e continuavo a vedere – una sarabanda di volti, forme, schizzi di luce proiettati sul parabrezza – mi restasse dentro di più e meglio, archiviato come un catalogo dell'ebrezza spazio-temporale da sfogliare a piacere. Come i libri della Biblioteca circolante dove s'era formato Neal Cassady che riconsegnava il volume a prestito scaduto e tornava alle ragazze, al biliardo e alle auto che lo reclamavano in Larimer Street.

Alla tensione iniziale, all'adrenalina dei primi giorni di guida e d'America, a tutte le curiosità ingenue che mi ero portato appresso, cominciava a sostituirsi un senso pacificato di libertà. Come se quell'andare, in tempi così spogli di utopia, avesse ancora da qualche parte un gene buono che bastava isolare, coltivare, lasciar crescere dentro, perché cominciasse a figliare emozioni e un senso di pienezza difficile da spiegare. Certo, non era più tempo di generazioni e sogni collettivi eppure, in certi momenti, mi capitava di scambiare quel volante per un salvagente. Individuale, d'accordo. Forse a tempo determinato, ma pur sempre un salvagente. Già, come me la sarei cavata una volta tornato a parcheggiare la vita negli appositi spazi, con il disco orario della quotidianità?

"Gli occhi della speranza che guardavano oltre il bagliore del cofano le fauci con la loro riga bianca sprizzante diritta come una freccia, le sigarette accese, il protendersi verso la nuova avventura, qualcosa che accade in America da quando i carri coperti attraversavano i deserti in tre mesi." Ecco come l'aveva intesa Jack quella storia della pista, passata e presente. E io c'ero ancora sopra e chissà quanti altri con me in quello stesso momento, e con pensieri come i miei. Avrei voluto comunicare con tutte le solitudini serene a spasso per le strade d'America e non solo. Mi sentivo sciocco e rapito. Suonai il clacson nel mezzo dell'autostrada per lanciare un messaggio. Che nessuno raccolse.

Passai per paesi dai nomi bellissimi; di scrittori, Thoreau; di rettili, Anaconda; di generali, Grant; di residenze, Casa Bianca; e persino di quell'eroe che piaceva tanto a Kerouac e che forse era stato davvero il primo e l'unico beat di tutta quella faccenda: passai infatti per un posto chiamato Moriarty, come Dean Moriarty, il Neal di *On the road*. Ma prima di Moriarty e Albuquerque mi imbarcai in un'altra delle mie rotte senza fortuna.

Per prima cosa salii ad Acoma, la città del cielo, con le case lassù sulla mesa, inaccessibili, annidate su una sorta di tronco segato di roccia, duecento metri a picco sui cespugli della valle. Una sola strada risaliva il costone, abbracciandolo da dietro con un largo tornante che rasentava il precipizio. Acoma viveva ormai solo di turisti e mostrava l'architettura primitiva dei nativi, quelle abitazioni dove si entrava salendo scale a pioli di legno, poggiate sulle facciate, ma anche una splendida mission in adobe, costruita dagli spagnoli.

Avevo già visto Acoma, almeno due volte: in un videoclip su Mtv, dove Robbie Robertson, la voce di The Band che suonò con Dylan, cantava *Broken Arrow*, freccia spezzata, proprio dinnanzi a uno di quegli scorci di case da scalare; e molti anni prima in un singolare spaghetti-western degli anni settanta con Henry Fonda e Terence Hill, da un soggetto di Sergio Leone, che però non aveva diretto la pellicola. Mi era parso di riconoscervi la vecchia missione, ma non ne ero del tutto sicuro.

Chiesi a un vecchio acoma se ricordava qualcosa di quel film. Lui non capì e chiamò in soccorso un giovane perché gli spiegasse la mia strana richiesta. Il ragazzo, che aveva occhi svegli e indossava jeans e una sorta di corta tunica bianca, gli parlò, ascoltò e riferì: non mi sbagliavo, avevano girato quel western con Henry Fonda proprio lì, "sì, sarà stato più di vent'anni fa". Mi tornò in mente anche il titolo: *My Name is Nobody,* il mio nome è nessuno. Mi sentivo elettrizzato senza sapere il perché. Fatto sta che quando il giovane tradusse che lì ad Acoma avevano girato poche scene e che se desideravo vedere il villaggio che aveva fatto da set dovevo andare a Cabezon, a nord dell'interstate, lungo la strada per Cuba, seguii al volo quell'indicazione. E andai dietro a quella pista, colto da irresistibile frenesia. Anche per questo decisi di tagliare lungo una strada secondaria, segnata comunque sulla carta del New Mexico: ormai sentivo di poter andare dovunque, senza un minimo d'informazione. Come aveva scritto Jack, "a me piacciono troppe cose e mi ritrovo sempre confuso e impegolato a correre da una stella cadente all'altra, finché non precipito". E, infatti, andare fu un grosso sbaglio.

Non sapevo prima di imboccarla e di correrci sopra, che la strada dopo Seboyeta fosse bianca, né che fosse piena di buche e neppure che Cabezon, disteso all'ombra del Cabezon Peak – un'altra roccia alla Shiprock – fosse un villaggio privato. Il viaggio fu più lungo e faticoso del previsto. In un paesaggio deprimente di rocce nere, aridità e selvatichezza. Un'altra mulattiera che Uccello di Tuono affrontò da par suo ma che mandò in tilt la mia schiena. E per cosa poi.

Un tizio aveva comprato Cabezon e l'aveva tutto recintato col filo spinato, come un vecchio padrone del West, di quelli che cominciarono a recintare i pascoli e a uccidere gli spazi aperti. Arrivai con l'auto a cento metri dalla prima casa, che appena si intravedeva dietro un dosso: oltre non si poteva andare, per via di una cancellata davanti alla quale parcheggiai l'auto nella polvere. Scesi a leggere il cartello: "Proprietà privata. È vietato l'accesso. Se varcate questa sbarra lo fate a vostro rischio e pericolo". C'era anche una firma, il disegnino di un fucile, che sembrava l'opera di un bambino tanto era naif.

Risalii il piccolo dirupo, seguendo il filo spinato, per guardare dall'alto Cabezon, ma non c'era verso di averne una visione nitida. Ero arrivato fin lì, maledicendo il povero acoma che mi aveva spedito a vedere un grappolo di vecchie case a cento metri di distanza. Fu allora che mi convinsi a entrare, a oltrepassare il disegnino, giusto per avvicinarmi un po' di più al villaggio, a quella ghost-town ancora intatta, dove non si vedevano auto parcheggiate, né segni di vita. Scrutai il deserto che c'era intorno a me per miglia e miglia e aprii il cancello.

Avevo percorso appena una ventina di metri, quando dalla prima casa sulla destra uscì un tizio. Feci un gesto per salutarlo e quello ne fece un altro che mi seccò la gola di colpo. Tirò su un fucile che teneva di fianco alla gamba e lo imbracciò di traverso come un pistolero di Leone. Ma non era una comparsa, nessuno stava girando un bel niente in quella prateria asciutta. Il tizio gridò qualcosa che non capii, ma intanto avevo già preso a indietreggiare, scaricandogli addosso una serie di "excuse me, sorry, ok", che dovevano rendermi più comico che pavido. Lui non fece un passo e la cosa mi tranquillizzò. Non provai neppure a discutere, a spiegarmi. Riaprii il cancello e quello non si vedeva già più, nascosto dal dosso. Salii in fretta sulla macchina che, previdente, avevo messo in posizione di sparo e filai via verso l'intersezione con la strada che da Cuba andava ad Albuquerque, a tutta velocità, proprio come l'immagine accelerata di certi spaghetti-western. E così il West era un mondo dimenticato? Una radice ormai strappata dalla società americana? Se qualcuno un giorno avesse voglia di giocare ancora ai cow-boy, non dimentichi questo indirizzo: Cabezon, New Mexico. E in bocca al lupo. Come diceva un personaggio di *My Name is Nobody*: "Il destino spesso si incontra sulla strada presa per evitarlo".

Guidavo e mi convincevo che non valeva la pena di sparire dal mondo a Cabezon, e senza neppure spedire una cartolina. Forse fu per questo che la prima cosa che feci, arrivato a Albuquerque, fu di inviarne una all'amico che negava l'esistenza del West. Ma il cabezon, il testone, ero stato io. Se avevo voluto giocare al piccolo esploratore dei vecchi film, bene, ora mi ero tolto la voglia. L'immagine dell'uomo col fucile mi tormentò fino a quando sbucai sulla 40 e mi rasserenai. Ma soltanto quando incappai in Moriarty, la cittadina Moriarty, mi sembrò d'essere davvero tornato a casa. *Sulla strada*. Mi fermai a una stagionata pompa di benzina, stappai la mia birra preferita e giurai: basta strade bianche. Solo asfalto, solo sentiero di bitume. Almeno fino al Texas.

22. “TU GUIDI E GUIDI E DOMANI SEI ANCORA IN TEXAS”

E quella sera arrivai in Texas, lungo i rettifili infiniti del New Mexico, superando autocarri ringhiosi e un sacco di quelle solitudini che attraversano l’America, con le loro targhe colorate e lo stato di provenienza: una lezione di geografia sull’asfalto. Pensai a quei giochi americani anni cinquanta trovati a Williams. Due giochi da tavolo. Nel primo, *The Game of States*, camioncini in plastica depositano le loro merci in giro per l’America e scoprono schede di spesso cartone rosso con le generalità di tutti gli Stati: popolazione, superficie, capitale, fiore simbolo, prodotti tipici. Un po’ come i nostri sussidiari di un tempo. L’altro, più bello, *Across the Continent*, prodotto dai Parker Brothers nel ’52 – quando Jack stava riscrivendo *On the road* – era una vera nostalgia dell’America ferrata e dei suoi treni scomparsi: piccole locomotive in ghisa, mosse dai dadi, facevano da segnaposto sul tavolo dove s’apriva, enorme, l’America e tutte le linee ferroviarie che la solcavano allora. Si andava da est a ovest quindi di nuovo a est, rispettosi delle tappe indicate sulla carta pescata all’inizio, liberi per il resto di scegliere il proprio tragitto, immaginando “il bagliore rosso delle caldaie della locomotiva, il fischio lontano due-lunghi-uno-breve-uno-lungo agli incroci nella campagna, il piccolo vagone di servizio in coda trascinato verso altri mondi, verso notti più fonde”. Verso la prossima notte, anticipata di un’ora, ché di nuovo cambiava il fuso orario. E quasi sentii di sprecare tempo prezioso quando, dopo Tucumcari, posai le gomme nello stato più grande, dove tutto è più grande. Anche l’America. Ero entrato in Texas, dove “tu guidi e guidi e domani sei ancora in Texas”.

Passai in rassegna i miei giochi di bambino. Cercando di ricordarli tutti quei giochi anni sessanta. E mentre affioravano imprecisi, forse anche inventati, desiderati, magari invidiati a qualche altro bambino, mi sembrava di rivedere un Jack Kerouac coetaneo quando elencava i suoi tesori, in *Maggie Cassidy*: "Le mie cose erano tutte lì, il Victrola, il biliardino, la scrivania giocattolo, il linoleum tutto sollevato da una parte, i libri su cui sedevo per fare da sponda alle palle del biliardino, le corse dei cavalli quando avevo il tempo che ora non ho più".

Ecco, lungo quella strada io mi stavo riprendendo proprio quello, il tempo: a prezzo di nostalgie e rimpianti, anche quello passato. Ero così sazio che guidai trasognato per ore nella notte del Panhandle, quella sporgenza di Texas che mette fuori la testa a nord e sembra mangiarsi un pezzo di Oklahoma. Avevo cavalcato sulla 66 da Barstow, California, fino ad Amarillo, Texas, per più di mille miglia. E a Vega, poco prima di Amarillo, avevo toccato il vecchio cuore della Mother Road, il punto centrale della 66. Ne avevo percorsa verso est più della metà e ora si trattava di decidere che direzione prendere, di scoprire cosa suggerisse la carta segreta del mio andare *Across the Continent*.

Ero esattamente all'incrocio tra due strade di Jack in *On the road*: quella del primo ritorno solitario a New York, in autobus, che avevo seguito fin lì da Los Angeles, e quella dell'ultimo viaggio del libro, Neal al volante e il Messico oltre il fiume. Quando i due scesero da Denver a Mexico City – la città dei *Blues* e di *Tristessa* –, dalle luminarie del grande flipper americano, il vecchio Colorado, oltre il Rio Grande. Quando la pallina di Jack e Neal, dopo essere rimbalzata per tre volte da est a ovest, da una sponda all'altra, scese in quella primavera del '50 verso il confine meridionale, passando stupefatta proprio lì, ad Amarillo: "Non riuscivo a raffigurarmi questo viaggio. Era fantastico quanto nessun altro. Non si sarebbe più andati in direzione Est-Ovest, ma verso il magico 'Sud'. Avemmo la visione dell'intero emisfero occidentale irradiantesi con le sue costole di roccia fino alla Terra del Fuoco".

Mi era bastato leggere quella frase per mettere la freccia e decidere, prima ancora di dormirci su, che sarei andato *sulla strada* verso sud. Per aspettare la vecchia Ford del '37 che in quella notte di maggio Neal aveva guidato senza sosta attraverso il Raton Pass e poi Clinton e Dalhart, e per accodarmi lì, ad Amarillo, "che raggiungemmo al mattino in mezzo a distese di gramigna agitate dal vento che solo pochi anni prima ondeggiavano attorno a un accampamento di tende di bufalo. Adesso c'erano stazioni di rifornimento e nuovi giradischi a gettone del 1950 con immense sporgenze decorate e fessure per le monete da dieci centesimi e orribili canzoni". Allora il jazz di Parker e Monk non era nei juke-box e il rock-and-roll doveva ancora fiorire. C'erano di sicuro Sinatra – forse Perry Como – ma Jack allora, pur conoscendo a memoria le loro canzoni, non le sopportava troppo. Le avrebbe cantate a squarciagola dieci anni dopo con Welch e Saijo, da St. Louis a New York.

Chiesi alla signora del motel se il vecchio giradischi, che stava in cima a una pila di riviste nell'office non proprio lindo, funzionasse ancora. E se, nel caso, poteva prestarmelo per quella sera, ché non avevo voglia di guardare la tv. "Grazie, stia tranquilla, non farò rumore. Grazie ancora." E così finalmente misi su il 33 giri di Charlie Parker, comprato nel gelo di Chicago, che non avevo ancora potuto ascoltare.

Nella notte si alzò un gran vento che anziché tener pulito il cielo lo riempì di nuvole e nuvoloni, così stipati che certi mucchi neri il mattino appresso sembravano avere un riporto, rimboccati alla meglio, arrotolati come sacchi a pelo. E pareva che cadessero quasi in testa alla pianura. Fu sotto questo cielo di metallo che tornai per qualche miglio in direzione ovest per vedere il Cadillac Ranch, quello strano cimitero di Cadillac, dieci modelli dal '49 al '63, che un riccone aveva interrato a metà, facendo di quel campo di granturco una scultura e una palestra per cacciatori di ricordi – fino a quando non erano rimaste che le lamiere ripulite da ogni piccola cromatura –, preda di pittori eccentrici, di ragazzi con i colori spray, infine dei turisti. E di Bruce Springsteen che nell'80 aveva cantato quel luogo e quelle auto "che divoravano la strada come un grande vecchio dinosauro".

Chissà se là in mezzo c'era anche il modello della Cadillac che Neal sfasciò per le strade di Chicago, prima di riconsegnarla al miliardario che aveva chiesto all'agenzia un autista in grado di portarla da Denver fino ai Grandi Laghi... E se il riccone, innamorato delle Cadillac, quello che neppure protestò per quell'auto consegnata tutta ammaccata, fosse stato proprio il miliardario eccentrico del Cadillac Ranch di Amarillo? La landa era desolata e anche un po' triste, le auto erano più belle nelle fotografie che avevo visto nei libri e sui giornali, però mi sembrò un bel monumento per Neal Cassady. Se sulla tomba di Jack Kerouac, a Lowell, Massachusetts, avevano scritto "Onorò la vita", su quella di Cassady, Frisco, California, avrebbero dovuto scrivere: onorò la strada. E siccome in una pagina di *On the road* stava scritto che "la strada è vita", quel Cadillac Ranch in qualche modo li onorava entrambi, li lasciava immaginare di spalle, sopra un'auto lanciata. Uno accanto all'altro: Neal che riposava a ovest, a Frisco, e Jack a est, a Lowell, nei luoghi e nelle posizioni giuste del pilota e del passeggero, anche sottoterra. Come sottoterra viveva ancora la 66, sepolta dalle nuove highway.

E proprio sulla 66, prima di dirle addio e scendere a sud, andai a fare un ultimo giro. E benedissi infine quella maledetta curiosità che non m'abbandonava, quando trovai The Nat, il vecchio Natatorium di Amarillo del 1922, che era stato uno dei locali notturni più famosi d'America, dove avevano suonato le orchestre di Guy Lombardo e Duke Ellington, Benny Goodman e Paul Whitman e dove ora, sul vecchio palco in disuso, dieci figure a grandezza naturale ricordavano Billie Holiday e il gruppo che l'accompagnava.

Era una passeggiata nella malinconia quel The Nat, che negli anni tra il '55 e il '60 ospitò anche Little Richard e Roy Orbison con la sua voce incantata. E che poi fallì, proprio nel '60, quando chiuse la Route 66, perché due miglia più a sud l'autostrada viaggiava veloce e fiorivano le nuove stazioni di servizio, i nuovi motel. Così sfioriva The Nat e la porta venne sbarrata. Ma poi nel '94 – me lo raccontò il proprietario del bar e dell'antique che ora il glorioso edificio ospitava – The Nat fu inserito nel Registro nazionale dei Luoghi storici d'America e l'anno dopo venne affissa una targa così che nessuno potesse più dimenticare cosa era stato quel luogo. E dentro, nel negozio, trovai un itinerario di memorie di quegli anni: anche un bel plastico di corse con le auto del '48 che però costava troppo e il primo gioco di Rintintin del '57 che comprai – con la scusa che dovevo continuare a regalarmi qualche gioco per il mio compleanno – alla modica cifra di quindici dollari. Era il quinto dono venuto dal passato che mi ero concesso lungo la strada.

– E come si chiama in Europa Rintintin?

– Rintintin.

– E lei da quale parte dell'Europa arriva?

– Dall'Italia.

– Davvero? Ci verrò molto presto: mio padre, quando aveva

vent'anni, ha combattuto in Italia e ora vorrebbe tornare a rivedere quei posti sul mare, vicino a Roma. E io lo accompagnerò.

Ci scambiammo gli indirizzi. E mi convinsi che il padre di quell'uomo avesse combattuto ad Anzio, nello sbarco. Forse solo perché Anzio mi ricordava Sebastian Sampas, l'amico del cuore di Jack, di Jack ragazzo, che non aveva ancora conosciuto Cassady. Sebastian che sbarcò ad Anzio e morì. E venne Neal a prendere il suo posto.

Cominciò così il mio viaggio verso sud. Quello che *On the road* descriveva come "il cuore del Texas, immense distese di sterpi con una casa ogni tanto vicino a un torrente assetato e una strada secondaria di terra battuta lunga ottanta chilometri e un'afa senza fine". E ancora: "Il Texas avvampa all'orizzonte, la luna s'ingrossa nel cielo, triste come un vitello all'ingrasso, e da poco castrato, povera vecchia luna, andiamo verso il Messico".

Era questo scrivere di getto che amavo. Quelle parole colte da vampe di calore, quasi automatiche, che facevano storcere il naso a Truman Capote e lo portavano a stuzzicare Jack. Che, al contrario, non se la prese mai con il collega, e quando ne parlò in *Visioni di Cody* non si lasciò scappare neppure mezza malizia. Furono invece in tanti a sparare contro Jack, la Beat generation e la voglia picara di andare per il mondo: in pace, contro ogni guerra, uniforme, steccato mentale. Non i lettori, però. Neanche quelli dei luoghi che Kerouac aveva raccontato: a Denver gli volevano ancora bene, a San Francisco gli avevano dedicato una strada, e a Chicago intitolato un ristorante. Mi ricordavo, al contrario, di aver letto su *America perduta* che a Holcomb, Kansas, il paese raccontato in *A sangue freddo*, Truman Capote non lo volevano sentire neppure nominare. E avevano persino tolto quel suo romanzo dalla biblioteca cittadina.

Eppure anche Jack era geloso. Geloso di Salinger per esempio e de *Il giovane Holden*. In fondo aveva capito che quello tra Sal Paradise e Holden Caulfield era un derby delicato, che anche le generazioni a venire avrebbero continuato a giocare e rigiocare per chissà quanto tempo: l'adolescenza di Holden Caulfield contro la giovinezza di Sal Paradise. Non a caso Kerouac si lamentò con l'amico Carl Adkins che la letteratura non gli aveva garantito rendite. Gli spiegò: "Tutti i bambini ricchi comprano J.D. Salinger in edizione rilegata, e io che faccio? I vagabondi come te comprano un tascabile per mezzo dollaro e poi lo fanno leggere a dieci amici". E Adkins si sentì in colpa, perché con *On the road* aveva proprio fatto così.

Per andare a sud deviai però dalla strada di Jack e Neal, che erano passati per Childress e Abilene e di lì a San Antonio. Presi invece una via parallela, ancora più diretta, che scendeva per Lubbock, toccava San Angelo e proseguiva fino a Del Rio, in riva al Rio Grande, al confine con il Messico, dove c'era quella stazione radio di Clint che Jack odiava, quella che si sentiva fino a Sterling sui Grandi Piani e arrivava persino in Nebraska, quella che riempiva le pianure di pessima musica, ma che a Neal aveva fatto trascorrere le uniche ore decenti al tempo del penitenziario.

Era stata la visita a The Nat a suggerirmi quel percorso alternativo. Avevo scelto la via musicale del Texas, attraverso Lubbock, perché da qualche parte avevo letto che lì a primavera Joe Ely suonava spesso nei locali e Joe Ely era la preferita fra tutte le colonne sonore di quel mio on the road: era un po' la title-track della strada con il suo *Lord of the Highway*. E poi perché in città era nato un grande del rock, uno che l'aveva creato davvero, però era morto troppo giovane, a soli ventitré anni, per diventare come Presley. Era caduto con l'aereo nell'Iowa, mentre andava a suonare a Moorhead, Minnesota, assieme a Ritchie Valens, quello de *La Bamba*, "nella notte in cui morì il rock'n'roll". E io volevo assolutamente andare a visitare la sua tomba a Lubbock, che mi avevano raccontato coperta di plettri – di penne per chitarra – anziché di fiori. Una tomba musicale molto frequentata, un po' come quella di Jim Morrison al Père Lachaise di Parigi. Volevo andare a trovare il grande Buddy Holly e la sua *Peggy Sue, Peggy Sue*.

Il cielo era sempre grigio. Appena uscito da Amarillo, la pianura sembrò dilagare. All'altezza del bivio per il Palo Duro canyon, incontrai lo stesso allevamento di bufali che aveva visto Jack, tanti anni prima. Aveva ragione Castaneda, lo storiografo del conquistatore Coronado: "La terra è così regolare e così nuda che da qualsiasi posto si osservi il bisonte, fra le sue zampe si scorge sempre il cielo". Tirai via veloce sulla 27 fino a Lubbock e, una volta in città, me ne andai al Cemetery in fondo alla 31th Street. La tomba di Buddy Holly mi fu indicata da un pastore della Chiesa Evangelica che sapeva tutto di quella gloria locale, che oggi avrebbe avuto i suoi stessi anni. C'erano solo due plettri sull'erba e neppure una foto. A fargli compagnia le lapidi di mamma e papà. E un vento sibilante, metallico. Di corde suonate a folate.

Aveva ragione Terry Allen, un altro poeta del Texas, quando diceva che Lubbock era molto più di un posto, uno stato della mente, "uno stato di grazia o d'inferno". Una città con la musica addosso, dove comporre ballate che invocano: "Mi servono soldi, mi serve amore, mi serve una Cadillac per darmi una scossa". Ma le Cadillac erano nel cimitero di Amarillo, Buddy Holly in quello di Lubbock e allora me ne andai nel miglior locale di musica della città, lo Stubb's, per sapere qualcosa di Joe Ely. Ma né lì né altrove erano previste sue performance: Ely era ad Austin e stava registrando, se ne sarebbe parlato a fine maggio, forse. Mi accontentai di ascoltarlo venir fuori da un vecchio Wurlitzer in un locale lì vicino, dove Brandys mi portò chili con carne, french fries, birra. E si mise a raccontare un po' della sua vita. Avevano qualcosa di speciale le cameriere del Texas: non ti facevano sentire di passaggio ma uno del posto, uno che c'era ieri e domani sarebbe tornato. Un po' come quelle di Denver, agli occhi di Jack, "quelle che portano i pantaloni e si aggirano qua e là con occhi timidi e adoranti, non cameriere indurite, ma di quelle che si innamorano della clientela".

A malincuore mi rimisi di nuovo al volante, lanciando Uccello di Tuono verso Snyder e da lì arrivai a San Angelo, lungo la deserta e verdeggiante 208, incrociando soltanto un unico piccolissimo paese, sei case in tutto, dal nome glorioso e militaresco: Robert Lee. San Angelo sul Rio Conchos era una città dove sembravano darsi appuntamento tutte le strade dello stato, un posto speciale, che fingeva quasi di non esserci e invece era piantato nel cuore del Texas. Di un Texas e di un West sinceri, dove Fort Conchos domina la spianata ancora intatto con i suoi alloggiamenti e le sue stalle. E dove la musica, l'honkytonk texano più irriducibile, rimbalzava ovunque nei locali all'aperto lungo il fiume.

Ero nel Texas di Jack e Neal, che passarono di notte, per andare a far baldoria in Messico, sul limitare degli anni cinquanta. Ma ero anche nel Texas di Cormac McCarthy dove in quegli stessi anni gli ultimi ragazzi cow-boy, protagonisti dei suoi romanzi, scendevano anch'essi in Messico, varcando il Rio Grande per vivere la dolorosa iniziazione dell'adolescenza. Ero a San Angelo, da dove partirono i poveri eroi di *Cavalli selvaggi*, il libro più bello di McCarthy, in sella alle loro illusioni di adolescenti.

23. "VERSO EL PASO IN UN TRAMONTO ROSSIGNO"

Ogni uomo si tira dietro i suoi desideri. E quella era la terra per vederli esauditi, un paesaggio drammatico di forre di pietra e asfalto lucente tra binari azzurri di bluebonnets, il fiore del Texas, che invade i prati e li macchia di cielo. Più scendevo verso sud, verso il Messico, più avvertivo il fascino di quei panorami che mutavano a ogni increspatura degli altopiani, come se il Texas volesse dare il meglio di sé prima di dirti addio, oltre il Rio Grande.

Me ne andai sulla 276 fino a Sonora, dove quel mattino tutti avevano il vestito della festa e camminavano verso la chiesa. Forse erano i figli e i nipoti dei rancher che Neal-Dean invidiava perché "ognuno di loro è un fottuto milionario, con migliaia di capi di bestiame". Quindi girai per Rock Springs e presi una strada secondaria per Brackettville costeggiando il West Nueces, un torrente pieno di fantasia che saltava da un lato all'altro della valle stretta. "Io ho la netta sensazione dell'aria aperta, nel Texas," diceva Jack. E aveva ragione.

Volevo arrivare a Brackettville perché "la mattina della domenica seguente John Grady fece colazione in un bar di Brackettville", aveva scritto Cormac McCarthy nelle ultime pagine di *Cavalli selvaggi*. E anche quella era una domenica texana di confine. Così, mentre Jack e Neal erano di certo oltre il Rio Grande – ché nel libro viaggiano tutta la notte, senza fermarsi un attimo – e già sentivano i profumi del Messico e bussavano ai bordelli e al peyote, io mi fermai per un detour. Per un attimo, la sera prima a San Angelo, avevo pensato di seguirli in Messico, di attraversare la *Frontera* – the Border, come chiamano la terra bagnata dal Rio Grande gli americani. Ma l'idea di visitare i territori di Cormac McCarthy, uno degli scrittori più misteriosi d'America assieme a

Salinger e Pynchon, piano piano s'era fatta strada. Farsi strada: c'erano riuscite fin lì le pagine di *On the road*, ci riuscivano ora quelle di *Cavalli selvaggi*.

In fondo, anche i romanzi di McCarthy erano formidabili on the road a cavallo. E la terra selvaggia che li ospitava aveva ancora qualcosa di primitivo e leggendario. Se ogni uomo si tira dietro i suoi desideri, nella mia valigia da due dollari c'era anche quello: incontrare quei luoghi e saperne di più su quell'uomo invisibile. Così mi arrestai sulle sponde del Rio Grande, senza guadarlo. Tanto ben presto avrei ritrovato Jack e Neal non lontano da lì: sulla strada per El Paso, mentre arrivavano sparati, macinando il Texas a tavoletta, dopo essere stati ospiti di Old Bull Lee – sì, insomma, di William Burroughs. Sulla strada per El Paso, dove viveva McCarthy e dove gli eroi di *On the road* entrarono "che faceva buio, senza un quattrino".

Mi trovavo a poche miglia da Brackettville e dal Rio Grande, cercando all'orizzonte un segno del grande fiume, quando il vecchio Wayne saltò fuori da dietro una roccia e mi sbarrò di nuovo la strada, come in *Ombre rosse*, quando la diligenza è costretta a fermarsi perché Ringo Kid sbuca dalla boscaglia. Era proprio lui, Wayne. Stampato sopra a un grande cartellone, indicava una pista polverosa sulla sinistra e diceva: "Visitate Alamo Village". Fort Alamo? Com'era possibile se la missione di Alamo era sempre al suo posto, nella città di San Antonio, duecento miglia più a sud? Ma come diceva Ringo alla sua Dallas in *Ombre rosse*, "a volte succedono cose che non si possono evitare". Perciò voltai a sinistra sulla strada bianca, come voleva Wayne. Meglio non contraddirlo, neppure da morto.

Stavo finendo dritto dentro al set cinematografico de *La battaglia di Alamo*, ancora intatto dopo quarant'anni, anche quello un posto con l'età di *On the road*. Era in quell'angolo di Texas polveroso che Wayne, attore-regista-produttore, aveva fatto ricostruire una missione identica all'originale e, poco lontano, un villaggio western per ambientarvi le altre scene del film. Là, dove solo l'insinuarsi del Rio Grande, nella piana arricciata di sagebrush, tiene lontano il Messico, avevo ritrovato Wayne. A più di mille miglia da Winterset. Stavolta vestito da Davy Crockett, ma sempre intento a celebrare il mito del paese pioniere e libero. Anche a costo di rimetterci del suo, perché il film costò molto più del previsto e Wayne rischiò il fallimento.

Alamo Village faceva quasi tenerezza: una memoria cinefila per pochi turisti, dove l'officiante, un tizio baffuto mascherato da sceriffo, si chiamava Dave Crowe; una città di legno e adobe persa nel nulla, figlia dimenticata del cinemascope, svegliata ogni mattina dalle trombe di Dimitri Tiomkin che intonano il *Deguello*. Come i messicani di Santa Anna prima di sterminare Jim Bowie, Davy Crockett e gli altri difensori di Fort Alamo. Eppure l'Alamo di Wayne era una pratica ancora aperta perché un mese prima, non lontano da lì, un Davy Crockett anni novanta, Richard Lance McLaren, aveva issato la bandiera con la Stella solitaria, proclamando di nuovo l'indipendenza del Texas. C'era scappato il morto e il solito assedio della polizia, come per i davidiani di Waco. Nostalgie di un tempo svanito, e con esso di un modo di essere americani, nato dal peccato originale del loro Adamo: aver strappato con ferocia la terra ai nativi.

Mi aggirai tra la posada e il saloon, tra la stalla e il vecchio hotel, fino a quando un tizio vestito da cow-boy, con una simpatica barbetta alla Walter Brennan, attaccò discorso. Disse di essere il vicesceriffo, certo era un vero archivio della storia del western.

– Qui hanno girato una scena famosa di *Cavalcarono insieme*.

– Ah.

– E tantissimi altri film, da *Bandolero* con James Stewart, fino a *Bad Girls*. Ma lei da dove viene?

– Dall'Italia.

E l'aiutante dello sceriffo Crowe, le mani sui fianchi, cominciò a fischiettare il Morricone di *Per un pugno di dollari* e a lodare Sergio Leone. Si complimentava con me come fossi un parente. Ero finito di nuovo nella polvere di stelle, tra tintinnii di speroni e colt-kitsch, in mezzo a innamorati cronici del genere. Per un po' stetti al gioco, poi risalii su Uccello di Tuono e mi congedai dall'ingombrante mitologia di Wayne. Tornai sulla strada mentre Joe Ely attaccava *The Road Goes On Forever*, la strada non finisce mai. Neanche di stupire.

Brackettville era un pugno di case all'intersezione con la 90. Ecco i posti di McCarthy, mi dicevo. E quasi mi sembrava di tradire Jack. Ma per due vagabondi a motore persi oltre il confine, sulla Ford del '37, ne incrociavo altri due – i protagonisti di *Cavalli selvaggi* – appena tornati dalla loro linea d'ombra oltre il Rio Grande. Che non era né grande né maestoso, ma segnava il limite tra il mondo dell'ordine e quello del caos, tra l'America delle praterie, dove l'orizzonte fissava il confine delle regole, e il Messico dei deserti, dove ogni uomo faceva i conti con se stesso e solo così comprendeva la vita, la morte e tutto quello che ci stava in mezzo.

Era facile immaginare, tra quegli ocotillo cremisi e i sotol, che si rizzavano tra i cactus come antenne verdi d'insetti giganti, un altro motore Ford: il pick-up verde del '78 che McCarthy guida sulle strade solitarie, a volte bianche di polvere, a volte neppure strade, con quel suo sguardo cinematografico. Specchiando nei dirupi, nei villaggi abbandonati, in un albero stanco di secoli, le solitudini dei suoi personaggi: strano entomologo dell'animo umano e anche lui, come Jack, cartografo pignolo d'ogni sua pagina. Un altro scrittore di mappe del cuore, fatte di fughe e ritorni rabbiosi, spesso malinconici. Forse perché, come diceva Neal in *Visioni di Cody*, "la malinconia è una specie di cappa che uno butta sulla collera".

McCarthy era l'ultimo erede della letteratura on the road: raccontava un West di polvere e sangue, di tristi andirivieni tra passione e destino, tra gesto e responsabilità. Un West che si stendeva come un'ombra navajo, lunghissima, fino agli anni cinquanta. Ero ormai a Del Rio, sul ciglio del Messico. E sentivo di aver toccato il fondo dell'America e del mio viaggio. Quel luogo era come la fine di una storia. McCarthy aveva scritto che "le cose separate dalle loro storie non hanno senso. Sono semplici forme". E che "la storia non può mai venir separata dal luogo al quale appartiene, perché essa è quel luogo". Era la descrizione di quella mia terra di confine.

Ero arrivato quasi "alla fine del Texas, la fine dell'America", come diceva Neal-Dean in *On the road*. E non potevo che risalire, risalirla, sempre sulla I 90, imboccata a Brackettville. Incontrai il Pecos River lì dove si getta nel Rio Grande, lì dove Tex Willer, ranger del Texas, aveva sgominato una banda di razziatori di bestiame dopo l'albo gigante numero 100. E poco più avanti arrivò Langtry, il paese di quel matto di Roy Bean, l'uomo che era "la legge a ovest del Pecos", il giudice più famoso del West che distribuiva assoluzioni e impiccagioni a caso: lo stesso che Neal, quando decise di processare e condannare Jack, in uno dei loro folli dialoghi registrati su nastro a San Francisco, evocò come giudice a latere. Entrambi campioni di bizzarria.

A Sanderson lasciai a malincuore quella strada di confine e puntai a nord, verso l'interstate 10, per poi raggiungere El Paso:

sessanta miglia, fino a Fort Stockton, senza un paese, un uomo, un cavallo. Sessanta miglia in una distesa verde di cavalli di frisia – ocotillo, cactus prickly pear, cholla e altri cespugli dei quali ignoravo il nome –, in quel corner d'America protagonista dei romanzi di McCarthy: luogo magico tra il deserto di Sonora e quello dell'anima, tra l'Animas Peak del New Mexico, che baciano le nuvole, e una nenia messicana. Perché "questo mondo che ci pare una cosa fatta di pietra, vegetazione e sangue, non è affatto una cosa, semplicemente una storia".

A Fort Stockton ritrovai Jack e Neal, e da lì "si filava verso El Paso in un tramonto rossigno". Mi fermai in un motel fuori città. Nel piazzale riposava un intero branco di camion.

– No, io non l'ho mai visto qui, però se crede posso chiedere agli altri clienti.

La cameriera dell'Hemingway's Pub, in Cincinnati Avenue, era gentile e carina. Le avevo mostrato la foto di McCarthy sulla copertina di un volume che gli aveva dedicato l'Università di El Paso, un omaggio che comunque non era riuscito a stanarlo: alla cena ufficiale dell'istituto, organizzata per consegnargli un premio, lo scrittore non si era fatto vedere. Come quattro anni prima, quando gli assegnarono il National Book Award e lui si rifiutò di ritirarlo.

Ero arrivato davanti a casa sua, in Coffin Avenue. Ero risalito all'indirizzo grazie a un vecchio ritaglio del "New York Times Magazine" che usavo come segnalibro di *Cavalli selvaggi*. Anni prima McCarthy aveva rilasciato quell'intervista, l'unica della sua vita, e quel che c'era da sapere di lui stava tutto là dentro. Ma era ben poco, perché lo scrittore era sfuggito a ogni domanda, un po' come i suoi eroi agli agguati dei messicani, oltre il confine.

Avevo suonato il campanello, senza ottenere risposta. Avevo fatto cadere un biglietto nella buca delle lettere, gonfia di posta inevasa. Avevo sbirciato oltre i vetri smerigliati: solo mucchi di carte e cartoni. Cumuli di cartoni. I suoi due pick-up, il vecchio Ford verde e il nuovo Chevrolet bianco e rosso, erano parcheggiati là davanti. Ma di lui nessuna traccia.

Allora avevo preso a girovagare per El Paso. Prima avevo costeggiato il Rio Grande, poi ero andato in cerca di un cimitero, giusto sotto l'autostrada. Ma di colpo il sole si abbrunò ed entrai con Uccello di Tuono in un tunnel di acqua e sabbia, tanta sabbia, fino a sentirla cigolare tra i denti: era la tempesta del deserto, un vortice che affliggeva la luce e scuoteva le misere croci. La sabbia entrava dappertutto, velava ogni cosa. Durò mezz'ora. Poi il vento cessò, ma restò l'acqua che veniva giù a secchiate. Allora entrai dal cancello del cimitero cinese – c'erano anche quello ebreo e quello cattolico, uno di fianco all'altro – e mi diressi verso l'angolo dove riposavano i disperati senza nome. Proprio lì, vicino alla terra di nessuno, trovai quello che cercavo.

Dopo Buddy Holly, dopo l'omaggio alla musica, il Texas mi faceva incontrare un grande pistolero. Sotto un vaso di pietra, senza un fiore, all'ombra della tangenziale di El Paso, riposava John Wesley Hardin, l'uomo che vinse più di quaranta duelli negli anni torridi della Frontiera, più di Billy the Kid e Jesse James. Il bandito che Raoul Walsh raccontò ne *Il diario del condannato*, con Rock Hudson. Il fuorilegge che Bob Dylan cantò come il ribelle "che spalancava ogni porta". Ero di nuovo nel vecchio West. E non di cartapesta, stavolta.

Intanto il deserto si era allagato e la città era ormai un'unica grande pillacchera. Tornai dalle parti di Coffin Avenue, nella zona dell'Old Kern Place, ed entrai da Hemingway's. Il cocktail d'acqua e sabbia mi aveva lasciato in bocca un sapore dolciastro, di sangue, come quando ci si succhia una piccola ferita. Ordinai un Bloody Mary.

La cameriera tornò quasi subito con un signore biondo, molto elegante.

– Questo è Frank. Conosce l'uomo della foto.

Mi presentai. E cercai di spiegare a Frank che non volevo importunare McCarthy, ma mi sarebbe piaciuto incontrarlo. Ero solo un lettore, passato di lì per caso, inseguendo un altro libro. Frank fu molto disponibile. Era un dirigente finanziario e aveva conosciuto McCarthy nello studio del loro comune avvocato, Malcolm McGregor.

Mi spiegò che lo scrittore in città frequentava solo McGregor e pochi altri. Tutti sapevano che era una specie di orso, molto riservato, e che spesso era in viaggio. Poi mi lasciò il numero di telefono dell'avvocato.

– Se il suo uomo è a El Paso, Malcolm riuscirà a farglielo incontrare, anche se solo per due minuti. Ma prima di telefonare provi da Luby's, la caffetteria in Mesa Street, McCarthy mangia là molto spesso. L'ho incontrato un sacco di volte.

Uscii dal pub che il sole era di nuovo padrone del cielo e i cactus, le agavi, le yucca e tutte le piante del deserto, avevano preso a respirare forte. Il profumo di creosoto arrivava anche lì, in città, e saliva alla testa. Risalii Mesa Street verso nord e trovai Luby's, che era un locale con una grande vetrata sulla strada. La cameriera Tina Cadillo mi raccontò che McCarthy passava ore e ore nel locale a leggere e scrivere, e che lei gli serviva il caffè. Da una settimana però non lo vedeva. Di solito, quando mancava così a lungo, era in viaggio. Malcolm McGregor spense definitivamente le mie speranze: McCarthy era via, in Spagna a trovare il figlio, oppure a esplorare paesaggi e storie. Magari giù al Big Bend.

Big Bend. Dove il Rio Grande fa un'ansa verso sud e sembra sgomitare fin dentro il Messico. "Big Bend, prodigio della natura," stava scritto sull'opuscolo all'ingresso della libreria dove mi ero infilato, mentre una striscia di luce morente sottolineava il cielo già scuro. Però Big Bend significava tornare sui miei passi. Solo allora mi resi conto che da Del Rio a El Paso non ero soltanto risalito verso nord, ma avevo ricominciato ad andare a ovest. E stavolta l'ultimo Ovest, l'oceano, sarebbe stato la fine della pista di *On the road*.

E allora mi prese voglia di scartare. Come un cavallo di McCarthy. Non per cercare uno scrittore invisibile, ma per rimandare il tempo dei saluti perché, come diceva Jack, "viviamo per desiderare, così io desidererò, e scenderò giù, verso altri luccichii altrove". Fermai la camera per altre due notti. L'indomani sarei sceso a Big Bend.

24. "C'ERA UN POETA NEL MIO STOMACO"

– Ha mai visto il deserto in fiore?

– No.

– Vedrà sbocciare la terra.

In un'alba chiara Uccello di Tuono scivolò di nuovo verso sud-est, sulla interstate 10, fino a Van Horn. E poi, giù per Valentine e Marfa. A Valentine feci colazione nella piccola caffetteria della piccolissima Savannah, una bimba che non stava ferma un attimo. Era un posto povero, in un paesaggio povero. Rotaie e prateria. Eppure non era sempre stato così: fino a vent'anni prima, all'ufficio postale di Valentine arrivavano sacchi di lettere, messaggi di bambini che scrivevano al loro amico, alla loro amica del cuore. Che spedivano biglietti *Valentine*, come un tempo si faceva con le letterine di Natale. E li spedivano in quel piccolo paese. Poi quell'usanza a un certo punto svaporò. Niente più biglietti e niente più Valentine.

A Marfa pensai che sarei arrivato volentieri fino al ranch dove James Dean aveva girato *Il Gigante*, che distava solo poche miglia, ma se volevo vedere Big Bend dovevo andare di fretta. Mi sentivo un cacciatore di luoghi. Presi la strada per Presidio e di lì seguii il corso del Rio Grande verso sud e cominciai a scrutare la mia strana selvaggina: i paesaggi di McCarthy che diventavano reali, il greto di un torrente asciutto, il muro di fango di un vecchio ricovero di uomini, bestie, attrezzi.

Big Bend era un immenso parco di natura scolpita. Un luogo per solitudini, non certo per incontri. Dove i saguari sembravano cow-boy e il mesquite il loro filo spinato. A Lajitas vidi una pompa di benzina che era quasi un cimelio e furgoni scarburati e infangati, guidati da sorridenti messicani che parcheggiavano dinnanzi all'antico Trading Post, ancora in funzione. Lì accanto, chiusa in un recinto pieno di bottiglie e lattine di birra, se ne stava, ubriaca e persa, lo sguardo intontito, la capra Clay Henry jr, discendente di Clay Henry senior, morta cinque anni prima, forse di cirrosi epatica. Avvezza anch'essa, come l'antenata, a farsi imbottire di birra dal proprietario del Trading Post, la bottiglia infilata a forza in bocca, come un biberon. Costretta a scolarsi fino all'ultimo goccio. Provai un senso di pena e di disagio: ecco da dove venivano quei cani malconci, le lupe seviziate e i combattimenti tra galli descritti nei libri di McCarthy. Infilai nel mangianastri il solito Ely, e cercai la ballata di *Gallo del cielo*, il cielo striato del Rio Grande, dove le nuvole, quella mattina, erano corde bianche di chitarra.

Arrivai a Terlingua, dove c'era un saloon chiamato Starlight, e note di chitarra intorno. Di lì entrai nel parco assolato di Big Bend e sentii che da quel momento avrei portato quella visione sempre con me. "Vi sono imprese segnate dal destino che dividono per sempre la vita tra il prima e l'adesso," aveva detto McCarthy.

Il deserto era verde. Un verde acceso, se guardavi lontano. Ma se lasciavi cadere lo sguardo ai tuoi piedi, scoprivi che aveva macchie viola e rosse, bianche e gialle. Il cactus era nella stagione breve della sua fioritura. Il cactus era *On the road*. Tornare a vederlo più avanti nel tempo, voleva dire misurarsi con una stagione più arida, ma non per questo meno sincera. Era un po' la mia condizione.

Big Bend era un arcobaleno posato sull'erba. E poi praterie sconfinate e montagne alte quasi ottomila piedi; serpenti e organ pipe, quegli strani cactus a canne d'organo. A Costolon scesi a bagnarmi nel Rio Grande. A Boquillas attesi il tramonto, rileggendo il finale di *Cavalli selvaggi*, storia di ragazzi diventati uomini troppo presto, ma capaci di comprendere, alla fine della pista, che la legge morale è individuale, che le scelte che rendono liberi sono quelle che si pagano. Di nuovo mi sembrò che McCarthy raccontando di Billy e Boyd, di John Gray e Rawlins, parlasse anche di Jack e Neal, perché "chiunque arrivi alla fine di qualcosa, non potrà fare altro che ricominciare daccapo". Vagabondi per sempre, senza riuscire a trovare un posto fisso nel mondo.

Risalii a piedi un sentiero, giusto sopra il fiume, e rimasi a guardare la luce andar via, fin quando la luna comanche degli antichi riti bellicosi s'alzò – bianca e solenne come un ostensorio – a tumulare il tramonto. Uno di quei tramonti infuocati che arrossano il Rio Grande, come se tutto il sangue e il dolore dei libri di Cormac McCarthy vi fosse finito dentro. Uno di quei tramonti che non finiscono mai.

Tornai all'Automobile Verde, mentre il verde intorno diventava nero, e uscii da Big Bend e da quei libri, prendendo la strada per Marathon. E di lì, attraversai di nuovo Marfa, di nuovo Valentine. E mi tornò in mente *My Funny Valentine*, colonna sonora radiofonica di uno strano ménage a tre: Neal, sua moglie Carolyn e Jack. Quindi ripassai per Van Horn. E infine, mi ritrovai con Jack, "verso l'ammiccare della notte di El Paso, tutti quei milletrecento chilometri da miserere del Texas dietro di noi, entrambi intontiti e narcotizzati dalla stanchezza". Di nuovo sulla sua strada.

Mattino presto. La radio suonava Roy Orbison, un altro figlio del Texas che se n'era andato troppo presto, quando sembrava aver trovato infine un po' di pace in quella sua vita disgraziata. Stavo rientrando nel New Mexico, che avevo lasciato su a nord, lungo la 66. Mi resi conto una volta di più che ero davvero sulla corsia del ritorno. E che le pagine di *On the road* stavano per finire.

Ero saltato da una parte all'altra, da un viaggio all'altro, da una costa all'altra e quelle pagine le avevo viste scorrere davanti al parabrezza, mentre raccontavano posti e storie di quarant'anni prima e mi erano sembrate senza tempo. Come se i mutamenti non le avessero mai strappate del tutto. Un po' come era accaduto a El Paso: una città in pieno boom economico, con più di mezzo milione d'abitanti e il centro di difesa aerea più grande del mondo, eppure così sfuggente, impolverata, antica, ancora stazione di passaggio tra il Texas e l'ultimo West. Luogo di transiti, dove i camion stirano la marcia e ti aggrediscono alle spalle. Come la mattina che Neal-Dean "schivò un autocarro e superò di un balzo i confini della città". E "lanciò la macchina come un razzo, curvo sul volante, e uscì strepitando da El Paso".

Ero di nuovo a un bivio: potevo salire a Las Cruces e continuare sulla 10 fino a Lordsburg e di lì in Arizona, oppure scivolare ancora di fianco al Messico, sulla statale 9 che passa una trentina di miglia più in basso. Di Las Cruces ricordavo una splendida cena in una microbrewery, dove avevo mangiato ignaro di non dover pagare: solo alla fine mi avevano spiegato che tutto era offerto, perché quella sera il locale festeggiava la sua inaugurazione. Di Lordsburg rammentavo invece la malinconia di un posto di polvere e binari, dove ululava la motrice della Southern Pacific: altro che la leggendaria città del duello finale di *Ombre rosse*. E poi, volevo evitare di trovarmi di nuovo faccia a faccia con Wayne.

Perciò passai a sud, lungo una rotta meno frequentata, tanto che un coyote – ero appena uscito da El Paso – attraversò l'asfalto trotterellando, guardando passare Uccello di Tuono dal ciglio della strada, con occhi bianchi e gelidi da miope. Era una strada magica e vuota di quelle che avrebbero fatto dire a Jack: "Penso ai ciottoli della terra del West, ai lunghi orizzonti e le pianure e l'estremo deserto con i suoi cactus e le aride mezquites che si stendono in tavolati rossi in lontananza, dove la mia antica speranza di viaggiatore sempre svanisce e sparisce il lungo sogno dell'autostoppista e del vagabondo del West". La radio lanciò una serie di struggenti canzoni messicane.

Finché arrivai a Columbus, un posto dove la storia era passata veloce ma aveva lasciato il segno. Perché a Columbus, New Mexico, un giorno di marzo del 1916 Pancho Villa attraversò il confine con i suoi uomini e si attendò là dove oggi ci sono un motel senza pretese e una pompa di benzina. In quell'infinita steppa di mesquite che ti morde i polpacci, gli Stati Uniti subirono l'onta dell'unica invasione straniera di tutta la loro storia. E poco importava se s'era trattato di una scorribanda di dieci miglia appena. Un tizio, all'unico incrocio del paese, mi fece segno di abbassare il finestrino, si sporse fuori dal suo e dichiarò la sua felicità nel vedere da quelle parti uno del New Jersey, perché pure lui era del New Jersey, anche se da cinque anni si era stabilito lì. Non mi lasciò neppure parlare, spiegare che io con quella targa non c'entravo un bel nulla. Mi fece un cenno di saluto e sgommò via. Forse era stato solo un modo per dire a se stesso tutta la sua nostalgia.

Continuai a guidare lungo il confine del Messico: paesi radi e distanze più vuote e incolmabili che altrove. Tutto raggiungibile, ma tutto più lontano del previsto. Come se spazio e tempo avessero preso a dilatarsi nel deserto. Poi, finalmente, arrivò Hachita. Ricordavo di aver visto su *Strade blu* di Heat-Moon, la fotografia del suo saloon, uno dei più vecchi d'America, nell'angolo più sperduto d'America. Mi resi conto che stavo percorrendo una leggendaria strada secondaria. Hachita era quasi una ghost-town: case-baracche, depositi per ruggini e copertoni, e la chiesa di Santa Caterina senza neppure un graffio del tempo, imbiancata di fresco. E poi il suo saloon sulla via principale, il Desert Den Bar, rimasto pressappoco quello di un tempo: destinato a dissetare i forestieri che non venivano e quei pochi abitanti che non se ne andavano. Da Hachita, il tacco dell'America.

– Sì, erano due signore a gestire il saloon vent'anni fa. Ma una è morta e l'altra ha lasciato l'attività, anche se vive ancora qui in paese. Ora il locale lo mando avanti io. È tutto uguale qui. Solo che passa sempre meno gente. Lei tornerà?

– È difficile. Arrivederci.

– Ma dove va? Vuole farsi arrestare?

– Perché?

– Non può uscire con la lattina di birra aperta.

– Ma non c'è nessuno là fuori.

– Non è detto.

La statale 9 proseguiva diritta come uno sbadiglio verso Animas. Non incrociai nessuno.

Mi ritrovai sullo spartiacque del Continental Divide. Sapevo che sarebbe stata l'ultima volta, che di lì in avanti avrei attraversato i deserti dell'Arizona e della California e la strada sarebbe diventata una tavola. E allora a Rodeo, l'ultimo paese del New Mexico prima del confine, invece di scendere verso Douglas o prendere a destra e incrociare la 10, tirai diritto verso la cima delle Chiricahua Mountains: l'ultima memoria indiana di quel viaggio non volevo perdermela. Avevo letto che da quella cima, disegnato sulla cresta di fronte, potevi scorgere – con appena un po' di fantasia – il profilo della testa di Cochise, che riposava per sempre sulle sue montagne.

La strada era un sentiero di sassi, che risaliva a fatica l'orizzonte. Per tre volte rischiai l'incidente frontale, perché mentre rimontavo piano quella pista, dietro altrettante curve sbucarono auto con traiettorie incerte e velocità folle, tutte condotte da donne indiane, sole. Grandi frenate, stupori, sorrisi, e via. Era passato da poco mezzogiorno, pensai che stessero scendendo a Portal o a Rodeo a preparare il pranzo o a riprendere i bambini a scuola. La pista delle mamme chiricahua portò Uccello di Tuono quasi in cielo. "La pazza strada, solitaria, che porta oltre la curva, negli slarghi di spazio, verso l'orizzonte, e nevi promesse a noi nella visione del West," avrebbe commentato Jack.

Vidi la testa di Cochise e le terre alte di Geronimo. E mi sembrò di risentire l'esclamazione più famosa del cinema western, quel "Geronimo!" che terrorizzava i passeggeri della diligenza che da Tonto andava a Lordsburg. Ero di nuovo dentro a *Ombre rosse*: scampato a Wayne e finito in bocca agli indiani. “Ma erano loro gli abitanti di questa terra e sotto questi cieli sconfinati erano preoccupazione e tormento e protezione di mogli in intere nazioni radunate sotto le tende.” Anche Jack, ne *I sotterranei*, s’era sentito partecipe del peccato originale dell’America, lui che si sentiva un discendente dei nativi, come ricordò in *Visioni di Cody*: “Io sono della razza degli indiani che furono cacciati via da tutto l’emisfero occidentale”.

Le Chiricahua Mountains erano un gotico fiorito di pinnacoli di roccia, un parlamento di sassi, una tribù di pietra radunata per il gran consiglio, mentre Cochise vegliava sullo sfondo. Mi incamminai lungo l’Echo Canyon Trail, un sentiero che si infilava tra quelle colonne, nel profumo dei juniper, e passava dove non sembrava esserci passaggio, tra pareti verticali, una in faccia all’altra, con giusto lo spazio per un cavallo: era il labirinto degli apache. Finché non li stanarono anche da lì. E Geronimo finì deportato in una fetida prigione della Florida.

Scendendo verso le terre basse dell’Arizona tornai ad ascoltare la colonna sonora di *Geronimo*. Prima rullarono i tamburi dei giorni della gloria, e alla fine Ry Cooder, Jim Keltner e il flauto di Carlos Nakai intonarono l’elegia funebre che chiude la seconda facciata: *Train to Florida*. Fine della nazione degli apache chiricahua, là dove “una nube cantava sulla sommità/ della Montagna Sempreverde”.

A Pierce lasciai la 191 per infilare una strada di terra rossa, che tagliava verso Tombstone. Uccello di Tuono sembrava un grande ventilatore nella prateria: alzava polvere spessa, segnali di fumo all’ora del tramonto. A Gleeson, una ghost-town con appena quattro ruderi ancora in piedi, acquistai un fermasoldi nella casa-laboratorio di John “Rattlesnake”, capelli bianchi e bandana, un tipo che cacciava e scuoiava serpenti a sonagli per farne pelletteria e che era finito a vivere con la sua Sandy in mezzo al deserto. Come John e Sue a Cherry Creek. Vecchi hippies canuti. Generazione andata sulla strada, che alla fine s’era cercata una tana e una vita. Perché non si può correre in eterno dietro alle proprie frenesie, perché “la vita è vasta e complicata”.

Ormai Tombstone era all’orizzonte, nella valle rasata di mesquite: Arizona del sud, dove i tramonti scuotono il cielo e tutto sembra Old West, perché a fianco delle moto sono parcheggiati i cavalli e dentro ai saloon solitari, lungo la strada, tintinnano speroni come campanelle di slitte a Natale. Stavo entrando nel posto dove la storia del West divenne leggenda, nel paese dell'OK Corral, quando ecco che, all'improvviso, mi ritrovai in un cartone animato con dentro le stesse mesas, la stessa terra rossa, gli identici cespugli di yucca: al mattino, muovendo da El Paso, avevo visto il coyote e ora mi aveva attraversato la strada, velocissimo, un roadrunner impettito e spelacchiato, con quei suoi passetti corti dalle frequenze impossibili. Wyle E. Coyote all'alba e Beep-Beep al tramonto.

– Ho visto che ti piacciono i miei hot-dog farciti. Io sono Butch. Se vuoi ti faccio vedere il ritratto della vecchia Big Nose. È di là, nel corridoio che dà sul retro.

Butch era una montagna d'uomo che gestiva l'angolo-vivande del Big Nose Kate's Saloon. Mi spiegò che a quell'ora i pochi turisti se n'erano già andati e il ristorante era chiuso. Però lui, al suo banchetto, poteva preparare ottimi hot-dog. Per la birra nessun problema. Capii più tardi cosa voleva dire.

Ero nel saloon della donna di Doc Holliday, l'uomo che si unì agli Earp contro i Clanton il 26 ottobre del 1881, nella sparatoria più famosa del West, la sfida all'OK Corral di Tombstone, ispiratrice di un sacco di film, da John Ford a Kevin Costner. Kate dal Grosso Naso era davvero brutta, almeno nel ritratto. Non aveva il viso di Jo Van Fleet, né quello di Linda Darnell, sembrava piuttosto una ragioniera spigolosa, una tenutaria acida e forte. Che non faceva sconti agli uomini. Un po' come Tombstone, che vendeva bene quel poco che possedeva: per esempio quel duello dove era difficile scegliere da che parte stare. Perché quella mattina di cent'anni prima si era sparato addosso il West più selvaggio: allevatori assassini e poco avvezzi a rispettare le leggi come i Clanton; sceriffi assassini, capaci di sparare anche senza la stella, come Wyatt Earp; e *gambler* assassini, come Doc Holliday, l'uomo di Kate dal Grosso Naso. Non c'erano innocenti quella mattina all'OK Corral.

"Cody era in estasi e sudava. Eravamo innocenti": Jack e Neal, loro sì, con l'utopia rombante e le selvagge frenesie. Forse aveva ragione Carolyn Cassady quando diceva "nessuno ha capito quanto fossero infelici quei due", però Jack e Neal erano davvero innocenti in quella loro America: un *wyattearp* e un *dochollidav* senza macchie sulla coscienza, anche se Neal "sembra uno sceriffo che ha ucciso un altro sceriffo". Ingenui e velleitari, forse. Però capaci di scaldarti il cuore. E a Tombstone, Arizona, mi sembrò di capire quel passo di *Maggie Cassidy* quando Jack scrive: "C'era un poeta nel mio stomaco. Nella mia ingenuità ero in preda a un'estasi di pazzia. Provavo gioie che non sapevo definire, ma che mi riempivano il petto impastato di sangue caldo".

Passai la serata con Butch, che mi raccontò il nuovo West, tra un doppio giro di birra al Big Nose Kate's e poi davanti al bancone infinito del vecchio Crystal Palace, e poi al Bella Union e al Longhorn. Se fossi rimasto a Tombstone ancora una sera, avrei potuto ascoltare una grande country band, mi assicurò Butch. Ma ormai avevo deciso: meglio andare via diritti, quel vagabondare stava diventando un incantesimo. Niente country band a Tombstone. Tanto "ho ascoltato musica in migliaia di fumosi locali, dappertutto – in questo grande e triste Paese," avrebbe detto Jack. Ormai ero ai saluti. E mi prese quello strano disagio che accompagna le separazioni, i cambiamenti, i viaggi di ritorno, gli addii.

Prima di spegnere la luce quella sera sfogliai un pieghevole turistico di Tombstone poggiato sulla tv, nella camera del motel. Una grande foto raccontava la ricostruzione della sfida all'OK Corral, che si teneva ogni settimana in città. Gli attori che impersonavano gli Earp e Doc Holliday vestivano di nero, come nel film di John Sturges con Burt Lancaster e Kirk Douglas. E avevano grandi cappelli. Uno dei quattro aveva già esploso il primo colpo e davanti alla sua pistola c'era una nuvoletta di fumo. Era il più grosso dei quattro. Era Butch, era il nuovo West.

25. “SIAMO SOLI IN UNA MACCHINA DI NOTTE”

A ovest, per l’ultima volta. Dove la pista finisce “mentre il tuorlo del sole tramonta, s’inabissa nell’Oceano Pacifico”. Uccello di Tuono con il suo mantello di sabbia sembrava un reduce in grigio. Aveva incontrato la neve all’inizio del viaggio e sulle Rockies, il vento aspersorio del Panhandle, l’acqua sabbiosa di El Paso. Per il resto, sole e polvere. Il sole asciutto dei deserti e delle visioni. Misi ordine nel bagagliaio, tra scatole di giochi, taniche da un gallone con l’ultimo filo d’acqua, fogli sparsi. Dietro un pacco di giornali spuntò il cappello di pelo acquistato a Pittsburgh, nell’inverno del mio viaggio. Ora era estate piena, lì in Arizona. Avevo attraversato tutte le stagioni, con fulminanti solstizi del cuore davanti a paesaggi, parole e suoni. Avevo attraversato più volte il mio Continental Divide, lo spartiacque tra ieri e ora. Ma “a cosa serve essere tristi perché uno non è più un ragazzo”?

Entrai a Benson, dove Jack-Sal Paradise, in *On the road*, vendette il suo orologio all’agenzia di pegni, accanto alla pompa di benzina, per procurare *gasoline* al piede inquieto di Neal-Dean Moriarty. “Bussai, qualcuno si alzò dal letto, e in un minuto ebbi un dollaro per l’orologio. Lo spesi tutto in benzina. Adesso ne avevamo a sufficienza per arrivare a Tucson.” Entrai nell’antique a due passi dalla pompa di benzina, sulla via principale di Benson, che un tempo era la strada per la California, quando l’interstate era ancora da venire, e chiesi nell’oscurità a un signore ossuto e fragile se si ricordava di un’agenzia di prestiti lì vicino.

– No, non ne ho mai sentito parlare e io sto qui da quarant’anni.

Anche quell’antro odoroso di vecchio aveva la stessa età di *On the road*. Aveva visto generazioni andare a ovest e ne aveva raccolto i pezzi, più o meno rari, ne aveva archiviato le mode e i desideri, gli oggetti e le piccole voglie quotidiane. E quell'antro aveva anche smascherato Jack e la sua finzione letteraria. Perché *On the road* era un romanzo, mica un diario, e c'erano dentro realtà e sogno. Perché, come diceva Jack, devi "amare la vita e amare la storia della tua vita, amare i sogni che fai". Senza rinunciare a seguirne il sentiero. A portarteli dietro sulla strada, che restava ancora un luogo onesto. E piuttosto democratico.

Uscii dalla interstate 10, mentre il sole accendeva le Catalina Mountains e Tucson si sparpagliava di case per tutta la valle. "La città era una grossa impresa di costruzioni; gente di passaggio, scatenata, ambiziosa, indaffarata, allegra; file di bucato, rimorchi; vie del centro sventolanti di bandiere; in complesso molto californiana." Aveva visto giusto Jack e intuito il futuro, oggi che Tucson è diventato davvero un posto buono per i sogni, anche quelli che durano il tempo di una vacanza e di un week-end. Era una delle tante piccole profezie contenute nei suoi libri, come quell'allarme per i sassi lanciati sulle auto – "un giorno butterà una pietra attraverso il parabrezza di qualcuno e quello andrà a sbattere e morirà... tutto per colpa di quel ragazzino" –, e poi quell'immaginarsi "macchine pensanti IBM" che avrebbero cambiato il mondo. Ma questo era già il Jack alla fine della pista e dell'esistenza. Quello più amaro di *Big Sur.* Quanto tempo era passato da quando aveva detto, "insieme col frenetico Dean mi preoccupavo a correre attraverso il mondo senza una sola possibilità di vederlo"? E quante miglia e quante pagine avevo percorso da quella frase – "prima di allora avevo spesso sognato di andare nel West per vedere il continente, sempre facendo piani vaghi e senza mai partire" – che stava nel primo capoverso del vecchio Oscar, aprile '67, numero 103, lire 500, e la bella traduzione di Magda de Cristofaro?

Eppure, in quel mio ultimo giorno di viaggio, sulla strada della California, il frenetico Dean guidava ancora da par suo, dentro le righe di *On the road*, superando auto come al solito e "quasi le prendeva a pestate mentre cercava di aprirsi un varco". La successiva sosta a Tucson servì a lui e a Jack – sì insomma, ai loro personaggi – per raccattare altri soldi per la benzina e tirare fino a Bakersfield. E a me per spendere gli ultimi dollari in dischi di vinile da 25 centesimi e nell'ultima vecchia road-map, una carta Gulf a colori con un bel dorso anni quaranta e dentro lo stato dell'Arkansas nel 1946: popolazione stimata, nell'anno precedente,

1.949.387. Nell'edizione dell'anno successivo avrebbero aggiunto il neonato Bill Clinton.

Era ora di partire se volevo arrivare in serata a Los Angeles. Presi un caffè al bar del Congress Hotel, un posto un po' decaduto ma con una sua storia – era là che avevano catturato Dillinger con tutta la sua banda, prima di farselo scappare di nuovo, prima dell'epilogo di Chicago –, quindi risalii su Uccello di Tuono e imboccai l'interstate. Ma dopo appena quattro miglia misi la freccia e uscii di nuovo. Avevo ancora una cosa da fare.

Il deserto era bianco di sole. Un'indicazione diceva: uscita per il Saguaro National Park, dove i candelabri di spine sono riuniti in parlamento come i pinnacoli di roccia delle Chiricahua Mountains. Ma io ero lì per un saluto: da un cimitero, a Newark, avevo cominciato e con un cimitero avrei chiuso quel viaggio. Lì da qualche parte, nel deserto solitario, sotto un cactus saguaro, era sepolto Edward Abbey e un pezzo di libertà e *wilderness* americane. *Deserto solitario*, come il titolo del suo libro e anche della sua tomba. Abbey aveva viaggiato molto e alla fine si era stabilito a Tucson. Era l'unico scrittore che il misterioso Cormac McCarthy frequentasse: stavano lavorando insieme a un progetto segreto, ripopolare di lupi il Sud dell'Arizona e del New Mexico. Ma poi Abbey se n'era andato all'improvviso, come per una perlustrazione nel parco – lui che proprio in un parco aveva scritto il suo capolavoro. Restavano le sue parole di "quando il tempo scorreva lento, così com'è giusto che scorra, con i giorni che si susseguivano uno all'altro, lunghi e liberi come le estati della fanciullezza". Parlava di sé, ma era come se parlasse per tutti. Presi un sentiero che muoveva a sinistra della strada bianca e me ne andai a piedi, tra le braccia aperte dei saguari. Tornai indietro solo all'imbrunire.

La sera scese sulla prateria. L'orizzonte si allontanò e dopo un po' divenne tutt'uno col cielo. Uccello di Tuono aveva appena superato il bivio di Casa Grande e ora sulla interstate numero 8 riguadagnava l'ovest, correndo in faccia all'ultimo sole che moriva come il giorno della partenza, subito fuori Paterson. Serata dolce. Arizona mummificata nel deserto. Non avevo più fretta ormai, decisi di passare sulla strada l'ultima notte. Ecco, ora stavo costeggiando la base aerea da dove era partito il tenente Button, quello finito sulle Rocciose del Colorado. Ogni sera controllavo il notiziario alla tv: non l'avevano ancora trovato. E quella sua missione suicida restava avvolta nel mistero.

A Sentinel uscii a far benzina in una vecchia stazione di servizio, con le colonne in pietra. Sembrava una di quelle raffigurate sulle mie road-map dove il benzinaio con il farfallino e la divisa linda sorrideva al cliente. Quella di Sentinel era un po' cadente, ma il deserto a suo modo l'aveva conservata. E la solitudine e la mancanza di concorrenza l'avevano lasciata invecchiare in pace, senza troppi neon né rivoluzioni d'immagine. Sentinel. Un avamposto nel passato, per guardarsi alle spalle, voltarsi indietro, e ricordare come si era ieri, ai tempi in cui andavano di fretta Jack e Neal, che lavorarono entrambi a una pompa di benzina come quella.

"Siamo soli in una macchina di notte, avventurandoci lungo la linea bianca verso uno specifico qualche luogo, assolutamente non più verso nessun luogo." Era Jack che mi ricordava il destino segnato di quel mio viaggio: non più vagabondaggi e deviazioni, non più voglie assecondate d'istinto, ma una meta precisa. Stavo tornando a casa, sotto un pandemonio di stelle e "una luna da cartone animato".

Eppure mi sembrava di non andare avanti, di stare fermo in mezzo all'autostrada, mentre l'orizzonte mi veniva incontro. Arrivarono le ombre di Welton. Arrivarono le luci di Yuma. Dove finiva l'Arizona. Ero già stato una volta a Yuma, scendendo da nord. Avevo visitato la prigione e comprato una foto segnaletica dei primi anni del secolo. C'era stampata la faccia poco raccomandabile di Henry Ferguson, uno dei pochi che era riuscito a fuggire da quell'inferno, come Neal-Dean, in *On the road*, dal riformatorio dell'Arizona. E anche Ferguson faceva il frenatore di treni, nei "vecchi tristi scali ferroviari della vita".

"Era la notte di Denver, quello che feci fu morire", aveva scritto Jack della sua prima volta in città, nel '47. Quella era invece la mia ultima notte di viaggio, attraverso la California, e quello che feci fu rallentare ancora un po'. In modo da prolungare il viaggio e la malinconia: avevo un buco nello stomaco e non era fame. "Questa è la notte e quel che ti combina."

La stanchezza era finita chissà dove. Non avevo sonno, non avevo quasi più pensieri. Ascoltavo la radio e se parlavano troppo spingevo dentro per un po' la cassetta di Vic Chesnutt. La strada correva come al solito di fianco alla ferrovia, ma senza un Neal che dicesse, "fratello, hai visto il chiardiluna sulle rotaie?". A El Centro presi a nord verso il Salton Sea e l'Anza-Borrego Desert. Incontrai qualche paese spettrale e a Desert Shore, in riva al lago, anche il fantasma di un grande motel andato in malora, come quei vecchi stabilimenti di colonia balneare sulla Riviera. Arrivarono Indio e Palm Springs: "nel cuore della notte vedemmo dall'alto le luci di Palm Springs da una strada di montagna". Le vidi anch'io.

Los Angeles era dietro le colline, oltre Riverside e San Bernardino. Lo diceva il traffico, che da Indio era aumentato: sarebbe bastato seguire quel fiume di fari per arrivare alla costa. No, non ancora. Uscii a nord sulla 62 per Yucca Valley e Twentynine Palms. E di lì girai ancora a destra, "le luci dei fari assorbite dalla caligine notturna, miraggi delle strade notturne interminabili in pianure sterminate". Poi anche i miraggi finirono. E le ombre e il silenzio diventarono una cosa sola.

Tra un po' avrebbe fatto chiaro. "Il cerchio si è chiuso intorno agli antichi eroi della notte", aveva scritto Jack in *Big Sur*, guardando Neal, santo "martire della Notte Americana". Stavo entrando a Joshua Tree, per vedere l'alba tra gli alberi di Giosuè, che allargavano i rami per indicare la via ai pellegrini del deserto. Era l'ultimo desiderio. Se dovevo veder sorgere il sole da una strada – il mio ultimo sole di viaggiatore – che almeno fosse una strada bianca e polverosa, come quella del Pony Express o quella di Crown King o la pista delle mamme chiricahua. Poi, con calma, avrei raggiunto Los Angeles e mi sarei congedato da Uccello di Tuono.

Iniziò ad albeggiare. Jack e Neal erano ormai lontani, sulla via di Bakersfield, verso San Francisco, ancora nella loro stagione vagabonda, a correre da una parte all'altra del Grande Paese. Prima di arrendersi all'età e al cambio di stagione. E chissà quante generazioni ancora sarebbero andate appresso a quei "due eroi sconfitti della notte del West": due brividi sulla schiena d'America, perché Jack scriveva come Neal guidava, "con eccitazione, velocemente, coi crampi da penna o battitura, secondo le leggi dell'orgasmo". E Neal guidava e viveva come non si guidava e non si viveva più, già allora, in una terra dove il pionierismo era agli sgoccioli. E la Terra Promessa era già perduta.

La luna impallidì nel cielo sbiancato. Imboccai una strada stretta che finiva nel nulla. "Qual è la tua strada, amico? La strada del santo, la strada del pazzo, la strada dell'arcobaleno, la strada dell'imbecille. Qualsiasi strada. È una strada in tutte le direzioni, per tutti gli uomini, in tutti i modi." Scesi dall'auto.

Intorno, nessuno. Gli alberi di Giosuè cominciavano a uscire dall'ombra e a stagliarsi sul fondale azzurrino. Ero arrivato in fondo alla mappa. La strada era finita. Da un po' mi stavo chiedendo che cosa avevo raccolto lungo quel viaggio di diecimila miglia, correndo dietro a un libro di quarant'anni prima, e che cosa riportavo indietro. Provai a riavvolgere le immagini e le emozioni. Ma poi mi tornò in mente una frase di Emerson, ripresa anche da Jack, da qualche parte: "La vita non è una giustificazione". Non è il conto della spesa. E neppure un esame da sostenere. Si può partire per qualsiasi storia, scegliendo il proprio tempo, anche quando sembra scaduto. E si può seguire una strada battuta senza timore di disturbare la nostalgia di tanti. Liberi di andare e sostare, deviare e tornare indietro, magari ricominciando daccapo ogni giorno. Perché, alla fine, la strada è di tutti. Basta condividerla.

Il rumore di un'auto ruppe il silenzio. Guardai a est, dove si alzava la luce. Guardai verso Paterson.

IN VALIGIA

libri:

Jack Kerouac, *Sulla strada* (*On the road*), trad. di Magda de Cristofaro, Mondadori 1959.
Jack Kerouac, *Visioni di Cody* (*Visions of Cody*), trad. di Pier Francesco Paolini, Arcana 1974.
Jack Kerouac, *Big Sur* (*Big Sur*), trad. di Bruno Oddera, Mondadori 1966.
Jack Kerouac, *La leggenda di Duluoz* (*The Legend of Duluoz*), trad. di Maria Giulia Castagnone, Mondadori 1997.
Jack Kerouac, *Scrivere Bop*, trad. di Silvia Ballestra, Mondadori 1996.
Allen Ginsberg, *Urlo & Kaddish* (*Howl, Kaddish*), a cura di Luca Fontana, il Saggiatore 1997.
Allen Ginsberg, *Da New York a San Francisco* (*New York to San Fran.*), a cura di Damiano Abeni, Minimum Fax 1997.
Neal Cassady, *The First Third*, City Lights 1981.
Carolyn Cassady, *Off the Road*, Penguin Books 1991.
Robert Louis Stevenson, *Attraverso le pianure* (*Across the Plains*), a cura di Giovanna Mochi, Einaudi 1987.
Robert Louis Stevenson, *Gli accampati di Silverado* (*The Silverado Squatters*), a cura di Attilio Brilli, Studio Tesi 1985.
Jack London, *La strada* (*The Road*), trad. di Maria Carlesimo Pasquali, Savelli 1978.
Cormac McCarthy, *Cavalli selvaggi* (*All the Pretty Horses*), trad. di Igor Legati, Einaudi 1996.
Cormac McCarthy, *Oltre il confine* (*The Crossing*), trad. di Rossella Bernascone e Andrea Carosso, Einaudi 1995.

Cormac McCarthy, *Meridiano di sangue* (*Blood Meridian*), trad. di Raul Montanari, Einaudi 1996.
Willa Cather, *La mia Antonia* (*My Antonia*), trad. di Yole Pinna Pintor, La Tartaruga 1985.
Willa Cather, *La casa del professore* (*The Professor's House*), trad. di F. Mella Mazzuccato, Mondadori 1950.
Willa Cather, *Una signora perduta* (*A Lost Lady*), trad. di Eva Kampmann, Adelphi 1990.
Jim Harrison, *Un buon giorno per morire* (*A Good Day to Die*), trad. di Carlo Oliva, Baldini&Castoldi 1994.
Tony Hillerman, *Il vento oscuro* (*The Dark Wind*), trad. di Stefano Negrini, Mondadori 1991.
Tony Hillerman, *Ladri del tempo* (*A Thief of Time*), trad. di A.M. Francavilla, Mondadori 1990.
Jean Baudrillard, *L'America* (*Amérique*), trad. di Laura Guarino, Feltrinelli 1987.
William Least Heat-Moon, *Strade blu* (*Blue Highways*), trad. di Igor Legati, Einaudi 1988.
Bill Bryson, *America perduta* (*The Lost Continent*), trad. di Amedeo Poggi e Annamaria Melania Galliazzo, Feltrinelli 1993.
Edward Abbey, *Deserto solitario* (*Desert Solitaire*), trad. di Giovanna Mannino, Franco Muzzio 1993.
Ian Frazier, *I Grandi Piani* (*Great Plains*), trad. di Luisa De Vecchi e Mario Monti, Phileas 1990.
Yves Berger, *Il cielo d'America: la pietra e il saguaro* (*La pierre et le saguaro*), trad. di Francesco Atti, Spirali / Vel 1991.
Garry Wills, *John Wayne's America*, Simon&Schuster 1997.

soundtrack:

Charlie Parker, *Charlie Parker's Bebop* (Broadcast Performances), Magic Music.
Buddy Holly, *The Best of Buddy Holly* (due dischi), All Round Trading.
Roy Orbison, *40 Greatest Hits of Roy Orbison* (tre dischi), World Music.
Peter, Paul and Mary, *Peter, Paul and Mary*, Warner Bros 1962.
Bob Dylan, *Another Side of Bob Dylan*, Columbia 1964.
Bob Dylan, *Highway 61 Revisited*, Columbia 1965.
Bob Dylan, *John Wesley Harding*, Columbia 1968.

Bob Dylan & The Band, *The Basement Tapes* (due dischi), Columbia 1975.
Grateful Dead, *Workingman's Dead*, Warner Bros 1970.
Grateful Dead, *American Beauty*, Warner Bros 1970.
Tom Waits, *Foreign Affairs*, Asylum Records 1977.
Bruce Springsteen, *The River* (due dischi), Cbs 1980.
Bruce Springsteen, *The Ghost of Tom Joad*, Columbia 1995.
Robbie Robertson, *Robbie Robertson*, Geffen 1987.
10,000 Maniacs, *In My Tribe*, Elektra-Asylum Records 1987.
James McMurtry, *Too Long in the Wasteland*, Cbs 1989.
Joe Ely, *Lord of the Highway*, Hightone Records 1987.
Joe Ely, *Love and Danger*, Mca 1992.
Joe Ely, *Letter to Laredo*, Mca 1995.
Terry Allen, *Human Remains*, Sugar Hill 1996.
John Trudell, *AKA Graffiti Man*, Rycodisc 1992.
R. Carlos Nakai, *Native American Flute Music*, Canyon Records 1987.
Ry Cooder, *Geronimo, an American Legend*, Columbia 1993.
Counting Crows, *Recovering the Satellites*, Geffen 1996.
Fiona Apple, *Tidal*, Sony 1996.
Vic Chesnutt, *About to Choke*, Capitol 1996.

INDICE

Prefazione di Fernanda Pivano 11
"Fu così che cominciò" 19
1. "Avevo studiato per mesi le carte stradali degli Stati Uniti" 23
2. "Lungo l'orrendo fiume Susquehanna" 29
3. "Nella pianura dell'Ohio e diritto verso l'Indiana" 37
4. "Chicago. E che notte fu quella..." 45
5. "E per la prima volta nella mia vita entrai nel West" 53
6. "Fra l'Est della mia giovinezza e l'Ovest del mio futuro" 63
7. "Andammo in una vecchia bettola di Stuart" 71
8. "E per Dio, il primo cow-boy che avessi mai visto" 81
9. "Nell'aria di North Platte c'era qualcosa di diverso" 91
10. "La grande pianura ardente di Denver" 99
11. "Passa di qua e vai avanti, sei sulla strada per il cielo" 109
12. "Un dolore mi trafisse il cuore" 117
13. "La corriera si fermava ogni dieci miglia" 127
14. "Si attraversa il Nevada veloci" 135
15. "Noi non sappiamo mai dove si va" 143
16. "Dal leggendario campo di patate dove nascono le nebbie di Frisco" 151
17. "Alle prime luci dell'alba nel Mojave Desert" 159
18. "Quando cade una foglia le dico sempre addio" 165

19. “Una strada come quella ‘Nel segno di Zorro’” 175
20. “Fino alle inevitabili mesas dove termina l’orizzonte del West” 183
21. “Oltre il bagliore del cofano” 191
22. “Tu guidi e guidi e domani sei ancora in Texas” 197
23. “Verso El Paso in un tramonto rossigno” 205
24. “C’era un poeta nel mio stomaco” 213
25. “Siamo soli in una macchina di notte” 221

In valigia 227

Stampa Grafica Sipiel - Milano, aprile 2000